邊荒傳說

黃易◎著

〈卷七〉

新人間150

邊荒傳說

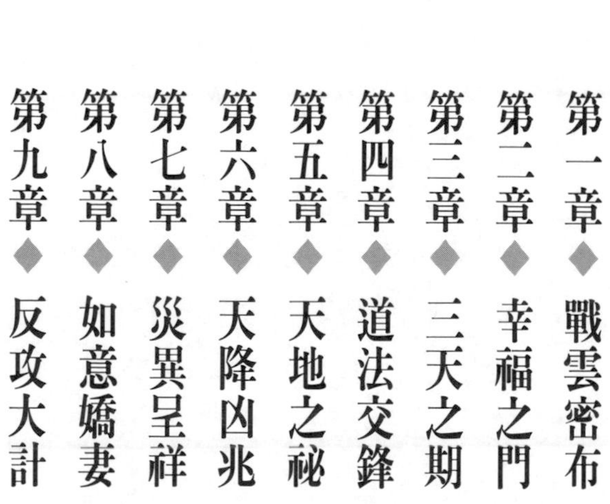

【卷七◆目錄】

〈卷七〉

第一章◆戰雲密布

第一章 戰雲密布

拓跋珪獨坐主帥帳幕內，心中頗有點猶豫不定。自懂事以來，他做事從來爽脆俐落，決定了的事也從不後悔，可是這次因牽涉到他最好的兄弟燕飛，他首次苦惱起來。早在多年前，他已看中邊荒集優越的地利，所以刻意經營，終於在邊荒集取得一席位。除了透過邊荒集大做南北貿易外，邊荒集也成爲他掌握天下形勢變化的耳目。消息並非單來自飛馬會，而是他另有一個情報渠道，也用以監察飛馬會對他的忠誠。在爭取到現在一族之主的地位和權力前，他一直受族內和遠近各族的排擠和迫害，這養成他不輕信任何人的心態。沒有人可以例外，除了兒時至今仍是最好的兄弟燕飛。燕飛是永遠不會出賣他的，只恨燕飛體內流的有一半是漢人的血，使他對漢人同樣是那麼親近。

在北方，唯一令他畏懼的人只有慕容垂。他雖然自負，仍知在現今的形勢下，如慕容垂全力對付他，他拓跋珪必無倖免。慕容垂不愧是北方第一的兵法大家，只看他兩次攻陷邊荒集的手段，就可看出他的高明之處，根本無人能攖其鋒。可是燕飛將一切扭轉過來，擊殺竺法慶，彌勒教一夕間瓦解，也使得慕容垂陣腳大亂。只要來攻他的是好大喜功的慕容寶，他拓跋珪已踏出統一天下最重要的一步。南方自謝安、謝玄去後，餘子再不被他放在眼裏。桓玄、司馬道子和孫恩之輩，不論是誰成爲南方最後的勝利者，都難以和他鬥勝爭雄。南方只有一個人，能令他擔心。目前他最大的障礙是慕容垂，不過慕容垂有個致命的弱點，就是紀美人。

拓跋儀揭帳而入。經過一夜休息，拓跋儀疲態盡去，精神抖擻，正準備動身往邊荒集去。拓跋珪沒有抬起頭來瞧他，仍是一副思索的神情，淡淡道：「坐！」拓跋儀在離他半丈許處坐下，默待拓跋珪發言，到此刻他仍不曉得爲何拓跋珪把他從整裝待發的馬隊急召回來。

拓跋珪終於朝他望過來，平靜而堅決的道：「你這次回邊荒集，我要你殺一個人。」

拓跋儀愕然道：「殺誰？」

拓跋珪若無其事的道：「劉裕！」

拓跋儀虎軀一震，說不出話來，心中卻翻起滔天巨浪。他的心態實在很難向任何生活在邊荒外的人解釋，包括拓跋珪在內。殺個人對拓跋儀只是等閒的事，可是邊荒的荒人正處於空前團結的境況，人人肝膽相照，任何試圖破壞荒人團結的行動，都是反荒人的惡行。他接管飛馬會，是淝水之戰後的事，可是他已深深投入邊荒集的生活去，感到邊荒集與他不但榮辱與共，且是血肉相連。他感到自己再不了解拓跋珪，甚至有些反感，更清楚自己不會執行這拓跋珪派下來的特別任務。

拓跋珪道：「我們是兄弟，目前更是我族生死存亡的關鍵時刻，你心裏有甚麼話，儘管說出來。」

拓跋儀嘆道：「如殺死劉裕，我們如何向小飛交代？」

拓跋珪露出一絲冷酷的笑意，輕輕道：「想置劉裕於死地的人這麼多，只要你手腳乾淨點，誰會懷疑到你身上去呢？」

拓跋儀苦笑道：「劉裕現在已成邊荒集的主帥，又得江文清和屠奉三的支持，若事情敗露，我們會成爲荒人的公敵。且最大的問題是劉裕並不容易對付，以孫恩和司馬道子的實力，到現在仍沒法辦到，這個險是否值得我們去冒呢？」

拓跋珪雙目神光閃閃，仍是語調平和的冷然道：「我知道要你去做這件事，實在違背你一向做事的原則，不過爲了統一天下的大業，我沒有選擇餘地。我認識劉裕這個人，曾與他並肩作戰，從個人的觀感出發，我還有點喜歡他。不過不要看這人現在雖似與南方的局勢無關，事實上他的影響力卻是與日俱增。我們的小飛摧毀了彌勒教南下作亂的大計，也同時造就了他，使他置身於非常特殊的位置，到了某一非常時期，他可以產生的作用實是難以估計。」

拓跋儀皺眉道：「那或許是很多年後的事，現在我們的當務之急，不是要應付慕容垂的反擊嗎？收復邊荒集，把慕容垂拖在滎陽，該是首要之務，如我們殺死劉裕，恐怕會影響荒人整個反攻大計。」

拓跋珪微笑道：「要殺劉裕，只有一個機會，就是在此反攻邊荒集的一戰裏，時機由你掌握，錯過了機會永不回頭。現在他對你仍沒有戒心，以你的聰明才智，肯定可以把事情做得妥妥當當。」

拓跋儀苦笑道：「到此刻我仍不明白非殺劉裕不可的道理，即使殺了他，燕飛仍只會過他嚮往的生活，救回紀千千後，他也不會回到你身邊來。」

拓跋儀低聲道：「我仍可以暢所欲言嗎？」

拓跋珪聳肩道：「這個當然！你和小飛，都是我拓跋珪最信任和欣賞的人。」

拓跋珪從容道：「根本不存在燕飛是否回到我身邊的問題，我和小飛永遠是最好的夥伴和戰友。至少在與慕容垂的生死鬥爭上，我與小飛站在同一陣線，榮辱與共。」

拓跋儀終忍不住，直截了當的問道：「那爲何非殺劉裕不可呢？且須冒著與小飛反目的大風險？」

拓跋珪雙目亮起凌厲的光芒，旋又收斂。沉聲道：「南方諸雄裏，當然以桓玄聲勢最大，所佔地理位置亦最優越，現在有聶天還當他的走狗，更是如虎添翼，不過此人生性專橫高傲，終不是成大事之輩。其次是天師軍，孫恩不單玄功蓋世，且智比天高，只可惜天師道一向被江左世家視爲邪道，如孫恩想席捲南方，必引起建康同仇敵愾，上下齊心，拚死反抗。這是思想之爭，沒有任何化解的可能。」

拓跋儀聽得心中佩服，拓跋珪雖身在長城之外，可是對南北形勢，卻是瞭如指掌，觀察透徹入微，極具遠見。拓跋珪續道：「司馬道子雖掌握建康軍權，本身亦是有勇有謀之輩，但因向與南人最崇拜的謝安爲敵，又縱容王國寶之徒作惡，更勾結彌勒教，所以不得人心，終不是眾望所歸之人。至於北府兵，雖強盛一時，卻是群龍無首，劉牢之和何謙兩大頭領在任何一方面均遠及不上謝玄，又互相傾軋，似強實弱。南方在四大勢力鬥個你死我活下，你認爲會出現怎麼樣的情況呢？」

拓跋儀答道：「當然是戰火連綿，南方大亂。」

拓跋珪嘆道：「正是在這種情況下，劉裕成爲最有機會冒尖的人，因爲不論上下軍民，沒有人不懷念謝安、謝玄在世時安樂繁榮的日子，而劉裕正是謝玄的繼承人，兼之有邊荒集作他的後援，只要他懂得順應民心，南方終有一天落入他的手中。」

拓跋儀聽得啞口無言，拓跋珪說的是他從沒有深思的情況，盡顯拓跋珪異乎常人的想像力，高瞻遠矚的過人視野。同時他曉得拓跋珪對慕容垂已是勝券在握，可是他怎能有此信心呢？

拓跋珪雙目殺機遽盛，冷然道：「假若沒有劉裕，南方將會陷入長期的鬥爭和內亂，那時只要我成爲另一個苻堅，我可以輕易收拾南方的殘局，完成我族多年來的夢想。哼！我是絕不會犯苻堅的錯誤的。現在你明白了嗎？假如我有別的選擇，我不會動劉裕半根寒毛，可是竺法慶伏誅，卻完全扭轉了劉裕的命運，如再讓他收復邊荒集，我最害怕的情況將會出現。與其讓劉裕茁壯長大，他日揮軍北上攻擊我們，還不如根絕他於勢微時，撲熄他這個火頭，否則由他引起的大火，將成燎原之勢，直燒往北方來。」

拓跋儀沉重地呼吸幾口氣，終於同意，點頭道：「我看著辦吧！」

拓跋珪淡淡道：「這次隨你回去的人中，有三位是我族出色的高手，且是悍不畏死的勇士，你就看著辦吧！」拓跋儀即時重申效死的忠誠，然後懷著沉重的心情，施禮告退。

慕容寶進入慕容垂的治事堂，後者正伏案處理桌上的文件。

慕容垂仍埋首工作，沒有抬頭的道：「坐！」

慕容寶在一側坐下後，慕容垂輕描淡寫的道：「王兒怎樣看拓跋珪這個人？」

慕容寶雙目立現殺氣，狠狠道：「我一直不喜歡拓跋珪這個人，總覺得他是野性難馴，心狠手毒。」

慕容垂仍沒有朝他正眼瞧來，道：「你憑甚麼對他有如此印象？」

慕容寶微一錯愕，思忖半晌，答道：「或許是從他的眼神，你可以從他的眼睛看出他心中想的，與說出來的是兩回事。此人天性自私冷酷，爲求目的不擇手段，更沒有自知之明，不自量力。」

慕容垂終於往他望去，雙目精芒閃爍，沉聲道：「王兒如果只看到這些表象，試問朕如何敢放心讓你去對付拓跋珪！」

慕容寶一震道：「父王！」

慕容垂終放下手上的工作，挨向皇座，悠然道：「慕容沖被人殺了！」

慕容寶失聲道：「甚麼？」

慕容垂道：「消息在一個時辰前傳至，慕容沖的左將軍韓延發動兵變，攻殺慕容沖，立將軍段隨爲燕王。」

慕容寶仍是震駭未止，喘氣道：「怎會發生的呢？」

慕容垂道：「此事來得突然，卻非無跡可尋。以慕容沖爲首的鮮卑人，自苻堅被殺，他們又佔領長安，奪得大批糧貨財物子女，個個歸心似箭，迫切要求東歸故地，但慕容沖卻戀棧長安，不願東歸，於是慕容沖遂和手下將士間產生嚴重的分歧。在我們攻陷邊荒集之前，慕容沖還可以我們在關東屯駐重兵一事作藉口，拖延東歸的大計。現在我們兵力既被分薄，且不住調兵集結於滎陽之北，準備反攻平城和雁門，慕容沖在已無藉口下，仍要留在長安，因而被手下看破其用心，不生變才是怪事。」

慕容寶道：「如此豈非西燕兵會立即出關東來？」

慕容垂沉吟片刻，道：「段隨始終不是慕容氏宗室，其威望和實力均不足以服眾，只因事起突然，慕容沖又沒有防備，方被其所乘。當以慕容永爲首的宗室勢力反撲時，段隨和韓延肯定沒有還手之力。不過無論誰當上西燕之主，都不得不出關來，寄望能從我們手上奪回舊燕的土地。所以只要我們製造一個有利他們出關的形勢，西燕兵當會傾巢而出，那也是他們滅亡的時刻。天上怎可容兩個太陽，西燕是我們的枝葉，只可統一在我慕容垂一人之下。」

慕容寶恭敬的道：「王兒明白！」

慕容垂凝神打量他半晌，沉聲道：「慕容永是知兵的人，手下更是兵精將良，兼從苻堅手上搶得大批糧資武器，並不容易對付，且我們還須兼顧邊荒集，所以我必須改變計畫，留此坐鎮，與慕容永等人鬥智不鬥力，以接收他手上的實力。而對付拓跋珪的事，則交由你全權負責。」

慕容寶興奮地大聲答應，道：「孩兒必不負父王所託，敢問父王有何指示？」

慕容垂道：「拓跋珪此人並非等閒之輩，不可掉以輕心。幸好他現在羽翼未成，手下不到三萬人，兵力薄弱，根本沒有抵抗的能力。所以只要你能堅持下去，直攻至盛樂，掠奪他的戰馬和子女，必可令拓跋珪國破族亡。我會給你八萬精騎，先收復雁門和平城，再在長城內外設立堅寨，以保糧資的供應源源不絕，與拓跋珪打一場以扎實爲重的持久戰，拓跋珪必敗無疑。」

慕容寶起立下跪道：「慕容寶領命！」

慕容垂長長吁出一口氣，心忖北方已有一半落入口袋裏，同時想起紀千千，如讓她目睹自己殲滅西燕的整個過程，她會不會對自己的觀感有所改變呢？

孫恩在海岸邊一塊巨岩上盤膝靜坐。自從邊荒回來後，天師道的事務分別交給徐道覆和盧循兩徒打理，自己全心全意修煉「黃天大法」，以應付平生勁敵「大活彌勒」竺法慶。道德三千六百門，人人各執一苗根。誰知此子玄關竅，不在三千六百門。孫恩自創的「黃天大法」，上承道家之祖老子的《道德經》，再集兩漢道法的大成，淵源自黃老，法授天人，已達超凡入聖之境，非一般武術能望其項背。竺法慶雖爲佛門外道，甚至被視爲邪魔奸孽，可是其「十住大乘功」，卻是源自佛門正宗，再加男女採補之術，實是佛門心法的另類異采。道佛之爭，自漢代以來從沒有平息過，他和竺法慶分別代表道門和佛門最頂尖的人物，他們的決戰，已是命運注定的了。

他的「黃天大法」，說到底仍是煉心之法。初層煉心，是煉未純之心，屏情去妄，心照於空。二層煉入定之心，煉心合氣，氤氤氳氳，神功初奠。三層煉心，是名天地之心，一陽來復，煉心進氣，玄關竅成。四層煉退藏之心，玄關乍現，得氣功成。五層煉築基之心，取坎填離，積金入腹，結丹累氣。六層煉了性之心，玉液還丹，由後天轉爲先天，血自化爲白膏，意自凝作赤土。七層煉已明之性，以有投無，以實灌虛。虎向水中生，龍從火裏出，龍虎相搏，猛烹極煉，全身靈竅皆開。以先天制後天，性命合而爲一，成大還丹功法，七返九還，至此存神明性，道心永不動搖。八層煉已復之心，心定存神而通明，要使身中先天眞氣，盡化爲神，身中之神，能遨遊於外，靈則動，動則變，變則化，出神入定，不爲物境所迷，煉心成神。

孫恩在多年前已煉心至第八重功法，可是自此即再無寸進，幸好自邊荒集回來後，他的精氣神均處於最顚峰狀態，所以他掌握時機，潛修最高的第九層煉功心法。現在身處東海大島翁州，更感到突破在即。第九層煉心，煉的是還虛大法。當他到達第八重功法，早臻隨心所欲的境界，可是靈不虛則不能包涵萬物，所以必須煉至眾有皆空，清虛一炁，盤旋天地之間，是我非我，是空不空，天地有毀，虛空不毀。乾坤有礙，唯空無礙，所以神滿虛空，法周沙界。此「黃天大法」之最，無以加矣。「轟！」孫恩從巨岩上升起來，舉手長嘯。他夢寐以求煉精化氣，煉氣化神，煉神還虛的「黃天大法」，終於取得大突破，成就至高無上的心法。只要將來能「煉虛合道」，他將可以白日飛升，破空而去。就在此時，他感應到盧循正全速往他得成大法處趕來，顯是有非常重要的消息。當天師道德被天下，便是他功成身退之時。

劉裕由東門入城，立即被把門的兵頭截著，道：「劉裕你回來得眞是時候，頭子昨天才發下命令，只要見你回來，立即押你老哥去見他。」頭子是劉牢之另一個軍中的暱稱。

劉裕笑道：「是否要上手銬？」

那兵頭叫方勇，曾和劉裕一同接受探子的訓練，與劉裕稔熟，伸手搭上他肩頭，朝城內走去。欣然道：「你老哥現在是大大有名的人，誰敢對你不敬。坦白說，我都有些佩服你，到現在還死不了，活蹦亂跳出現老子眼前，你奶奶的！你是不是戴了甚麼寶貝護身符，被人怎麼打都打不死？」把門的北府戰士見到劉裕，都舉手致敬，口呼劉大哥，態度崇敬親熱。

劉裕笑道：「護身符沒有，爛命倒有一條，你要便來拿吧！」

方勇著人牽來兩匹馬，開懷笑道：「豈敢豈敢！連竺老妖都栽在你手上，誰敢拔你半根寒毛？」

劉裕接過馬韁，愕然道：「殺竺老妖的是燕飛，為何算到我頭上來？」

方勇笑道：「不是一樣嗎？燕飛是你的戰友，你是邊荒集的主帥，當然是由你巧施妙計，才能在那樣的情況下幹掉竺老妖，完成玄帥的遺願。此事傳至廣陵，轟動全城，人人提起你老哥，都要豎起拇指，說一句『英雄好漢』，你確實了不起。」

劉裕開始明白燕飛斬殺竺法慶對自己聲譽的影響，又感受到謠言的誇大失實處。不過北府兵兄弟一廂情願的想法，正代表自己與他們榮辱與共，亦代表著他們心裏亟待填補的一個缺陷，就是他們需要繼謝玄之後的另一個英雄，作他們的心靈支柱，而那個人現在已變成了他劉裕。只要他能再次光復邊荒集，北府兵年輕一輩將人人向他歸心，視他為另一個謝玄，而此為他手上最大的籌碼。道：「上馬吧！我也想見劉爺呢！」

孫恩神采飛揚的立在巨岩邊緣處，細聽盧循一一報上從建康來的最新消息，潮浪一重一重的相繼而來，打上巨岩，濺起高達數丈的浪花。一個消息比一個消息震撼，當他聽到竺法慶被燕飛斬首，終於動容道：「這是不可能的。」

盧循以帶點嘲弄的語氣道：「竺法慶肯定名大於實，否則怎會飲恨於蝶戀花之下？」

孫恩緩緩搖頭，柔聲道：「竺法慶確有眞材實料，他的『十住大乘功』來自上代有怪僧之稱的不戒大師的『碎金剛乘』，是佛門正宗。據吾師所言，『碎金剛乘』專攻日精月華，天下間只有『太陽眞火』方能與之抗衡。不過，縱然燕飛身具『太陽眞火』一類的奇功，他能保命不死，已是難得，怎可以不但避過『十止之劫』，還可以擊殺竺法慶，此事離奇至極，難道……不！這是不可能的，且『丹劫』在師尊坐化前，早不知影蹤。」

盧循一震道：「丹劫？」

孫恩點頭道：「師尊曾與不戒大師交手，故深悉『碎金剛乘』的虛實，而萬變不離其宗，『十住大乘功』雖爲竺法慶自創，其源頭和心法始終離不開『碎金剛乘』，師尊既說過『太陽眞火』能抗衡『碎金剛乘』，當然也能與『十住大乘功』平分秋色。而『丹劫』乃『太陽眞火』之最，照此推之，當可以克制『十住大乘功』，問題在於，即使眞的有人能從『丹劫』吸取『太陽眞火』以爲己用，仍不容易破竺法慶的『十住大乘功』，只能在不受竺法慶的十住法影響下，大家在招數戰略上見眞章，以竺法慶千錘百煉的魔功，不論燕飛如何進步，仍不是竺法慶的對手。所以我說此事奇怪至極。」

盧循道：「天師曾差點要了燕飛的命，當然清楚他的強弱。不過燕飛殺竺法慶一事，該非謠傳，否則尼惠暉不會到建康尋燕飛的晦氣。難道『丹劫』眞的落在燕飛手上？這是不可能的。」

孫恩長長舒一口氣，目光投往廣闊無邊的大海，雙目異采閃動，聲音卻充滿生機和期待，悠然嘆道：「世事的曲折離奇，往往出人意表。燕飛先是在本人手底下死而復生，現在又斬殺竺法慶於邊荒，豈是可以隨意小覷之人。想不到竺法慶、慕容垂之輩外，尚有一個燕飛，令我孫恩不愁寂寞。燕飛呵！沒有你這樣的一個對手，人生又有何樂趣呢？」

盧循心中激盪，更曉得孫恩已決定予燕飛另一個公平決鬥的機會，因為對孫恩來說，燕飛已取代了竺法慶在他心中的地位，成為一個能令他動心的對手。

孫恩像忽然拋開燕飛一事，神馳意飛的道：「司馬曜真的死了！」

盧循道：「此事千真萬確，下手的是成為司馬曜貴人的妖女曼妙，如不是她被楚無暇截殺於大江，情況會變得更精采，不過現在已夠司馬道子頭痛的了，唉！可惜千秋不知如何被司馬道子識破身分，害得道覆須立即把我們在建康的人撤走，使我們辛苦經營多年的布置，毀於一夜之間。」

孫恩微笑道：「有甚麼關係呢？我們得到的遠比我們失去的多，些微損失，何用介懷？為達成我們的夢想，總有些人得犧牲的。司馬曜的橫死，將令王恭、桓玄、殷仲堪、劉牢之等人別無選擇，只有聯手揮軍建康，名為逼司馬道子交代司馬曜之死的真相，實則為必須殺司馬道子以自保，否則如讓司馬道子假新上位的傀儡皇帝之手亂發聖旨，如何招架？那時將是我們進攻建康的最佳時機，一舉將南方所有反對的力量摧毀，好一勞永逸。所以你有甚麼好擔心的呢？」

盧循終察覺孫恩異於平日之處，這不單是他出奇地隨和輕鬆的語調，且字字珠璣，更因此時的孫恩，像一個永不見底的深潭，蘊藏著沒有止盡的智慧和異乎尋常的力量，卻又超然於眾生之上。那種感覺玄之又玄，非比尋常。他剛才來時，因消息的震撼而心神不屬，兼之因對孫恩的敬畏，不敢平視觀察，所以一時沒有察覺孫恩的異樣處。此時的孫恩，比以前任何一個時間，更像「天師」，「真」的

「天師」。盧循發覺自己不受控制地張大口喘起氣來，艱難的道：「天師……」

孫恩往他瞧來，雙目晶瑩通透，又深邃無可測度，保持微笑的神態，柔聲道：「趁現在還有點時間，我須立即趕往邊荒，只要燕飛在附近，我便能對他生出感應。我要以他的人頭來祭我天師軍出征的大旗，讓普天下曉得誰才是天下第一人。」

盧循有一種被孫恩看個通透的奇異感覺，心中湧起前所未有的敬意，更清楚孫恩為燕飛而心動，必須立即趕去會燕飛的心態，忽然雙膝一軟，跪往石上去，顫聲道：「天……」仍是語不成句。

孫恩仰望晴空，雙目射出熱切和憧憬的神色，道：「我去後，你們全力備戰，結集戰船，待我回來後，時間該差不多了。」接著伸手在盧循的天靈穴輕拍三掌，道：「好好給我練功！」每一掌拍下來，盧循都覺全身經脈遽震，所有竅穴跳動起來，說不出的受用。盧循福至心靈，曉得孫恩是以無上法力助他修煉「黃天大法」，哪敢輕忽，就那麼跪在地上練起功來，再不敢說話。孫恩一聲長嘯，到嘯音收止，早去得無影無蹤。

燕飛緊接劉裕之後進入廣陵城，他備有通行證件，把門的衛兵沒有留難，盤問幾句後，放他入城。他還是首次到廣陵，心忖還有時間，先四處逛逛，再到與劉裕約定處等待。就在此時，他的心湖忽然浮現孫恩的形相，還似正對他欣然微笑。這怪異無倫的情況一閃即逝，快速得似乎沒有發生過任何事，可是已像一塊巨石，狂擲進他波平如鏡的心湖去，激起濺空的水花和波盪的漣漪。他清楚感應到孫恩對他的殺機。燕飛完全不曉得孫恩身在何方何處，那種玄妙的聯繫模糊而遙遠，更不明白孫恩如何辦得到，不過肯定的是，早臻達天人合一之境的孫恩在道法武功上又更上一層。

燕飛心中叫苦，清楚自己又落在下風。他現在一心一意要反攻邊荒集，是爲配合拓跋珪營救紀千千進行的大計，實在不願分心到別的事上去，尤其是像孫恩這種可怕的對手。上次交手時的孫恩，武功已不在竺法慶之下，如他再有突破，燕飛能勝他的機會更是微乎其微。最大的問題是他仍非心無罣礙，且比之以前任何一刻，更急切把紀千千主婢從慕容垂的魔掌解救出來。可是他更清楚與孫恩此戰是避無可避，且他完全處於被動的惡劣形勢。他並不是畏懼孫恩，只是感到孫恩選此要命的時刻來對付他，已充分表現出孫恩掌握到自己沒法彌補的破綻和弱點，如他過不了孫恩這關，那過去的一切努力將盡付流水，他固然一命嗚呼，紀千千主婢則永遠落在慕容垂手上，荒人失去邊荒集，劉裕當不成北府兵的統帥，拓跋珪則要亡國滅族。除非他能擊敗孫恩，否則情況將會朝最不幸的方向發展。沒有人能在此事上幫半點忙，一切只能倚賴自己，看看蝶戀花是否有護主的能耐。

門衛在主堂大門報上劉裕的名字，劉牢之的聲音傳來道：「進來！」

劉裕舉步入堂，劉牢之坐在一角發呆，几旁擺放著一封開了口的火漆密函，並沒有朝劉裕瞧來，只淡淡道：「坐下！」

一時間，劉裕不知該坐到哪裏去，只好恭敬地來到他身前，施禮問好。劉牢之一臉苦思而不得的疲倦神色，指指身旁隔著小几的太師椅道：「坐！我有些事須問你。」劉裕有點受寵若驚的坐在他一旁。

劉牢之終於朝他瞧來，道：「你是不是從建康來的呢？」

劉裕點頭應是，忽然間，他已曉得几上的密函來自司馬道子，信中並提及自己。

劉牢之滿懷感觸地嘆了一口氣，沉聲道：「皇上駕崩了。我該怎麼做呢？」後一句顯然不是求教劉裕，只是糾纏心思的一句話不自覺地衝口而出，顯示他正爲某一個決定舉棋難下。

劉裕當然明白他的心事。劉牢之此刻正爲選擇站在那一方而煩惱。以前王恭背後有司馬曜全力支持，劉牢之投向王恭一方是順理成章，只要收拾司馬道子和王國寶，他便可得到司馬曜的回報，名正言順的坐上北府兵大統領之位，說不定還可當揚州刺史，成爲桓玄之外南方最有權勢的人。現在司馬曜死了，劉牢之若再站在王恭的一方，至少在名義上是與司馬氏王朝對著幹，且因有桓玄牽涉其中，動輒會弄出改朝換代的局面。如被桓玄登上帝座，劉牢之肯定死無葬身之地，還要被抄家滅族。劉牢之的爲難處，可以想見。劉牢之肯於此時和這種心情下見劉裕，是因爲劉牢之從密函裏，曉得司馬道子和劉裕的緊張關係趨緩，更想從他口中知道多點有關司馬曜猝死的眞相，問多點有關司馬道子的事，好幫助他作出決定。劉裕識相地保持緘默。

果然劉牢之沉吟半晌後，忽然問道：「燕飛是不是眞的殺了竺法慶？」

劉裕點頭道：「確是如此！」

劉牢之朝他瞥一眼，目光移往屋樑，徐徐道：「皇上是怎樣死的？」

劉裕小心翼翼的答道：「據傳殺皇上的是他最寵愛的張貴妃，而張貴妃實是與桓玄有關係的人，所以派郝長亨到建康來把她接走，不過功虧一簣，此女最後被彌勒教的楚無暇殺死滅口，否則桓玄便可以借她之口，嫁禍司馬道子。」他不敢說出曼妙的眞正身分，怕的是難以向劉牢之解釋，自己是如何得悉箇中的來龍去脈。

劉牢之一震朝他看來，雙目射出複雜的神色，道：「你倒清楚其中情況。」

劉裕苦笑道：「全賴參軍大人栽培，我只是盡探子的本分。」

劉牢之淡淡道：「你回廣陵來，是否想我出手助你們光復邊荒集？」

劉裕點頭道：「彌勒教已因竺法慶之死冰消瓦解，邊荒集的形勢轉爲對我們有利，只要大人肯點頭，派淮河的水師封鎖壽陽以東的淮水下游，我們便有把握打贏這場仗。」

劉牢之道：「糧食和武器方面又如何呢？」

劉裕心忖難道眞的這麼順利？可能是司馬道子在密函裏提到肯支持他們收復邊荒集吧！又感到有些不妥當，如劉牢之肯這麼聽司馬道子的話，豈非代表他決定投向司馬道子的一方？那自己心上人的老爹王恭豈非陷入動輒敗亡的險境？答道：「我會找孔老大想辦法。」

劉牢之沉默片刻，然後沉聲道：「我現在說的，你須仔細聽清楚，並要如實執行，否則我將視你爲背叛北府兵的叛徒。」

劉裕就像從雲端直跌下來，整條脊骨涼颼颼的，道：「大人請指示。」

劉牢之雙目精芒畢露，冷然道：「我要你立即退出荒人的所有行動，由這刻開始，不准你接觸任何外人，孔老大也包括在內，明白嗎？到有適合你的工作時，我自會找你。」

劉裕劇震失聲道：「這怎麼成？」

劉牢之大喝道：「這是軍令！」

劉裕喘著氣直視劉牢之，然後逐漸平復，一句一字的緩緩道：「大人是不是決定與桓玄合作，對付司馬道子？」

劉牢之臉泛怒容，冷笑道：「小裕你不覺得你愈來愈放肆嗎？我的事那輪得到你來說三道四？」

劉裕雖然心中充塞難以壓抑的憤慨，仍曉得不宜頂撞他，垂首道：「大人可否容我說出心底的話，那不是我為自己說的，而是為大人和北府兵著想。」

劉牢之容色稍為放緩，顯然也希望在此事上有人可以商量，道：「說吧！」

劉裕正容道：「不論與桓玄或司馬道子任何一方合作，均是與虎謀皮。現在北府兵最宜嚴守中立，坐觀其變。另一方面則再次打通邊荒集的脈絡，令北府兵維持自給自足的有利形勢，屆時即可應付南方任何突變。」

劉牢之若無其事的哂笑道：「說到底，你都是想我支持你和你的荒人兄弟，對嗎？」

劉裕幾乎想拍几大罵，再拂袖而去，但也曉得真這樣做，絕無機會活著離開參軍府。唯有動之以利，道：「不論形勢如何變化，只要邊荒集尚在我們手中，我們北府兵便有籌碼去應付任何事情。請參軍大人三思。」

劉牢之嘆一口氣，道：「我並非沒有深思此事。唉！我們現在自顧不暇，怎還有能力去處理遠在邊荒的事？」

劉裕知他意動，忙道：「如此我可不勞大人一兵一卒，也不用勞煩孔老大，就憑荒人的力量，把邊荒集奪回來交到大人手上如何呢？」

劉牢之愕然道：「你真有此把握？」

劉裕暗抹一把冷汗，直立而起，單膝下跪道：「願領軍令狀！」

劉牢之道：「你對自己有十足的信心？」

劉裕訝然朝他望去，捕捉到他眼中輕蔑的神色，心中忽然感到很不妥當，一時卻沒法想到原因。

劉牢之陰森森地笑道：「好吧！若我不給你一個嘗試的機會，肯定你不會心服。」

劉裕對他最後的一點敬意終於消失，代之而起的是幾乎壓抑不住的怒火，更曉得中了他的奸計。劉牢之故意在邊荒集一事上說得這般決絕，正是看穿他不會放棄邊荒集，從而製造出眼前的情況，令他不得不接受他任何苛刻的條件。

劉裕緩緩起立，心忖有一天我定會教你向我下跪。神色卻保持冷靜，道：「請大人賜示！」

劉牢之道：「你須憑自己的力量去收復邊荒集，不可把北府兵拖進此事去。由現在起，你暫時脫離北府兵，直到收復邊荒集，才可以歸隊。你肯簽押這樣的軍令狀嗎？」

劉裕徹底明白過來，劉牢之是要他自我放逐，離開北府兵，因爲劉牢之看死他在沒有北府兵的支持下，絕無可能光復邊荒集。對劉牢之他已心死，點頭道：「一切照大人的吩咐好了。」

劉裕在約定的酒鋪一角，找到正自斟自飲的燕飛。他失去了說話的心情，一言不發的連灌兩杯悶酒。

燕飛苦笑道：「看你的樣子，便知道沒有好結果。」

劉裕一掌拍在檯上，引起酒鋪內其他客人的側目，不過見到兩人的體形氣魄，誰敢大膽找麻煩？

劉裕瞥燕飛一眼，把見劉牢之的經過說出來，最後道：「他奶奶的！他分明是針對我。」

燕飛皺眉道：「他是不是決定投靠桓玄，所以曉得司馬道子支持我們後，故意爲難你呢？」

劉裕搖頭道：「照我看未必如此，他怕桓玄應更甚於司馬道子。這一著雖然是對付我，但問題卻出在你的身上。」

燕飛愕然道：「竟與我有關？確令我難以理解。」

劉裕道：「事實上不論是劉牢之或何謙，均一直自視為玄帥的繼承人，至於我這個閉門繼承人，他們只當作謠言和笑話，玄帥也肯定不會在他們面前承認此事。」

燕飛哂道：「我看他們根本不敢開口問玄帥。哼！既以玄帥的繼承人自居，為何卻對竺法慶一事不聞不問？只顧著爭北府兵的兵權。可見玄帥早看破他們的為人，知道他們是自私自利之徒。」

劉裕道：「你明白了。」燕飛點頭表示明白。

劉裕道：「雖然不是由我宰掉竺法慶，可是我身為邊荒集的主帥，你殺死竺法慶的壯舉自然可以歸功於我。在這樣的情況下，謠言也可以變成事實。因為誰都曉得安公曾矢言不讓竺法慶踏足建康半步，玄帥擊殺竺不歸於建康的明日寺，正顯示謝家的決心。現在我完成了安公和玄帥的遺願，立即在北府兵內確立了繼承人的身分，成為劉牢之和何謙外北府兵裏最有影響力的人，號召力則更在他們之上。兼之與司馬道子的緊張關係暫告緩和，劉牢之開始對我生出顧忌，但又不敢直接對付我，怕引起北府戰士的反感，所以使出這種卑鄙手段。」

燕飛沉吟道：「司馬道子因看到此點，所以也在玩手段，借劉牢之的手來對付你，這一著非常高明。」

劉裕嘆道：「現在我們的形勢又轉趨惡劣，劉牢之說過不准我在任何情況下牽涉到北府兵，如此我想借助胡彬在壽陽的水師之舉，立告胎死腹中，問題將非常嚴重。」

燕飛搖頭道：「沒有北府兵便沒有北府兵吧！有甚麼大不了的，我們荒人從來不用外人幫忙的。」

劉裕解釋道：「對聶天還來說，大江幫在新娘河的基地並非秘密，因為大江幫的叛徒胡叫天清楚基地的事。以前聶天還不敢大意越過壽陽，是怕遭到北府兵水師的圍剿，所以基地在北府兵這大傘下可以避開風雨，一直是安全的。可是只要劉牢之知會王恭，說不會插手邊荒集的事，這種對我們有利的形勢，將蕩然無存，而我們所有行動均變得有跡可尋，在敵強我弱的情況下，我們將處於絕對的被動情況。」

燕飛道：「這方面還是你在行，我倒沒想得這麼多，幸好消息傳至桓玄處，再由他轉告聶天還，由郝長亨落實執行，至少需七、八天的時間，我們只好與時間來個競賽，看看邊荒集是否眞的是氣數未盡。」

劉裕苦笑道：「另一個頭痛的問題，是劉牢之明言我不可以找孔老大幫忙。以我們現在手上的糧食，最多可支持上三個月，弓矢則一場大戰未完即已用罄，如此對我們反攻邊荒集的大計，會有很大的影響，逼得我們躁動求勝，而對方則是以靜制動，以逸代勞。」

燕飛道：「軍令狀裏有寫明不准找孔老大嗎？」

劉裕一呆道：「這他倒不敢寫進軍令狀去，否則人人都曉得他是故意爲難我。」

燕飛啞然笑道：「這就成了，沒有孔老大的幫忙，我們將無力反攻邊荒集，你也永遠回不了北府兵去，所以你我唯一的選擇，就是千方百計也要說服孔老大，雖然我不知道如何可令他站到我們這一邊來。」

劉裕苦笑道：「我也想不出妙計。孔老大終究是個生意人，絕不肯做賠本生意，偏偏邊荒集是最高風險的投資，可能半個子兒都收不回來，還會開罪了桓玄和劉牢之。」

燕飛忽然朝門口瞧去，劉裕隨他望去，一人正匆匆而入，似是找人的模樣，見到兩人，露出喜色，朝他們舉步走來，夥計忙趕來招呼。劉裕第一個彈起來，招呼那人入座，待那人坐好後，俯身湊到他耳旁道：「他是燕飛！」

那人聞言劇震道：「眞的是你？」

劉裕向燕飛使個眼色，拍拍那人肩頭示意道：「孔老大！」燕飛心忖眞是說曹操，曹操便到，省去不少工夫，忙抱拳爲禮，又親自爲他斟酒。

孔靖目不轉睛地打量燕飛，待劉裕回到原位，俯前壓低聲音道：「這幾天我一直派人留意劉大人，所以劉大人甫入城我便知道。唉！江幫主曾派人來聯絡我，我這方面沒有問題，但參軍大人卻持保留的態度，令我非常爲難。」

燕飛道：「如孔老大選擇置身事外，我們絕不會怪你。」

孔靖點頭道：「我明白！燕兄和劉大人都是眞正的好漢子，否則竺法慶就不會授首於燕兄手上。殺竺法慶不是光靠武功，還要有視死如歸的勇氣和超絕的智慧。燕兄完成了玄帥的遺願，已得到整個北府兵的衷心感激。我孔靖看似外人，其實我至少算是半個北府兵，所以你們說我可置身於此事外嗎？」

燕飛和劉裕交換個眼色，均感孔靖非等閒之輩，且頗有見地，更膽大包天，因爲他說的最後一句話，如傳入劉牢之耳中，肯定惹來麻煩。

孔靖續道：「大家都是跑慣江湖的人，廢話我不說了，現在的形勢對我愈來愈不利，如讓兩湖幫的勢力伸展到廣陵來，我也只好帶齊所有手下逃往邊荒集去，聶天還一向與我對著來幹，不會放過我。」

劉裕訝道：「孔老大的耳目眞靈通，竟曉得建康軍已從邊荒集退走，而兩湖幫則乘虛而入。」

孔靖色變道：「竟有此事？」

燕飛道：「原來孔老大並不曉得此事，爲何卻作出兩湖幫的勢力快擴展到這裏來的判斷呢？」

孔靖露出凝重神色，把聲音再壓下少許，道：「你們竟不知參軍大人已答應投向王恭的一方，與桓玄和殷仲堪四方結成討伐司馬道子的聯盟，並推王恭爲盟主的事嗎？」燕飛和劉裕聽得面面相覷，心忖難怪劉牢之對他們反攻邊荒集的事袖手不理。

劉裕道：「何謙有何反應？」

孔靖道：「正是何謙知會我此事，何大將軍昨晚率手下離城，不知去向。」

劉裕憤然道：「劉牢之愚蠢至極，在如此的情況下，保持中立才是明智之舉。」

孔靖嘆道：「現在我們首要之務是光復邊荒集，其他事只好擺到一旁，也輪不到我們理會。」

劉裕望向燕飛，後者會意點頭，表示同意他暢所欲言，以爭取孔靖全心全意的支持。

劉裕湊近點低聲向孔靖道：「切勿驚惶！司馬曜死了！」

孔靖大吃一驚，失聲道：「甚麼？」

燕飛暗嘆一口氣，南方已完全失控，未來的發展變化沒有人能預料，而自己還要應付孫恩這可怕的勁敵。忽然間，拯救紀千千主婢一事的成功希望，又變得遙遠而渺茫。

燕飛和劉裕坐小風帆離開廣陵，負責操舟的三人是孔靖的心腹手下，好讓兩人能爭取休息的機會。兩人一時間哪睡得著，從船艙鑽出來，到船頭坐下說話，刺骨寒風陣陣吹來，以劉裕的功力，也要穿上能禦寒的厚棉袍，燕飛卻是酷寒不侵，只於勁裝上蓋上披風，比起劉裕瀟灑多了。

劉裕道：「孔靖很夠朋友，且是有遠見的人，曉得任由劉牢之如此胡搞下去，不是辦法。」

燕飛道：「做生意講的是眼光，他是看準你是可造之材。當然，安公和玄帥對他有很大的影響力。」

劉裕憂心忡忡的嘆了一口氣。燕飛訝道：「你在擔心甚麼呢？還把劉牢之放在心上嗎？至少我們找到一個肯在雪中送炭的人。我很佩服孔靖，一是甚麼都不做，一是做得徹徹底底，而他已選擇了全力支持我們，這是邊荒集之幸，更是我們的福氣。」

劉裕再嘆一口氣，道：「我是擔心劉牢之又改變主意。不知司馬道子給他的那封密函上寫了什麼，不過我看他當時的樣子，似是猶豫不決，看來司馬道子定是向他許下極具引誘力的承諾，而劉牢之投向王恭一方的決心顯然也不是堅定不移。」

燕飛道：「這是沒有原則的人常遇上的情況，哪方能給他最大的利益，便偏向那一方。不論對司馬道子又或桓玄，他都有深切的顧忌。正如你提出的，最明智是保持中立，更上之計是把邊荒集控制在手上，而劉牢之這蠢人卻因害怕助長你的聲威，致坐失良機。」

劉裕苦笑道：「北府兵落在這蠢人手上，後果實不堪設想。現在何謙已與他公然決裂，往後還不知會發生甚麼事。我眞的怕我們北府兵有很多人會被他害死。」

燕飛倒抽一口涼氣道：「不至於這麼嚴重吧？劉牢之怎麼說都該維護忠於他的兄弟。」

劉裕道：「我們曾領教過司馬道子的厲害，雖未見過桓玄，可是從屠奉三便可推測到他的高明，你說劉牢之會是這兩個人的對手嗎？第一個吃苦果的肯定是他，然後輪到其他在軍中有號召力的人，直至北府兵完全掌控在某一人的手中。」

燕飛不得不同意，道：「你這番話很有見地，這正是孔靖最大的恐懼，所以他把全盤生意押在你的身上，而非劉牢之。」

劉裕沉吟片晌，沉聲道：「明晚我們抵達豫州，立即入王府救出淡真，若因此能瓦解王恭和桓玄的聯盟，劉牢之肯定會按兵觀變，如此可暫緩南方一觸即發的緊張形勢，孫恩也沒有可乘之機了。」

燕飛從容道：「提起孫恩，我須告訴你一件事，就是我可能隨時離開以應付他，以免他影響我們反攻邊荒集的大計。」

劉裕聽得一頭霧水，道：「我不明白，怎會忽然扯上孫恩？他派人向你下了戰書嗎？」

燕飛道：「差不多是這樣，不過他只是透過心靈的奇異聯繫向我宣戰。我有種感覺，他正趕來設法殺死我。」

劉裕駭然道：「竟有此事？何時發生的？以前你曾有過同樣的感覺嗎？孫恩此刻該在翁州，離這裏超過一千里之遙，怎可能發生這樣的事？」

燕飛道：「這事是我在廣陵城內時發生，感應雖是一閃即逝，我卻感到是千眞萬確的。孫恩比以前更強大了，又更難以捉摸，我眞正的感受是沒法子具體描述出來給你聽的。」

劉裕苦惱的道：「眞的是節外生枝，不過如孫恩只是孤身一人，我們可以群起攻之，總好過你獨力承受。」

燕飛沉思片刻，搖頭道：「這一套對孫恩這種高手是不行的，試想如孫恩每天挑我方的一個人來處決，到最後我還不是要與他單獨決戰嗎？你對我竟沒有一絲一毫的信心嗎？」

劉裕尷尬的道：「我對你怎會沒有信心呢？只不過……唉！坦白說，孫恩實在太厲害了，任遙死時的情景我仍歷歷在目。如他在武功上又有所突破，天才曉得他會不會變成怪物。像現在般他能在千里外令你生出感應，已是駭人聽聞的事。」

燕飛苦笑道：「你是不是想問我有沒有孫恩這種本領呢？只是不好意思問出口，對吧？實話實說，我眞的沒法辦到，從這點推測，至少我在玄功上及不上孫恩。所以我希望能在孫恩來到前，先擊垮郝長亨的水戰部隊，如此我便可以拋開所有心事，在邊荒與孫恩決一死戰。」

劉裕皺眉苦思片刻，頹然道：「你與孫恩的決戰似是無法避免，我實在想不出任何辦法助你一臂之力。」

燕飛深吸一口氣，道：「你是關心我，所以方寸大亂。孫恩的挑戰，是我誅除竺法慶的必然後果，只要孫恩能殺死我，立可令天師軍聲威大振，比打贏其他勝仗更有效用。不過這種壓力對我也非沒有好處，至少逼得我去思忖懷中《參同契》的深奧道法，希望能更上一層樓。」

劉裕發起呆來，好半晌後才道：「究竟竺法慶比之前和你交手的孫恩，雙方高下如何呢？」

燕飛坦然道：「我沒法告訴你一個肯定的答案，兩人各有絕藝，分別在竺法慶一意生擒我，而孫恩卻全心置我於死地，所以前者是有破綻可尋，因爲已落於形跡。」

劉裕呼出一口涼氣，整個人就像浸在冰雪裏，厚棉袍似失去抗寒的作用，說不出話來。燕飛當然明白他的心情，如自己被孫恩殺死，不但荒人要完蛋，他劉裕也將陷於山窮水盡的絕對劣境，紀千千主婢更將永爲慕容垂的俘虜。不！我燕飛絕不能飲恨於孫恩手上。燕飛伸手抓著劉裕肩頭，微笑道：「相信我吧！現在我們好好睡一覺。明晚我們把你的美人兒迎返邊荒去，而我將會與孫恩在邊荒決一勝負，我的蝶戀花再不會輸給任何人，包括孫恩在內。」

在淮水黑沉沉的前方上游，七、八艘中型戰船將河道完全封閉，對方佔有順水之利，如要發動攻擊，他們那艘沒有武裝只是用來運貨的單桅內河船，肯定不堪一擊，想闖關則連江海流復活都辦不到。

劉裕和燕飛從熟睡中驚醒過來，到船首遙觀形勢。

劉裕問孔靖的手下李勝道：「夠時間掉頭走嗎？」

李勝臉色發青的搖頭道：「若他們一心對付我們，趁我們掉頭之際順流來攻，我們必無倖免。」

劉裕忽然懷念起大江幫的雙頭船，前後均設舵位，掉頭走不用拐個大彎，多麼靈活自如。

燕飛看著半里外沒有燈火、莫測高深，兼不知是何方神聖的戰船，道：「是那一方的人？」

劉裕狠狠道：「該是北府兵的戰船。他娘的！怕是劉牢之想殺我。」

燕飛暗嘆一口氣，更明白劉裕的爲難處，以他和劉裕的身手，借水遁肯定可避過此劫，但孔靖送他們到豫州的三位兄弟則必死無疑，他們怎可以不顧而去？忽然心中一動，搖頭道：「不該是劉牢之，他怎敢公然殺你呢？」

劉裕一震道：「對！咦！似乎是何謙的水師船隊。」

李勝叫道：「打燈號了！」對方亮起三盞風燈，成一品字形，徐徐升降。

劉裕露出奇怪的神情，道：「對方打的是北府兵水師間通訊的燈號，要我們靠近，是和平的燈號。」

燕飛道：「就依他們指示行事，即使被騙，也沒什麼差別。」

劉裕明白他的意思，不論他們掉頭逃走，又或往對方直駛過去，如對方一心要攻擊他們，結果仍是一樣。

劉裕安慰李勝道：「直駛上去吧！如情況不對頭，我們會與你們共生死的。」

李勝感動的道：「孔爺沒有看錯人，兩位大爺確是義薄雲天的人，我們三兄弟把命交給你們了。」依言去了。風帆重拾先前的速度，朝何謙的水師戰船駛過去。

劉裕向燕飛解釋道：「北府兵共有三支水師部隊，分別駐紮於廣陵、淮陰和壽陽，淮陰的水師船隊由何謙指揮。看來何謙離開廣陵後，便沿邗溝北上淮陰，且猜到我們會經此往潁口，所以在入淮水處守候我們，情況吉凶難料。」

燕飛道：「何謙既投向司馬道子，該與司馬道子有緊密的聯繫，理應曉得司馬道子與我們之間的事。」

劉裕道：「很難說！司馬道子這人很難測，直至此刻我仍深信他利用劉牢之，來對我行借刀殺人的毒計。」

對方各船首倏地亮起風燈，照得河面明如白晝，一艘快艇從船隊裏駛出，朝他們而來。劉裕和燕飛立即輕鬆起來，因爲對方確有誠意，至少不會在他們進入箭矢射程內時突然攻擊，因爲會殃及他們派出的快艇。至於是否因怕他們兩人逃走，故而先誑他們上船，再聚眾圍攻，則要船貼近過去才知道。

劉裕道：「艇上有劉毅在，他是何謙的心腹，也是我認識的同鄉。」

快艇迅速接近，劉毅立在艇頭，舉臂表示沒有惡意，道：「大將軍想見你老哥一面，絕沒有惡意。」

劉裕迎著寒風笑道：「大將軍的消息很靈通呢！」

快艇拐個彎與小風帆並排前進，劉毅應道：「若連你劉爺到廣陵我們也懵然不知，還有臉出來混嗎？這位是……」

燕飛淡淡答道：「小弟燕飛，見過劉毅兄。」劉毅和保艇的六名北府兵同時神色一驚，呆瞪著他。

在帥船的主艙裏，劉裕和燕飛見到北府兵除了劉牢之外，最有權勢的大將——何謙。何謙身形高挺，年紀在三十許間，面目精明，舉手投足均顯出對自己的信心，這樣的一個人，的確不可能甘居劉牢之之下。何謙表現得相當客氣，站在艙門迎接他們，對劉裕表現得很親切，對燕飛更是禮數十足，又令親衛離開，只餘劉毅一人陪侍。在艙廳的大圓桌坐下後，劉毅爲各人奉上香茗，然後坐到一側去。

何謙打量兩人一番，微笑道：「我已收到琅琊王的訊息，清楚現在的情況。實不相瞞，我本奉有王爺的密令，準備偷襲新娘河，把大江幫的殘餘勢力連根拔起，現在當然不會這樣做，也慶幸不用幹這種事。唉！我是多麼希望玄帥能長命百歲，那我們就不用陷於如此令人無所適從的局面裏。」

燕飛和劉裕聽得心裏直冒寒氣，因爲他們根本沒有想過，在新娘河大江幫的秘密基地，竟是司馬道子的攻擊目標。何謙乃善於水戰的北府大將，兼之手下水師船隊訓練有素，如驟然施襲，江文清肯定難逃大禍。

劉裕問道：「大將軍是如何曉得大江幫在新娘河的基地呢？」

何謙毫不隱瞞的道：「消息來自王恭，再由劉牢之透露予我，擺明是借刀殺人之計，小裕你現在該明白劉牢之是怎樣的一個人。」

劉裕聽得心中暗恨，消息的源頭當然是來自聶天還，再由桓玄指示王恭知會劉牢之。劉牢之則不安好心，清楚司馬道子想鏟除荒人反抗力量的心意，所以賣個順水人情，轉告何謙，希望笨人出手。這樣做對劉牢之有甚麼好處呢？當然是希望大江幫與何謙拚個兩敗俱傷，他卻坐得漁人之利。而劉裕則失去重要的支持。劉裕愈來愈憎恨劉牢之，雖明知何謙在挑撥離間，仍全盤受落。不論是劉牢之或何謙，都是北府兵的叛徒，一個投向桓玄，一個甘爲司馬道子的走狗，如北府兵因他們而落入桓玄或司馬道子之手，謝玄創立北府兵以制衡司馬氏的振奮精神，將會雲散煙消。

何謙又道：「上次我差小毅向你傳話，想與你見個面，絲毫無不良居心，而是想告訴你我何謙是怎樣的一個人。我何謙絕不會像劉牢之般壓制後輩。玄帥對小裕另眼相看，肯定小裕有令玄帥看得上眼的優點，後繼有人，是喜事而不是壞事。大丈夫馬革裹屍，我和劉牢之說不定會有那麼的一天，下輩中自然需有人奮而起之，所以小裕你能冒出頭來，我們該高興而非千方百計排擠你。」

劉毅道：「上次大將軍是要警告小裕你，琅琊王對你非常不滿，事實上大將軍一直爲你在琅琊王面前說盡好話，現在琅琊王既和小裕前嫌盡釋，大將軍便不用爲難了。」

何謙淡淡道：「我支持琅琊王並非因佩服他的爲人行事，而是比起有野心的桓玄，琅琊王維護的始終是大晉司馬氏的正統，只要我們能助明主登上帝位，我們北府兵便能繼承玄帥的遺願，北伐光復中原。」

劉毅接口道：「琅琊王已對大將軍作出承諾，只要能除去桓玄和孫恩的威脅，會全力支持大將軍北伐。大將軍對小裕非常欣賞，只要小裕肯爲大將軍效力，劉牢之肯定動不了小裕你半根寒毛。」

燕飛心中一陣感觸。每一個人都無法避免以自己爲中心，從這個角度去看每一件事，爲自己找出每種做法的理由，並認爲自己做的事是對的。何謙當然有他的理想，但也爲此理想而盲目去相信絕不該相信的承諾。劉裕本身的權位在北府兵是微不足道的，可是在現時特殊的情況下，他已成爲北府兵中極具號召力的英雄人物，所以劉牢之想殺他，而何謙則力圖把他爭取到自己的陣營去，好令自己聲價大增。

他更為劉裕感到為難，大丈夫講的是一諾千金，只要他現在答應投靠何謙，封鎖淮水的難題將迎刃而解。假如他說不，天才曉得何謙會如何反應。劉裕可以說甚麼呢？

劉裕此時想的卻是司馬道子給劉牢之的密函。何謙和劉毅都定神看著劉裕，等待他的決定。劉裕嘆了一口氣，道：「大將軍不要怪我冒犯，不知琅琊王有沒有請大將軍移師建康，以助他守穩建康呢？」

燕飛心中一動，明白劉裕心中的想法。

何謙微一錯愕，與劉毅交換個眼色後，道：「我不明白小裕為何有此一問？」

劉裕道：「大將軍可否先證實我的想法？」

何謙不悅的皺起眉頭，道：「琅琊王確曾提議要我為他守衛石頭城，不過我卻認為該留在淮陰以牽制劉牢之，並保證淮水水道的安全，減低桓玄封鎖大江的不良後果。」

劉裕道：「如琅琊王堅持，大將軍會不會順應琅琊王的要求呢？」

何謙不悅之色更濃，沉聲道：「你心中想到的究竟是甚麼呢？何不坦白說出來，不用猛兜圈子來說話。」

劉毅也道：「大將軍是直性子的人，和大將軍說話，不用有避忌。」

劉裕苦笑道：「我怕大將軍很難把我說的話聽入耳中。我只可以說，如我是大將軍，絕不會踏足建康半步。」

何謙雙目神色轉厲，直盯著劉裕片晌後，神色始緩和下來，道：「你是憑甚麼有此判斷呢？」

劉裕道：「大將軍可知琅琊王寫了封密函給劉牢之呢？」

燕飛暗忖劉裕直呼劉牢之之名，且是在何謙和劉毅這些北府兵將領面前，顯示他再不視劉牢之為北府兵的最高領導人。

何謙釋然道：「難怪你心生疑惑，琅琊王當然有向我提及此事，密函的內容我也清楚。小裕肯對我透露此事，可以顯示小裕對我的誠意。大家是自己人，甚麼話都可以說。燕兄弟亦非外人，將來我們有的是合作的機會。」

劉毅向何謙道：「我清楚小裕的爲人，義氣至上，大將軍何妨多透露點我們的計畫讓小裕弄清楚我們的情況，好教他不用白擔心。」

劉裕和燕飛交換個眼神，都心呼糟糕。因爲司馬道子當然可以在何謙和劉牢之間大玩手段，向這個說一套，向另一個則又說一套，左右逢源。照他們的猜測，司馬道子最後的目的是要把兩人都害死，令北府兵四分五裂，司馬道子才可以將北府兵控制在手上。只可惜現在不論說甚麼，何謙都聽不入耳。

何謙信心十足的道：「我對琅琊王亦非沒有防範之心，只要我一天兵權在手，他便不敢動我半根寒毛。我手下將領更對我忠心耿耿，明白我與他們禍福與共。我現在等的是小裕你一句話，只要你肯站在我這邊，我會全力支持你收復邊荒集，並保證你可以在北府兵裏出人頭地。」

燕飛忍不住道：「大將軍既不當我燕飛是外人，可否容我問一個問題，大將軍既對司馬道子有防範之心，有沒有想過司馬道子會在給劉牢之的密函一事上有隱瞞呢？」

劉毅道：「燕兄有這個想法，是因不明白琅琊王和大將軍的關係。這次琅琊王請大將軍到建康去，不但說明把石頭城交由大將軍全權指揮，且答應把女兒許配大將軍，大家結成姻親。」

劉裕和燕飛明白過來，司馬道子確實手段高明，許下如此令何謙沒法拒絕的承諾。何謙不論如何位高權重，在建康的世家大族眼中始終是個庶人，有地位而沒有高門的身分。可是若何謙娶了司馬道子的女兒，則立即躋身王族和貴冑，已踏足高門世族的禁地。這對南方任何庶人寒門都是驚人的誘惑，像何謙這種大將亦不例外。劉裕和燕飛此時更堅定先前的想法，司馬道子千方百計誘何謙到建康去，是要殺他以爭取劉牢之背叛王恭、桓玄和殷仲堪的聯盟。可是在現今的情況下，他們的空口白話能對何謙起甚麼作用呢？

劉裕眞的不忍謝玄生前的愛將如此被司馬道子害死，劉牢之猶疑的神情仍在心湖裏不住浮現。盡最後的努力，使出最後的一招道：「我在建康曾到烏衣巷見過大小姐，承她告訴我，琅琊王一直在遊說二少爺當北府兵的大統領，大將軍是否聽過此事呢？」

何謙從容道：「那是以前的事了，琅琊王是要用二少爺來壓制劉牢之，現在形勢改變，琅琊王決定擱置此一任命，小裕不用爲此擔心。小裕眞的是爲我好，我非常欣賞小裕這種態度，劉牢之不重用你，是他的損失。」

燕飛和劉裕聽得頹然不能再語，只能你看我我看你，因爲再沒有方法可以改變何謙的決定。司馬道子確是玩手段的高手，騙得何謙服服貼貼的。事實上到此刻，連他們對自己判斷的信心也動搖起來。難道司馬道子確有與何謙衷誠合作之意？

劉毅慫恿道：「小裕你若想在北府兵內有一番作爲，現在是你最好的機會，大將軍定會酌才而用，全力栽培你。」

劉裕心裏也在掙扎著，如純爲邊荒集，他自該掌握這個機會向何謙表示效忠。可是如從他的立場來說，要繼續成爲北府兵年輕一輩景仰的人物，他絕不可以投靠何謙一方，因爲投靠何謙等於向司馬道子效忠。如要成爲北府兵未來的希望，他只可以走謝玄特意獨行的路線，誰的帳都不買。不論是桓玄或司馬道子，他都不能交好，否則會令北府兵內所有對他有期待的人徹底的失望。

劉裕深吸一口氣，正容道：「我曾親筆在劉牢之面前簽押軍令狀，必須憑己力光復邊荒集。這也是我對自己的承諾。或許我是個頑固的蠢材，不過我卻覺得必須這麼做，就當是一次歷練的機會。大將軍看重我，劉裕會銘記於心。一切可否待我們收復邊荒集再說呢？」

何謙雙目立即殺機大盛，凝望劉裕。燕飛曉得劉裕話雖說得得體圓滑，仍是開罪了何謙，不過亦知何謙只會記在心裏，不會立即動手，因爲司馬道子仍要借刀殺人，利用他們去對付兩湖幫。劉毅則現出失望的神色，顯示他的確對自己的同鄉有好感。

何謙點頭道：「好漢子！小毅替我送客！」

劉裕起立施禮，道：「請大將軍千萬不要失去防人之心，小裕告退了。」

何謙安坐不動，只冷哼一聲，表示心中的不悅。兩人無奈下只好離開，心中想到的是「不歡而散」四個字。

〈卷七〉

第一章◆幸福之門

第二章 幸福之門

江陵城，黃昏，桓府。「司馬德宗！」桓玄差點噴飯，大笑道：「司馬道子眞有你的！竟推個不會說話，連寒暑冷熱都不知道的白痴來當皇帝？」侯亮生和楊佺期恭敬的站在一旁，瞧著桓玄開懷大笑。

桓玄從置於主堂一端的坐蓆站起來，負手在大堂來回踱步，忽然停下來道：「司馬道子你也有今天了！我會把你身上的肉一片一片的割下來，要你吃盡苦頭，方能洩我桓玄心頭之恨。」

侯亮生和楊佺期交換個眼色，都看出對方心底的寒意，桓玄一直苦待的機會，終於來了。司馬德宗今年十五歲，是司馬曜早逝的愛妃生的兒子，六歲時被策封爲皇太子，不過沒有司馬道子點頭，他休想能登上帝座。

侯亮生道：「可惜張貴人被楚無暇所殺，否則我們便出師有名了。」

桓玄移到兩人前方，狠狠道：「眞沒有用！小小的一件事也辦不妥，郝長亨話說得漂亮，辦起事來卻是一塌糊塗。」

楊佺期道：「郝長亨是低估了楚無暇的本領。」

桓玄仰首望上道：「楚無暇可以有甚麼本領呢？竺法慶也不外如是，竟被區區一個荒人燕飛所殺。哼！眞希望有機會遇上燕飛，讓我的『斷玉寒』可以飽飲他的鮮血，看看他的『蝶戀花』如何了得。」

侯亮生和楊佺期都不敢說話。

桓玄目光投向楊佺期，道：「王恭方面有何消息？」

楊佺期答道：「兩位刺史大人商量過，討伐司馬道子是勢在必行，不過卻很難以弒君之罪而出師。」

桓玄大怒道：「他們商量過？他們能商量出甚麼來呢？爲何不先來向我請示？王恭眞的自以爲是盟主嗎？他的美麗女兒在哪裏呢？爲何到今天仍未送到江陵來？」

兩人見他大發雷霆，都噤若寒蟬。人道事君如伴虎，而伺候桓玄更似伺候一條劇毒的惡蛇，誰也不知道何時會給他咬上無救的一口。

桓玄忽又啞然失笑道：「欲加之罪，何患無辭？我就先要司馬道子殺一頭狗，王國寶勾結彌勒教，弄得南方人神共憤，建康世家人人自危，我們就以討伐王國寶爲名，直攻入建康，我要司馬道子在我面前下跪，搖尾乞憐。哈……」

楊佺期瞥侯亮生一眼，見他低垂著頭，看不清楚他眼中的神情，不過卻可肯定他與自己心裏的感覺不會相差太遠。如讓桓玄登上帝位，南方眞不知會變成怎樣的局面。

桓玄又道：「楚無暇現在和司馬道子是哪種關係？」

楊佺期忙答道：「聽說楚無暇已成爲司馬道子私房內的新寵，打得火熱。」

桓玄欣然道：「那就更精采。佺期，你給我立即知會殷仲堪和王恭，上表力數王國寶的罪狀，並調集兵馬，不要漏掉王國寶引進楚無暇一事。哈……司馬道子你也有今天了，你可曾想過會陷入如此進退兩難的局面，不殺王國寶則建康上下不服；殺王國寶嗎？則令自己威信大削，且明示自己用人不當。」

楊佺期暗嘆一口氣，應道：「領命！」

桓玄露出一個心滿意足的神情，柔聲道：「還有要殷仲堪提醒王恭，他的寶貝女兒一天未到江陵，我一天不會發兵。他如給司馬道子先發制人害死了，不要怪我沒有警告在先。」

楊佺期和侯亮生開始有點明白，桓玄要王恭獻上女兒為妾，非只是貪圖美色如此簡單，而是要挫辱王恭的名士尊嚴，令他成為俯首聽命的走狗。桓玄的斷玉寒現在肯定是南方第一把名器，不過如論手段的毒辣，桓玄更是穩居首座，沒有人可與其爭鋒。

劉裕和燕飛抵達豫州，已是傍晚時分，兩人憑身手踰牆而入，依謝道韞的指示來到王淡眞寄居城北的醉心院。他們繞著院落外牆走了一遍，大致弄清楚形勢後，見時間尚早，怕王淡眞仍未返後院休息，不敢輕舉妄動，遂到鄰宅主樓的瓦頂上隔遠觀望，等候時機。

劉裕皺眉道：「奇怪！院內的守衛並不嚴密，似是虛應故事的樣子。難道有司馬元顯偷襲的前車之鑑，王恭仍不緊張淡眞嗎？」

燕飛當然明白他事到臨頭，患得患失的心情，提議道：「我們可以立即進去查探，弄清楚眞正的情況後，你便可以安心了。只要淡眞小姐在此，今晚你定可攜美遠走高飛。」

事實上劉裕亦有十足把握王淡眞會喜出望外隨他遠走，否則不會要謝鍾秀來向他求救。不過一刻未見到心中玉人，仍是難以安心。點頭道：「你老哥在此為我押陣便成，想不到我在軍中的訓練，竟會在此情況下派上用場，世事之奇，確是出人意表。我去了！」

看著劉裕的背影消沒在醉心院的高牆後，燕飛的心中仍盤旋著劉裕「世事之奇，確是出人意表」兩句話，暗忖只希望這兩句話在今晚並不靈光，否則將會對劉裕造成永難復元的嚴重打擊。不由想到紀千千，如紀千千有甚麼意外，自己又會如何呢？想到這裏，心中一陣顫抖。唉！自己如果仍處於這種狀態下，如何逃過孫恩一劫？掉轉頭來說，假設自己不幸慘死於孫恩手下，紀千千又會如何呢？想到這裏，燕飛暗吃一驚。曉得自己如此拋不開心事，遇上孫恩必敗無疑，忙排除萬念，守心於一，靈台逐漸清明起來。一切又重新在掌握裏。

心中湧起明悟，他如想與紀千千有重聚的一天，必須把紀千千當作修行的一部分，劍道既是天道，也是人道。硬把紀千千排擠出腦海外，是他絕無可能辦到的事。只有天人合一，視與孫恩的一戰，是爲紀千千而赴的一戰，方是他力所能及的事。忽然間他心中塡滿對紀千千的愛戀，且不再孤單。紀千千雖然在邊荒的另一邊，可是同時又近在身旁，且是兩心合一，共度任何劫難艱險。他再沒有任何畏懼。此時劉裕又回來了。燕飛大感不妥，怎會這麼快呢？

燕飛追在劉裕身後，直抵淮水旁的碼頭區，到此刻劉裕仍未有機會告訴他發生了甚麼事，只是心急如焚地要燕飛隨他到這裏來，而燕飛則猜到王淡眞已離開醉心院，從水道離開豫州。岸旁泊著三十多艘大小船隻，其中七、八艘仍在上貨或卸貨，在燈火下忙碌地工作著。劉裕很快找到目標，明顯地輕鬆起來，指著上游的一艘三桅官船道：「幸好仍未走，我認得她的家將。」

他們兩人站在一堆從船上卸下來的貨物後，遙觀情況。燕飛心呼好險，王淡眞大有可能是起程往荊州去，經淝水入巢湖，再南下大江。此時大船旁的岸上只餘下十多個重甸甸的大木箱，正由腳伕送到船上去，二十多名全副武裝家將模樣的大漢，聚集在登船的跳板附近，監察情況。想起這十多個箱子盛的是王淡眞的嫁妝，燕飛便爲劉裕感到心傷。幸好他們及時趕至，王淡眞的苦難將會成爲過去。

劉裕喃喃道：「老天爺有眼，讓我聽到兩個婢女爲淡眞的離開哭作一團的對話，否則眞不知怎麼辦才好。」

燕飛拍拍他肩頭道：「現在是登船的最佳機會，遲則不及。」

劉裕道：「我跟在你身後好了。我的心很亂。」

燕飛笑道：「你該興奮雀躍才對！一切包在小弟身上，隨我來吧！」領著劉裕離開燈火照耀處，借黑暗的掩護，潛往官船上游處，投入冰寒的河水裏，從水底往官船游去。

片刻後，兩人從右舷的船身旁冒出水面，依附在船身處。燕飛把耳朵貼著船身，探掌按著船身使出吸勁，不讓河浪影響他竊聽的行動。劉裕焦急的瞧著他，官船隨時起航，如不能迅速登船，待對方一切安頓下來，難度會增加。朝上瞧去，兩名家將正站在甲板處張望，幸好他們的位置是燈光不及的暗黑處，又是緊貼船身，對方沒有察覺兩位不速之客。劉裕正思忖燕飛能否純憑聽覺，判斷出王淡眞所在的艙房，忽然發覺燕飛已把他硬扯進水裏去。頭頂上的水面燈火照射，劉裕心叫好險，自己因心神不屬，所以警覺性遠遜平時。不過縱然處於最佳狀態，要學燕飛般如此未卜先覺的避過船上守衛的偵察，他自知仍辦不到。這可說是以王恭爲首的建康世族與桓玄的一場政治交易式的婚姻，由於事關重大，護送的人員均打起十二分精神，不敢有失。全憑燕飛超乎一般高手的靈覺，他們方能趁隙而入，來到此可登船的位置。如何把王淡眞帶走是另一個令人頭痛的問題，如沒有燕飛助他，憑他個人的力量，確難辦到。

燈光往船尾的方向移過去。燕飛仍扯著他的手臂，也不知他如何借勁，又從水裏冒出去，還帶得他貼著船壁往上游去。下一刻燕飛已打開艙窗，劉裕忙機敏的竄入無人的艙房內。燕飛鑽進來時，艙外的廊道傳來幾個人輕重不同的足音，嚇得劉裕不理從濕透的衣服不住滴下來的水，閃到門旁。到足音過門不入遠去了，方鬆一口氣。燕飛把艙窗關上，移到他身旁低聲道：「先弄乾衣服，我來處理地上水跡。」

劉裕心忖哪來時間弄乾身上濕透的衣服時，燕飛的手掌按上他背心，一股灼熱無比的眞氣直輸入他體內經脈，水氣立即開始從濕衣蒸發，神奇至極。燕飛也沒有閒著，一邊散發衣服的濕氣，另一方面則用另一隻手，發出灼熱的掌風，刮向地上的水跡。一時間艙房滿是水蒸氣。

燕飛湊到他耳旁道：「淡眞小姐就在對面的房間，現在她房內尙有一個小婢，我們再沒有時間等她離開，我叫你過去時，你便開門入室，點倒小婢。我在這裏爲你押陣，當你發出彈指兩下的暗號，我會過來會你，然後一起離開，便大功告成。」劉裕硬是壓抑著有如烈火焚燒般的興奮情緒，只急喘兩口氣，點頭表示明白。

房裏的水氣逐漸消散，他們的衣服也乾得差不多了。又有人從外面走過。燕飛喜道：「天助我也，小婢離開了！」劉裕緊張起來，心想的是當王淡眞見到自己時，喜出望外，彷如作夢的動人情景。自己這次定不顧一切，務要令她離苦得樂，世上再沒有任何人事能阻止他劉裕。他絕不會再令王淡眞失望。

燕飛倏地把門拉開，低呼道：「現在！」劉裕毫不猶豫地閃出去，王淡眞所在艙房的門出現眼前，自出生以來，從沒有一道門比眼前的門對劉裕有更重要的意義，那是通往幸福的唯一通路。

拓跋珪領著手下大將長孫嵩、叔孫普洛和漢人謀臣許謙、張袞及數百親衛戰士，沿陰山南麓的丘原策馬飛馳，直至奔上一個高崗，方勒馬停下，眾人隨之。拓跋珪深吸一口氣，俯視遠近。盛樂的燈火出現在正南方，這位於黃河河套東北的中型城池，便是他拓跋族的首都，大河在盛樂南面流過。只要他能擊敗慕容垂，大河中下游之地早晚將盡歸他所有，邊荒集與盛樂間再無任何阻礙，南方的物資可源源不絕地供應他的所需。眼前是一望無際的雪景。事實上天氣已逐漸轉暖，嚴冬終於過去，春暖花開代表的不是好日子，而是戰爭來臨的時候，決定拓跋族命運的大戰，將在黃河河套爆發，他已作好一切準備。

不知爲何，自拓跋儀帶著殺劉裕的密諭離開後，他總有點心神恍惚。原因或許是因與燕飛的交情。自認識燕飛後，十多年來他還是首次感到有點兒對不起燕飛，不過他仍沒有爲此決定後悔。爲了復國，爲了征服天下，一切個人的感情和恩怨均須置諸腦後。拓跋珪嘆了一口氣道：「我們拓跋族需要一個精采的故事。」眾人都聽得摸不著頭腦，只好靜心聽他說下去，沒有接口。

拓跋珪徐徐吐出一口氣，噴了一團白霧，無限感觸的道：「自我們拓跋部遷徙至匈奴舊地，到今天我拓跋珪立於此地，不知不覺間已快三百年了。隨著土地的擴展，新近更得到平城和雁門兩座大城和長城內大片土地，使我們得到了大批有先進生產技術和悠久文化的漢族人民。我們雖憑金戈鐵馬征服了他們的人，卻絕沒法單憑武力去統治他們的心，所以我們必須有完善的政策，才能鞏固我們的治權。」

張袞欣然道：「大帥能有此看法，足證大帥高瞻遠矚，胸懷大志，非如一般只求一時勝利之輩，如此我們大業可期。」拓跋珪尙未稱王稱帝，故軍中將領一律以大帥尊之，親近的族人則稱其爲族主。

另一心腹漢族謀臣許謙道：「大帥剛才說的我族需要一個精采的故事，是否上溯源流，令拓跋族有名正言順統治天下的名分呢？」

拓跋珪拍馬讚道：「許司馬果然明白我，一說便中，快給我想想辦法。」

張袞笑道：「漢族向有炎黃子孫之稱，自黃帝大敗蚩尤，確立漢統，漢族便雄霸中土。我們由黃帝入手如何？」

拓跋珪精神大振道：「好主意！」

許謙道：「黃帝有多少個兒子，傳說紛紜，難有定論。聽說他最小的兒子昌意受封於北土，說不定他正是拓跋族的先祖，只要我們力撐此說，可正名分。」

拓跋珪大喜道：「對！誰能指證事實不是如此？諸位有甚麼意見？」眾人紛紛稱善。

拓跋珪仰天一陣大笑，豪情奮發的道：「由今天開始，我拓跋族就是黃帝的子孫，從北土回來，終有一天我們會征服中原、澤被天下。」

眾將齊呼喊，喝采聲遠傳八方。拓跋珪拍馬馳下高崗，朝盛樂前進，眾將士追隨左右，像一股龍捲風般在雪原上縱情馳騁，似是天下間再沒有任何力量能阻止他們如虹的氣勢。

劉裕輕輕把門關上，王淡眞優美纖秀的背影出現眼前。她深黑的秀髮輕柔垂在兩邊香肩，與淡紫的披肩配合得天衣無縫，長裙直垂至赤著的雙足處。劉裕立即肯定自己永遠忘不了眼前的動人情景。他感到來自一種根深柢固的社會思想的自漸形穢，他眞的從沒有妄想過可娶得高門大族的第一美女爲妻，和王淡眞相比，他們便像兩個活在不同世界裏的人。她是如此地高不可攀。可惜高貴的身分並沒有爲她帶來快樂。所以她必須拋棄自己的身分，拋棄她那邊世界的一切，然後她便可以得到全新的世界。當他打開艙門的一刻，便像打開通往她的世界的秘道，並邀請她從秘道離開她的世界，那感覺是如此地神妙。在這一刻，劉裕知道自己已全心投入了與王淡眞的熱戀裏，其他一切再不重要。

王淡眞凝望窗外的星空，絲毫沒察覺背後多了個人。船身輕顫，終於啓碇起航。劉裕趨前，輕呼道：「淡眞，劉裕來了！」王淡眞嬌軀劇顫，像受驚小鳥般轉過身來，竟是一臉熱淚，原來她正默默垂淚。這時她張大小口，卻沒有叫出來，一臉難以相信的神色。劉裕見到她梨花帶雨的樣子，心中充滿憐惜之意，哪還控制得住，任何社會階層、身分地位的阻隔，均不復存在。閃電衝前。王淡眞用盡全身氣力的縱體入懷，死命摟著他。劉裕感覺著她的身體在懷裏抖顫，大嘴尋上她的香唇，狠狠吻下去。王淡眞激烈地回應，似是要把心中的怨恨淒苦在一吻裏全發洩出來。

劉裕反冷靜下來，離開她的香唇，看著她秀眸半閉、急促嬌喘的動人神態，道：「一切苦難都成爲過去了，我今天來是帶你走，讓我們到邊荒集去吧！我們永遠都不用分離。」

王淡眞花容轉白，如從一個美夢驚醒過來般，搖頭道：「不！」

劉裕大吃一驚焦急地道：「甚麼？時間無多，我們必須立刻走。」

王淡眞張開含淚的雙眸，淒然道：「太遲了！」

劉裕完全不明白發生了甚麼事，腦中亂成一團，道：「怎麼會遲呢？」

王淡眞的苦淚不受控制的從兩邊眼角瀉下來，用盡力氣擁抱他，芳心粉碎的道：「皇上駕崩了，如我不嫁入桓家，司馬道子會把我們抄家滅族。裕郎呵！淡眞是沒有得選擇呵！你走吧！」

劉裕如遭雷擊，全身劇震，不能相信王淡眞會說出這話般呆瞪著她。這是他不能接受的殘酷現實。

王淡眞從他懷裏脫身出去，一雙玉掌無力地按在他寬闊的胸膛上，飲泣道：「我要你記著，不論我的身體在任何地方，與你隔開多遠，可是我的心裏只有裕郎一個人。快離開吧！小玲快回來了。」

劉裕發覺自己抖顫起來，淚水失控地塡滿眼眶，說不出話來。王淡眞又投入他懷裏去，雙手纏上他粗壯的脖子，花容慘淡的道：「我每一天都在盼望裕郎會來把我帶走，可是誰能預料事情會發展至如此田地呢？淡眞絕不能在這時刻捨棄家族而遠走高飛，成爲家族的罪人，更不忍瞧著爹孤軍作戰。裕郎忘記淡眞吧！就當從來不認識我這個人。」

劉裕腦海中一片空白，全身虛虛蕩蕩的，無處可以著力，心像針刺般劇痛著。一切都完了，失去了她，縱然得到天下又如何呢？懷裏的她是這般地有血有肉，如此實在，失去她是沒法想像的事，偏又是未來不可改移的殘酷現實。

倏地房門打開，燕飛以閃電的快速手法把門關上，掠至兩人身旁，一手抓著劉裕的臂膀，向王淡眞道：「這是最後的機會。」

王淡眞把劉裕推開，秀眸射出堅定的神色，斷然道：「帶他走！幫我照顧他！」

腳步聲在廊道處響起，自遠而近，細聽足音，來的有三、四個人。劉裕仍呆望著王淡眞，口唇顫動。王淡眞伸手撫上他的臉頰，心如刀割的道：「淡眞只能嘆自己命薄，期待來生與裕郎再續前緣。」又向燕飛道：「帶他走吧！」來人在門外止步。燕飛再不猶豫，硬提著劉裕穿窗而出，投入冰寒的河水裏去。

載著王淡眞的官船遠去近半個時辰後，燕飛仍陪劉裕呆坐岸旁，更找不到任何可以安慰劉裕的話。劉裕目光發直的瞧著對岸，眼神空空洞洞的，燕飛敢肯定他視而不見，劉裕的腦袋像被掏空了，只剩下沒有魂魄的軀殼。打擊來得太出乎人意料之外，又是如此無情和殘忍。燕飛當時眞有想強行帶走王淡眞的衝動，他怎能坐看劉裕失去她，眼睜睜瞧著她這位嬌貴的好女子落入狼心狗肺的桓玄手上。可是他必須尊重王淡眞的決定，且敬佩她爲家族徹底犧牲自我的意願。如斯無奈的事，就那麼在眼前發生，而他們卻沒有半點辦法。他比任何人明白劉裕的心情，因爲他也嘗過其中之苦。而劉裕的遭遇比他更是不堪，因爲一切已成爲不能挽回的悲劇，終生的遺憾。

劉裕吐出一口氣，雖仍是木無表情，至少眼神回復了點神采，頹然道：「我沒事了！」

燕飛仍不懂如何回應。劉裕朝他瞧來，道：「我眞的沒事了！」

燕飛寧願他痛哭一場，總好過把悲傷硬壓下去，密藏心底。

劉裕緩緩吁出另一口氣，沉聲道：「我是不會認輸的，不！永不！終有一天我要桓玄付上千倍萬倍的代價，終有一天淡眞會回到我的身旁。」

不知如何，燕飛感到心裏湧起一股寒意，不是因爲劉裕說話的內容，而是因爲他說話的神態，每個字都像用盡全身的氣力說出來般，盡顯其內心傾盡天下江河也洗不清的恨意。

燕飛嘆道：「你是不是感到老天對你很不公平呢？老天爺有時的確很過分的。」

劉裕露出苦澀的表情，緩緩道：「這根本是個不公平的天下，高門大族的人自出娘胎便高人一等，我們這些鄉農出身的則注定要爲他們作牛作馬，任由鞭撻，從來就沒有公平可言。不過我並不會逆來順受，有一天我會把一切改變過來。」又以目示意，道：「對岸就是邊荒，我的事業會從這片無法無天的土地展開，誰擋著我，我便殺誰。」

燕飛苦笑道：「我明白你的心情。」

劉裕點頭道：「燕飛永遠是我劉裕的知己，淡眞的事將成爲我心底裏的秘密，今晚以後再不會提起她，但心裏卻永遠不會忘記她。」

燕飛道：「我會爲你保守秘密。」

劉裕感激地瞥他一眼，深吸一口氣，道：「自淝水大勝後，厄運就像厲鬼般緊纏著我們，邊荒集的首度失陷；千千被擄北去；安公和玄帥的先後辭世；北府兵的分裂；邊荒集的得而復失；到今晚眼睜睜看著自己最心愛的人兒入虎口，一切都是如此地令人感到無可奈何。但也逼使我們走上一條沒有別的選擇的戰爭之路，我們必須堅持下去，直至吐盡最後的一口氣。」

燕飛道：「不用如此悲觀，當務之急是先收復邊荒集，把局面扭轉過來。你仍是荒人的主帥，必須振作起來。」

劉裕雙目精光開始凝聚，沉聲道：「未來光復邊荒集之戰絕不容易，我們的對手不但有聶天還、姚萇、赫連勃勃，還有到現在仍佔盡上風的慕容垂。慕容垂絕不容邊荒集再落到我們手裏。這不單是戰略布置的問題，更是面子的問題，他要向千千證明你燕飛是及不上他的。」

燕飛心中欣慰，曉得劉裕不是畏難，而是回復鬥志，肯面對可怕的現實。更感到他助自己救回千千的心意，所以對眼前形勢作出深到的剖析。坦白說，他自己也有點害怕面對現實，只好盲目相信必可以重奪邊荒集，再配合拓跋珪展開營救紀千千的鴻圖大計。而事實上即使他們糧草兵器弓矢供應無缺，但實力懸殊下，明眼人均知反攻邊荒集成功的機會微乎其微。沒有人看好荒人。司馬道子並非因看好他們，所以為此與他們和解，只是想利用他們去牽制兩湖幫，令桓玄無力封鎖建康上游。劉牢之也不看好荒人，所以逼劉裕立下收復不了邊荒集，永遠不得歸隊的軍令狀，變相放逐劉裕。一天收復不了邊荒集，他和劉裕將變成一無所有的荒人，失去了一切，包括希望在內。燕飛默然無語，深切感受著劉裕所說的「直至吐盡最後一口氣」這句話背後辛酸淒寒的滋味。

劉裕嘆道：「玄帥實在太看得起我劉裕。沒有了北府兵這棵可遮蔭的大樹，我們脆弱的船隊將完全暴露在兩湖幫船隊的攻擊下。如我沒有猜錯，兩湖幫的戰艦群將集結在巢湖，只要北上淮水，順流而下，只兩天的時間便可以進攻我們在新娘河的基地，一旦新娘河被攻陷，將截斷我們和南方的所有聯繫，孔靖肯幫忙也發揮不出作用，此事必須先解決，否則我們將變成孤立無援的必敗之師。」

燕飛眞的不明白劉裕是如何辦到的，這麼快從悲苦絕望裏脫身出來，變回荒人精明的主帥，冷靜地分析現在的形勢。道：「可否請守壽陽的胡彬幫忙？」

劉裕堅決的搖頭道：「我既立下軍令狀，便依軍規辦事，如此方能贏得北府兵上下的敬重，更可以教劉牢之曉得我劉裕不是軟腳蝦。如何可以打垮兩湖幫呢？」

燕飛忽然神色微動，目光投往上游對岸的方向。劉裕循他的目光瞧去，在對岸離淮水里許遠處，隱隱傳來宿鳥驚飛的聲音。兩人交換個眼色，均感情況有異。燕飛彈起來道：「探子出動的時間到了！」

兩人藏身一座小丘頂上的草叢裏，看著一隊一隊的騎士，穿過密林，沿淮水往下游方向前進。約略估計，這支人馬達五千之眾。

燕飛湊到劉裕耳邊道：「是那一方的人馬？」

劉裕沉聲道：「應是荊州來的部隊。」

燕飛倒抽一口涼氣，道：「竟是桓玄的人馬？這次糟糕了。」

劉裕笑道：「給我們無意碰上，就不是壞事而是好事。我忽然有一種歷史重演的感覺，當日苻堅南來，我由邊荒集趕回來，亦湊巧碰上羌人的部隊，奠定淝水之勝的局面。」

燕飛奇怪地瞥他一眼，此時的劉裕，對失去王淡眞一事，像是從未曾發生過的樣子。

劉裕狠狠罵道：「他娘的劉牢之，顯是早和桓玄有約定，袖手讓他殲滅大江幫，又讓荒人作陪葬。這批騎兵分明在配合兩湖幫的戰船，從水陸兩路聯攻新娘河。我操他們的十八代祖宗，我會教他們栽個大跟頭。」

燕飛道：「我們必須立即趕回新娘河去，準備迎戰。」

劉裕信心十足的道：「這批騎兵是採取晝伏夜行的行軍方式，我們可以大約推斷他們何時抵達新娘河的附近，只要摸清楚他們渡過淮水的地點，他們將吃不完兜著走。」

燕飛問道：「兩湖幫從水路來的攻擊又如何應付？」

劉裕道：「桓玄和聶天還想出來的這一招非常狠絕，當這部隊潛到新娘河附近，兩湖幫的船隊會大張旗幟的從水道來犯，引開我們的注意後，便由伏兵從陸路進攻新娘河，教我們應變不及後一敗塗地。哼！只要我們先擊潰這支五千人的部隊，將大有機會在中途截擊兩湖幫的船隊，贏得漂亮的一仗，保著我們在南方唯一的基地。」

燕飛皺眉道：「假如劉牢之惱羞成怒，派人攻打新娘河，結果仍沒有分別。」

劉裕道：「我很明白劉牢之這個人，因著玄帥生前與大江幫的關係，絕不敢不顧軍中反對的聲音，明目張膽的去對付大江幫。且他現在自顧不暇，還在猶豫應站在那一方，短時期內不會有任何行動。哼！軍令狀限制了我，也限制了他，他該不會插手到我們荒人的事情上去的。」

燕飛放下這方面的心事，道：「我們下一步該怎麼走？」

劉裕笑道：「如我是初次認識你，會以爲你是沒有主見的人，現在卻知道你是爲我好，不停地提問，好刺激我去思考。放心吧！我的老朋友！我眞的沒事了！我比以前任何一刻更發憤圖強，假如我仍看不清楚這人世上只有強權而沒有公理，我還用混嗎？」

燕飛苦笑道：「你的確清醒，甚至太過了點。好吧！我可以放心了。」

看著最後一隊騎兵越過丘下的林野，劉裕抓著他肩頭，道：「請你老哥立即用你的絕世身法全速趕回新娘河去，並代我向文清轉達由屠奉三指揮作戰的意願，只要你告知老屠現在的情況，他會定出最佳的作戰策略。」

燕飛問道：「你老哥又如何呢？」

劉裕答道：「我會施出我的看家本領，追蹤桓玄這支部隊，弄清楚他們的虛實，當我掌握到他們渡河的地點，我會趕回去向你們報告，希望那時我方的人馬已整裝待發，可予敵人迎頭痛擊。」燕飛拍拍他肩頭，逕自離開。

劉裕待燕飛遠去後，崩潰了似的，從蹲立的姿勢跌坐在草叢裏，熱淚泉湧，又不敢發出哭聲，只能把臉埋入雙掌裏，泣不成聲。他辜負了王淡眞的美意和垂青，假如他當時不顧一切和她私奔，謝玄是不會阻止他的，今晚的事就不會發生。又假設他在司馬曜駕崩前找到王淡眞，她也不用去面對如此悽慘可怕的命運。只可惜他已錯過了時機。他心中生出不能遏抑的悲恨，痛恨桓玄，痛恨整個社會不公平的一切，又知縱使他成爲南方之主，仍不能改變積習難改的風氣。只有強者才可以爲自己的命運作主。這將是他最後一次爲心愛的人兒痛哭流涕，他立誓會堅強下去。此後誰擋著他，他便殺誰。

燕飛急趕了一夜的路，天明時到達新娘河和淮水的交界處。昨晚他縱情飛馳，一方面是他必須儘早趕往目的地，同時亦借此以洩心中憤懣不平之氣，對王淡眞被逼往荊州作桓玄的媵妾，他是感同身受。自苻堅南來後，情況的發展把他捲進大時代的無情戰亂去，到與紀千千共墜愛河，至乎此刻，他已是愈陷愈深，必須施展渾身解數堅持下去，直至完全徹底的勝利。孫恩的威脅更令他如坐針氈，感到危機四伏，殺意暗藏。不過昨夜的全速奔馳，卻使他進入奇異的狀態裏，他穿林過野、攀山越河，把所有煩惱拋諸腦後，心中只剩下對紀千千的愛戀。不管現實是如何殘酷不仁，除非拔劍自盡，否則每一個人都必須繼續生活下去，還要當作沒發生過任何事，時間根本不容許任何人有自悲自苦的餘地。像劉裕剛失去王淡眞，卻不得不壓下傷痛，與來犯的敵人周旋。生命總是這般令人感到無奈。

疾奔近百里後，他不單沒有勞累的感覺，精神和體力還有煥然一新的動人感覺。回想起昨夜飛馳的情況，似與天地同遊共舞，紀千千則在心裏默默陪伴著他，令他絲毫不覺寂寞。他再非孤軍作戰，不論如何形影孤單，紀千千永遠在他心中，陪伴他對抗孫恩這位極可能是天下間最可怕的敵人。他借兩根粗樹枝輕鬆地飛渡淮水，正要沿新娘河而走，忽有所覺，在岸旁止步。四個人影從岸旁密林處掠出，叫著他的名字迎上來。燕飛看呆了眼。來的是屠奉三、高彥及他完全沒想過會在此區域見到的慕容戰和卓狂生。

高彥誇張的叫道：「劉小子呢？希望他不是被劉牢之收進軍牢裏去吧！」

想起劉裕，燕飛一陣難過，但只能把心事暗藏密封起來。笑道：「小劉正爲我們即將來臨的大戰作好準備工夫。我的娘，你們怎會摸到這裏來的？不要告訴我是被敵人逼得流亡來此。」

慕容戰來到他身前，伸手抓著他雙臂，露出戰友重逢的激動，欣然道：「也差不多是這樣，我們的敵人就是連下三天的大雪，害得我們飢寒交迫，不得不離開巫女丘原，到南方來避風雪。他奶奶的！這裏一樣是天寒地凍，幸好肚子可以餵飽。」

卓狂生來到他身旁，大力拍打他背脊，興奮的道：「你這小子已成爲天下第一高手，是我們所有荒人的光榮。也虧得這場連下三天的大雪，我們固是苦不堪言，也癱瘓了敵人從四面八方圍剿我們的行動，讓我們憑著熟悉的地勢，突圍逃走。現在新娘河熱鬧得像邊荒集，可惜人多並不管用，只消耗多點珍貴的糧食。」

屠奉三道：「別怪他們不在巫女丘原堅持下去，人或可以再多挺一段時間，戰馬卻沒法捱下去。」

燕飛喜出望外道：「我怎會怪他們？高興都來不及，我正擔心人手不足難以應付敵人，現在再不用擔心了。」

屠奉三沉聲道：「是否發現敵蹤呢？」

卓狂生道：「我們到林內坐下再說，五個荒人站在非邊荒的土地，成何體統？」笑罵聲中，五人朝林木深處掠去。

卓狂生並沒有誇大新娘河大江幫基地的熱鬧情況。河灣處停泊了近五十艘大小船隻，漁村搭起了數以千計的營帳，塡滿了房舍間的空地，炊煙處處，蔚爲奇景，就像把邊荒集搬到這裏來。粗略估計，聚集於此的人數當有二、三萬之眾。雖然擠迫，卻只予人熱鬧的感覺，和平安樂，沒有絲毫混亂。不明內情的人只要想想聚集這裏的人不是渾身是膽的武士，便是男盜女娼的江湖兒女，又或是專門偷雞摸狗的混混、鋌而走險的走私搢客、被各地官府通緝的逃犯，定會對他們守規矩的情況大惑不解。只有荒人才明白自己，每一個人的心中都曉得唯一的出路是收復邊荒集。事實上他們都是爲情勢所逼之人，縱然初到邊荒集時各有混水摸魚的居心，可是經過兩次的失陷，紀千千高尙情操的號召和感化，均令他們徹底體會到，只有邊荒集才是他們的棲身之所，享受到任何地方所沒有的自由和公義。在碼頭中心處由紀千千設計的飛鳥旗懸在七、八丈的高處，象徵著把所有荒人的心，統一在這代表邊荒集的自由和公義的大旗下。

燕飛的到達，立即引起轟動。他不單是斬殺竺法慶的大功臣，更是荒人心中無可替代的第一好漢。荒人以他們的方式吶喊歡呼，士氣昂揚至極點，比之以前在邊荒集的任何一刻爲甚，即使如何冥頑不靈的人，他們的心也會與其他熱血沸騰的荒人的心融化在一起。鐘樓議會的成員姚猛、江文清、程蒼古、費二撇、姬別、紅子春等把燕飛一眾迎入基地的主堂，立即舉行邊荒集失陷後的第一次會議，龐義、席敬、陰奇、方鴻生、高彥、丁宣等亦准予列席。燕飛坐於長達兩丈的長方木桌一端，而身爲主持人的卓狂生則在另一端，其他人坐在兩旁，列席者坐於後一排，一切仍依鐘樓議會的規矩。會議開始前，卓狂生提議起立爲在邊荒集不幸被殺的荒人默哀，然後由燕飛報告最新的情況。

報告完畢，卓狂生哈哈笑道：「這叫天助我也，我們正愁如何可以在水上擊垮兩湖幫，他卻送上門來，予我們天賜的良機。」

江文清的目光投往屠奉三，道：「要擊敗兩湖幫，首先須對付桓玄來襲的人馬，屠當家有甚麼意見？」

眾人都明白江文清問這幾句話背後的涵義，因爲屠奉三本爲桓玄一方的人，如擊潰桓玄這支五千人的部隊，勢令屠奉三和桓玄的關係陷於無法挽回的地步。只有燕飛多出一重心事，在開始這個會議前，他向江文清傳達了劉裕想由屠奉三統率此戰的意願，他當然說得婉轉，指出屠奉三是最熟悉敵人者，可是當時江文清卻不置可否。現在甫開始便向屠奉三提問，該是要從屠奉三的反應，來作出是否以屠奉三爲統帥的關鍵決定。最關心這個問題的是陰奇，因爲直接影響到他的去向。

屠奉三淡淡笑道：「自桓玄與聶天還結盟，我們的關係早已破裂，現在更派人來攻打新娘河，分明是要將我趕盡殺絕。哼！我屠奉三是有仇必報的人，今天我在此宣布，我和桓玄已是誓不兩立，不是他死便是我亡，再沒有別的可能性。」

卓狂生首先帶頭鼓掌，眾人隨之喝采助威，堂內一片熾熱激昂的氣氛。江文清欣然嬌喝道：「如此我便代劉帥提出他的主張，請議會公決此仗由屠當家全權指揮。」主堂倏地靜下來。慕容戰首先舉手贊成，接著眾人紛紛舉手表示同意。

屠奉三毅然而起，悠然道：「多謝各位這麼看得起小弟，我屠奉三必竭盡所能，絕不會令各位失望。」又特別向江文清表示謝意。燕飛心中欣慰，荒人終於團結一致，為共同的目標捨棄個人或派系的成見，以最佳的陣容迎擊敵人，也可看出劉裕對江文清的影響。

卓狂生歡喜的道：「請屠帥指示！大家都是兄弟姊妹，不用說客氣話。」

燕飛道：「我們現在手上究竟有多少可用的戰士和戰船，武器和糧食方面的情況又如何呢？」

屠奉三答道：「我們可用的戰士在八千人間，狀態良好，兵器方面問題不大，不過卻極缺弓矢，看來不足以應付一場大規模的水戰。幸好有桓玄關照，派人送弓矢來了！」姚猛和高彥同時鼓掌，齊喊「說得好」。

程蒼古道：「至於戰船方面，經過修補和新製的雙頭戰船有十二艘，加上司馬道子送的五艘戰船，共是十七艘大船，其他由小型貨船改裝的戰艇有二十八艘，只要弓矢無缺，這樣的實力足以伏擊兩湖幫的船隊。」

紅子春拍檯喝道：「這次我們是孤注一擲，不勝無歸。」

江文清淡淡道：「此仗我們是非勝不可，因為劉牢之剛派來特使，傳達他嚴厲的警告，限令我們三天之內離開淮水以南任何地方，否則他會對我們採取行動，絕不姑息。」

屠奉三問道：「他派誰來傳話？」

江文清答道：「此人叫劉襲，是劉牢之的同族人，更是他的心腹，其代表性不容置疑。」

姚猛破口大罵道：「我操他劉牢之，竟在此等時刻落井下石。」

屠奉三好整以暇向燕飛道：「燕兄怎麼看呢？」

邊荒諸雄，永遠處於一種既合作又競爭的狀態下。燕飛曉得以江文清的慧黠，心中早有定案，只是拿出來考量屠奉三的領導才能，看他的應變方法。微笑道：「時間上是否太巧合了點呢？」

姬別繼紅子春後一掌拍在桌面，涵義卻是完全另一回事，憤然道：「劉牢之擺明是要與桓玄和聶天還聯手鏟除我們，且不用費一兵一卒，便可坐收成果。」

燕飛一直不太喜歡姬別這個人，因爲並不欣賞他奢華的生活方式，不過經過邊荒集二度失陷的共患難，觀感逐漸改變過來。在內憂外患的煎逼下，即使像姬別這樣貪戀舒適生活、好逸惡勞的人，亦從頹唐的生活裏振奮起來，義無反顧的與大家同甘共苦，作戰到底。

卓狂生咬牙切齒的道：「劉牢之是要逼我們離開有軍事防禦的新娘河，在倉卒渡淮水往邊荒之際，讓桓玄埋伏對岸的部隊驟然施襲，殺我們一個片甲不留。而我們的戰船隊則由兩湖幫負責清剿，這一招確實非常狠毒。」

費二撇撫著一邊鬍子沉聲道：「我們既識破對方的奸謀，當然可以將計就計，反殺他們一個落花流水，好向劉牢之顯點顏色。」

慕容戰道：「如此荊州軍將不會渡淮，只是派出探子，監視我們的動靜，當我們渡淮返回邊荒之際，偷襲我們。」

在座者皆是身經百戰的老江湖，只聽從劉牢之那裏傳來的話，一下子推論出敵人的策略，當然曉得荊州軍正沿邊荒朝他們所在處推進是關鍵所在，否則極可能會慘中敵人的奸計。他們若要全體離開，必須渡淮水從陸路回去，所有大小戰船均須用來搬運糧貨物資，浩浩蕩蕩的二、三萬人，且大部分是老弱婦孺或是工匠等戰鬥力不強者，行動既緩慢，目標更明顯，儘管沒有荊州軍的威脅，如此返回邊荒，等於自尋死路。劉牢之確實想把他們趕入絕路，所以人人心生憤慨。

江文清道：「壞消息外尚有一個好消息，我們在潁水秘湖的基地仍是安然無恙，只要能擊敗兩湖幫，我們可以重新佔據秘湖基地，以之代替新娘河。」

屠奉三動容道：「這是很好的消息。」

秘湖位於邊荒集和潁口間，是潁水的支流，當日由劉裕帶路，大江幫的船隊便藏在該處，成爲隱伏的奇兵，令他們於首次反攻邊荒集一役中戰績輝煌。收復邊荒集後，江文清銳意發展此基地，好與邊荒集和新娘河遙相呼應。現在外面的十二艘雙頭艦，其中八艘是從秘湖基地逃回來的，並於沿途救起不少逃亡的戰士。眾人本爲如何在邊荒尋得立足的據點而頭痛，此時聞之立告精神大振。

席敬道：「大小姐一直在懷疑這或許是敵人的陷阱。兩湖幫既曾爲此吃過大虧，照道理不會不曉得秘湖基地的存在。」

紅子春道：「只要猜到可能是個陷阱，陷阱再不成其陷阱。」

屠奉三淡淡道：「不但不是陷阱，且是反過來變成對付敵人的陷阱。」

燕飛知道屠奉三已是成竹在胸，更隱隱把握到江文清在爲屠奉三造勢，因她看出屠奉三可以成爲她和劉裕的得力戰友和夥伴，且不限於收復邊荒集的一戰上。屠奉三比江文清優勝之處是他對桓玄和聶天還的熟悉，這是沒法替代的寶貴經驗。兼之屠奉三長期爲桓玄執行顚覆大晉的任務，對南方的軍事地理形勢瞭如指掌，如此一個人才，到哪裏可找得到呢？忽然間，燕飛感到江文清對劉裕，實不止於夥伴的關係般簡單。

江文清向屠奉三道：「劉牢之對我們如此狠心，是否代表劉牢之已決定投向桓玄呢？」

屠奉三也開始覺察江文清在引導自己思考的方向，感激地向她笑了笑，道：「很難說，也可以是他設法穩著王恭和桓玄的一方，那他發動時，便可以殺桓玄一方一個措手不及。我敢斷言，只要劉牢之倒戈投向司馬道子，以桓玄爲首討伐司馬道子的聯盟，將吃不完兜著走。」眾人沉默下來，南方的形勢詭譎複雜，未來的變化再沒有人能掌握。

屠奉三堅定的眼神緩緩掃過在座每一個人，道：「勝利的果實已來到我們掌心裏，只待我們收成。首先我們須佯裝出全面撤返邊荒的姿態，把糧貨送到船上，令敵人不再防範我們的戰船隊，事實上裝的全是可隨時拋棄的廢物。這方面由程公和費公兩位負責。」

程蒼古和費二撇欣然領命，前者道：「我們不單須瞞過敵人，連自己人也須瞞過，對嗎？」

屠奉三點頭應是，然後向高彥道：「你該清楚我們的需要，而你是這方面的高手，就由你負責建立一個針對荊州軍、兩湖幫和北府兵三方面的情報網，在這方面是不容有失的。」

高彥倏地站起來，誇張地施禮，大聲應道：「屠帥有令，我高小子必做得妥妥當當，我會挑最有本領和信得過的探子，由我這首席風媒指揮。哈！本小子立即去辦。」說罷旋風般去了，惹來哄堂大笑。

燕飛心中暗讚，想不到他能如此以大局爲重，不受小白雁的影響。

屠奉三道：「調集戰士、分配武器由慕容當家、陰奇和丁先生安排。全面撤走則交給姬公子和紅爺去辦。待我們的劉帥回來，我們便可以決定在哪裏渡河，如何與敵人玩一個精采的遊戲。」眾人轟然答應。

屠奉三道：「有主必有副，我既當上此戰的主帥，該有任命副手的資格，便請大小姐作副帥，我不在時，一切交由她全權指揮。」

卓狂生鼓掌道：「好！果然是善戰的主帥，明白戰場上的規矩。我邊荒集人才濟濟，任何一個人派出來都是能獨當一面的人物。不過似乎浪費了我，我也是個人才呢！」

龐義失笑道：「你最大的長處當然是設法團結所有人。」

屠奉三道：「這次是我們在邊荒外的第一次會議，卓先生的任務將是發揮夜窩族的精神，乘機多踢些人入窩。」說罷向燕飛道：「我要帶燕兄去見一個人。」燕飛為之愕然。

劉裕在淮水北岸一堆亂石處藏起來，呆看著眼前往東滾動不休的河水。載著王淡真的官船該已到達巢湖，每過一刻鐘，她將接近江陵多一點。唉！他幾可想見桓玄猙獰的面目，而王淡真將受盡他的凌辱，成為他私房中的玩物，亦成為桓玄因被建康高門仇視，所產生怨氣的發洩對象。想到這裏，他心如錐刺，憤恨如狂。可是他必須克制自己，他堅持獨自行動，是他希望有獨處的時間，好讓自己有回復過來的空間和時間，至少是表面上的冷靜，雖然他深悉自己將永不能從這打擊中回復原狀。一切必須繼續下去，他也必須堅持下去，一步一步的朝最後的目標邁進，直至擊敗每一個敵人。如果無所事事，他肯定自己會發瘋。現在則愈危險的事他愈想去做，只有在生死之間徘徊，方能令他的精神集中起來，忘卻心中的淒酸無奈。

荊州軍已抵達目的地，且建立營壘木寨，幾可斷定他們無意渡河大舉進攻新娘河，因爲他們停下來的密林內，藏有七十多台投石機。能在這區域供應他們重武器的，只有劉牢之和何謙辦得到。當然不會是何謙，劉牢之的嫌疑最大。如荊州軍的目的地是新娘河，投石機便該藏於對岸，免去運往南岸之苦。劉裕投入河水裏，潛往對岸。仍未到返回新娘河的時候，因爲他尙要偵察兩湖幫船隊的行蹤，他已大概猜到兩湖幫船隊的行藏，沒有人比他這位北府兵的首席探子更清楚這一帶的形勢。

王國寶懷著惴惴不安的心情，策馬進入琅琊王府，到王府來的心情沒有一次比今天更差，甚至有點害怕見到司馬道子。他這回損兵折將的回來，又被因竺法慶之死而發了瘋的彌勒教徒燒掉十多艘昂貴的戰船，眞不知如何向司馬道子交代。這次邊荒集之戰本應是證明他王國寶遠比劉裕優秀的大好機會，豈知最後功虧一簣，一把便把所有贏回來的全輸出去，還焦頭爛額、面目無光的黯然回來。他這一生中最不服氣的就是謝安重用謝玄而置他這女婿於不顧，不論出身和才幹，他有那一方面比不上謝玄，至少也可作謝玄的副手，如此現在北府兵便落入他手上。以前他只是滿腹怨氣，可是當謝安挑劉裕作謝玄的繼承者，怨恨化爲憤怒，所以他千方百計要置劉裕於死地，可恨造化弄人，令他陷於此等田地。

「王國寶大人到！」門官報上他的來臨。

司馬道子的聲音從書齋傳出來道：「請王大人進來。」

王國寶大感錯愕，司馬道子的語調溫和，和平時沒有兩樣，難道他絲毫沒有怪責自己之意？事到如今，還有甚麼好想的，只好硬著頭皮進去。

司馬道子坐在長几後，正埋首批閱各部門呈上的書表，沒有抬頭的道：「國寶坐吧！」

王國寶施禮後往一側跪坐，垂著頭惴惴不安地等候發落。他清楚司馬道子的爲人絕不好應付，看來自己這回不但要賠上大筆財富，連官位也保不住。

「接著！」王國寶伸出雙手，接著司馬道子隨手擲來的奏章，茫然以對。司馬道子仍忙於批閱，沒有朝他瞥上半眼，淡淡道：「看吧！」

王國寶展書細讀，赫然是由以王恭爲首，包括桓玄、殷仲堪、劉牢之等十多位外鎮大臣上書新皇的奏表，之中歷數自己的罪狀，甚麼勾結逍遙教和彌勒教的妖人，擾亂朝政諸如此類，還聲言發兵討伐自己，反而對司馬道子一字不提，看得他汗流浹背，差些兒抖顫起來。連忙叩頭道：「王爺當知道國寶對王爺忠心耿耿，一切都是爲王爺做的。」

司馬道子終朝他瞧來，柔聲道：「國寶不用驚惶，本王如讓你被人宰掉，還用在建康立足嗎？快坐起來！我還有要事須和你商議。」

王國寶心中大訝，在此等形勢下，司馬道子竟不棄車保帥，難道眞如他所說的，這封奏摺反成爲他王國寶的護身符，司馬道子爲了自己的顏面，須全力保住他？又驚又喜下，王國寶坐直道：「有甚麼事，只要王爺吩咐下來，我王國寶赴湯蹈火，萬死不辭。」

司馬道子正凝神瞧他，唇邊露出一絲笑容，道：「我想你出掌北府兵，當北府兵的大統領。」

王國寶全身劇震，不能置信的失聲道：「甚麼？」

司馬道子笑意擴展，化爲燦爛的笑容，從容道：「國寶你身爲謝安的愛婿，又是本王寵信的人，有誰比你更有資格出任由謝安、謝玄成立的北府兵的大統領呢？」

王國寶仍不敢相信自己的幸運，自己夢寐以求的事，竟會在自己最失意之際發生，這是否叫否極泰來呢？道：「可是……」

司馬道子截斷他道：「還有甚麼好猶豫的呢？眼前是收服北府兵千載難逢的機會。」

王國寶很想問他機會在哪裏，不過惶恐早被狂喜蓋過，道：「一切聽王爺指示。」

司馬道子悠然道：「北府兵現在已分裂爲兩大派系，一系以劉牢之爲首，投向王恭一方，選擇與我們爲敵；一系以何謙爲首，表面看是效忠於我，事實上只是借我們來對抗劉牢之，一旦讓何謙坐上大統領的位置，只會像謝玄般擁兵自重，威脅朝廷。所以我們必須設法將北府兵置於絕對的控制下，方能根絕此心腹大患。」

王國寶一頭霧水的道：「那我……」

司馬道子又打斷他道：「何謙正奉我之令前來護駕，今晚將抵達建康。由於事起倉卒，何謙會領親兵先至，大軍隨後分批趕來，只要你能在何謙到達前伏殺他於大江上，那我們不但可以接收何謙的部隊，且可以嫁禍劉牢之，令北府兵進一步分裂。待收拾劉牢之後，你便可以名正言順坐上北府兵大統領之位。」

王國寶大喜道：「王爺放心，國寶必把此事辦得十分妥善，不會令王爺失望。」

司馬道子好整以暇的道：「這次隨何謙來的只有三艘北府戰船，戰士在一千人間，雖全是驍勇善戰的勇士，可是只要你攻其不備，當可完成任務。此事我不宜插手，你更不可以在任何人面前提及我，所以你必須全用你自己的人。你調集人手和戰船後，我再詳告你何謙此行的情況。記著！我要何謙的全屍，此事不容有失，否則你就要提頭來見本王。去吧！」王國寶心中掠過難以言表的興奮感覺，心忖我王國寶畢生苦候的機會終於來了。

燕飛與屠奉三並肩在房舍間的簡陋泥路上舉步而行，周圍十多幢房舍內全是傷病的荒人，雖然形勢惡劣，他們仍得到完善的照顧。

屠奉三問道：「你不是和劉帥到廣陵去嗎？為何會在豫州附近發現荊州軍呢？」

燕飛知道很難瞞得過他，坦然道：「是因為劉裕私人的事，可是我卻不便代他說出來，屠兄可以直接問他。」

屠奉三欣然笑道：「明白了！就當我沒有問過好了，我當然不會令劉帥為難的。」

燕飛對他的知情識趣好感大增，道：「你究竟帶我去見誰呢？」

屠奉三停在一間大門緊閉的小屋前，門外有兩個羌族戰士把守，情況有點異樣。

屠奉三問把門的兩人道：「他如何了？」

兩個羌人慌忙敬禮，其中一人黯然道：「仍是沒有絲毫改善。」

屠奉三沉重地嘆了一口氣，示意兩人把門打開。燕飛心知不會是甚麼好事，隨著張開的門望進屋內，一看下為之色變。屋內只有一桌一床，幾張椅子，一人據桌獨坐，目光呆滯，茫然的瞧著大門，卻像完全看不到他們。竟然是呼雷方。以他的武功，為何會變成這樣子？

屠奉三領頭進屋，招呼道：「呼雷當家你好！」呼雷方全無反應。

燕飛隨屠奉三在他對面坐下，心中一酸，道：「發生了甚麼事？」

屠奉三搖頭道：「沒有人知道，慕容戰等人在南來途中遇上他，便是這個樣子，甚麼都不懂，甚麼都要人代勞。唉！」

燕飛盯著呼雷方沒有焦點、目光渙散的眼睛，皺眉道：「這是否某種禁制穴道的厲害手法呢？」

屠奉三苦笑道：「看來不像，程公是點穴和醫道的大師傅，仍沒法可施，我還以爲憑你的靈通，可以有點辦法。」

燕飛頹然道：「有時我眞的希望自己能變成神仙，可惜事實並非如此。咦！」

屠奉三往他瞧來，只見燕飛忽然閉上眼睛，旋又睜開，眼神充盈異采，然後移到呼雷方身後，探掌按在呼雷方左右耳鼓穴之下。屠奉三迎上燕飛異芒爍動的眼神，喜道：「有何新的發現？」

燕飛又閉上眼睛，好一會方張開眼來，道：「他被尼惠暉和竺法慶聯手施展了彌勒教的邪術。」

屠奉三愕然道：「不可能吧！他們哪來時間對他施術，姚興又怎會容許他們這樣對待自己的族人。既然不滿呼雷當家，乾脆殺他好了，何用多此一舉？」

燕飛道：「其中當然有我們不明白的地方。剛才我瞧著呼雷當家，腦海忽然出現異象，看到兩對眼睛和一個旋轉的玉墜子，竺法慶的眼神我不會認錯，另一對眼睛該屬尼惠暉的，且她愛用玉墜子施展邪法，該是她無疑。」

屠奉三定神打量他，吁出一口氣道：「你至少算半個神仙，有沒有解開呼雷當家所中邪術的方法呢？說不定能在他身上揭破一些秘密。他們聯手對他施術，分明是要從他身上找出某些他們想知道的事。」又頹然道：「不過知道了也已事過境遷，因爲他們早問出想要的東西。」

燕飛道：「這個很難說，照時間計算，竺法慶從呼雷當家口中問出想知道的事後，可能沒有時間知會姚興，又或根本不想姚興曉得，便急著去追殺我。照我猜測，竺法慶的死自動解除了他部分的精神禁制，使他回復了部分神志，乘機逃走，豈知走到半途便撐不下去，幸好被我們救了他。」

屠奉三倒抽一口涼氣道：「世間眞有此等異術？」

燕飛道：「天下間無奇不有，我便親身體會到。古老相傳甚麼娘的迷心術，看來便是呼雷當家中的邪術。」

屠奉三皺眉道：「你有辦法解術嗎？」

燕飛苦笑搖頭，道：「我根本不知如何入手，怕要找來佛、道兩門的高人，方有辦法。」

屠奉三嘆道：「遠水難救近火，我們現在自顧不暇，如何分身去找人幫忙呢？最怕找到也沒有用。」

燕飛愕然道：「你不是成竹在胸嗎？爲何你現在的樣子卻像沒有半點把握呢？」

屠奉三苦笑道：「如果作主帥的都一副垂頭喪氣、無精打采的苦模樣，如何振奮人心？對與荊州和兩湖聯軍的一戰，我們有七、八成的勝算，可是對反攻邊荒集，我卻沒有半分的把握。問題在敵人的供應是源源不絕，我們卻要靠孔靖和佛門接濟，一旦被劉牢之封鎖淮水，我們便斷絕供應，這場仗如何打呢？」

燕飛道：「我們也可以截斷敵人從北方來的糧線，搶奪他們的兵矢糧貨。」

屠奉三道：「我們的對手是慕容垂和姚萇，他們怎會不在這方面防我們一手？只要他們在邊荒集的潁水遍設寨壘，偵騎四出，可反過來趁我們攻襲糧船時修理我們。要保護這麼一截百多里的糧道，憑他們的力量，該可輕易辦得到。」

燕飛放開按著呼雷方耳鼓穴的一雙手，道：「看來須殺了尼惠暉方可以解開呼雷當家的妖術。」

屠奉三道：「現在我反有些羨慕他，甚麼都不知道。」

燕飛失聲道：「你不是那樣悲觀吧？」

屠奉三坦然道：「自曉得劉牢之敵視我們後，我便失去最後的希望。不過你放心，爲了千千小姐，我屠奉三縱使戰死邊荒集，亦永不言退。」

燕飛劇震道：「屠兄！」

屠奉三細看兩眼茫然的呼雷方，雙目射出堅決的神色，道：「我們現在只能走一步算一步，如我們不得不以秘湖作根據地，將落於形跡，由暗轉明，還須應付邊荒集或兩湖、荊州來的敵人，勝算更低。可是如不守住秘湖，教人如何供應糧食給我們呢？」

燕飛在他身旁坐下來，點頭道：「我的確沒有屠兄想得這麼透徹，形勢確實對我們非常不利。」

屠奉三道：「糧食和日常用品或醫藥上的供應或許不用太擔心，佛門在南方勢力如此龐大，佛寺處處，均擁有田地，兼之有孔靖負起收集運送之責，可保糧貨無缺。最大的問題在戰馬和武器弓矢方面。只要劉牢之說一句話，官營的兵器廠不用說，連私營的兵器廠也不敢賣東西給我們。沒有了戰馬，我們將失去在邊荒來去如風的靈活性，兵器弓矢短缺，則沒法持久作戰，這是個死結。」

燕飛道：「何不請司馬道子幫忙呢？」

屠奉三搖頭道：「以司馬道子的爲人，怎會有好心腸？他只是想我們拖著兩湖幫的水戰部隊一段時間，且他最要緊是保著建康，給我們五艘戰船和一批弓矢糧食，已是他的極限，如我們再去求他，只會暴露我們的虛實。」

燕飛苦笑道：「待劉裕回來再想辦法吧！」

屠奉三道：「他可以有甚麼辦法呢？我們現在剩下的戰馬不足二千頭，所有兵器弓矢加起來只勉強可以應付一場大戰。除非能盡奪荊州軍手上的戰馬和武器，不過在現在的情況下，該非常困難，如能誘他們渡河，則是另一回事。」

燕飛道：「可以辦到嗎？」

屠奉三道：「那要看桓玄派何人領軍來攻，如是無能之輩，我們或許有機會。唉！你相信嗎？」

燕飛不解道：「相信甚麼呢？」

屠奉三苦笑道：「相信桓玄會派個廢物來對付我屠奉三？」

燕飛只能以苦笑回應。忽然間，成功斬殺竺法慶的輝煌戰果已雲散煙消，剩下來的只是走向敗亡的末路，關鍵處在於劉牢之這反覆難靠的可恨之徒。

屠奉三伸手抓著燕飛肩頭，一字一句的緩緩道：「荒人是永遠不會屈服的，對嗎？」

〈卷七〉

第三章◆三天之期

第三章 三天之期

劉裕足點一棵大樹的橫幹，就借那彈力輕輕鬆鬆的騰身而起，直來到密林上方處兩丈許的高空。雖是寒風陣陣，景色卻非常迷人。左方是蜿蜒東流，彷似沒有開始、沒有盡頭，標示著邊荒與其他文明地區分野的淮水。上面是覆蓋大地嵌滿星辰的夜空。每次施展他的獨家本領「飛猿跳」，他都會進入一種特別的心境，似不再受到任何拘束，一切自給自足、輕鬆寫意、自由自在。不過這回是唯一的例外。抵達最高點後，他又往下落去。他不用眼睛去找尋落點，純憑腳的感覺，忽然又再彈起，但已離剛才俯察遠近的位置西移十多丈。他想著王淡眞，也想到宋悲風攜心珮遠遁邊荒，能否逃過尼惠暉的追殺呢？

密林像一幅地毯般往淮水和邊荒鋪蓋過去，黑沉沉的一大片，其中又另有天地，令人生出無有窮盡的感覺。可是劉裕仍感到無比的孤獨，空虛失落的頽喪感覺厲鬼般緊纏著他，那是種使人窒息似不能透氣的沉重感覺。過去的一切努力徒勞無功，未來也見不到任何生機和希望。他雖然竭盡全身的氣力振作自己，然而傷痛卻如大鐵錘般，一下一下的敲擊著他的心，且只能獨自承受。劉裕不敢去想像王淡眞的遭遇，偏又控制不住自己。老天爲何如此殘忍，既然恩賜自己如此一個機會，又在世界已來到他手心的動人時刻，不仁地奪去。他又斜斜彈上半空，前方遠處出現水光的反映，像一道灰白帶子般從淮水往北延展過去。終於到達過水。

雖然不曉得敵人會用哪種方法，去逼荒人從新娘河撤返邊荒，但他知道敵人定可辦到，否則不會在北岸埋伏。看有人預先在北岸放置投石機，便猜到事情該與劉牢之有關係。哼！劉牢之！你實在太過分了，有一天我劉裕會連本帶利教你償還欠債。他估計如兩湖幫要配合荊州軍伏擊撤返邊荒的荒人，最佳的藏身處莫如過水，因爲這是荒人從新娘河返邊荒最便捷安全的路線，荒人不會捨近求遠，選取更西面的夏淝水或風險最高的穎水。荒人的撤返邊荒，必是水陸兩路並進，由貨船負責載重、運送糧貨和武器，沿渦水北上，同一時間在淮水築起臨時的浮橋，讓人馬渡河。如兩湖、荊州聯軍趁荒人此等脆弱時刻從水陸兩路突襲，將可徹底摧毀荒人返攻邊荒集的力量，桓玄和聶天還便可以穩得邊荒集。驀地渦水的西岸火光燃起，奪人眼目。劉裕心中一動，循火光亮處趕去。

燕飛來到龐義旁坐下，道：「你在這裏坐了足有一個時辰，想甚麼呢？」吃過晚膳後，龐義便來到基地上游這塊岸邊大石默坐，直至繁星滿天的這一刻。

龐義道：「我是管糧倉的，花了整天點算手上的糧貨，如照現在消耗糧食的速度，又得不到新的補給，不到一個月我們便要改吃樹根，人實在太多了。方總負責戶口登記，竟算出二萬八千五百六十七人來，大半的荒人都流亡到這處來。且人數只會增加不會減少，待躲到邊荒各處的荒人聞風來聚，糧食會更吃緊。」

燕飛心中暗嘆，不論武器、弓矢和糧食，供應方面都出現嚴重問題，如被劉牢之封鎖淮水往邊荒的三條水道，不用敵人動手，他們將因糧道被截斷而完蛋，問題根本沒法解決。

龐義喃喃自語的道：「千千小姐自我犧牲的偉大行爲令人感動，如不是她肯留下照顧小詩，小詩的命運眞是不堪想像，她的膽子這麼小。」又往他瞧來，提起勇氣似的問道：「小詩好嗎？」

燕飛想起那晚的情境，心中充滿溫柔，道：「小詩睡得很香甜，我們不敢驚擾她。」

龐義懊惱的道：「早知你會去見她們，我便可以託你帶點東西去給小詩。你這沒有義氣的傢伙，甚麼事都悶在心裏。」

燕飛忙岔開道：「高小子回來了嗎？」

龐義道：「最好他今晚不回來，讓我可以好好睡一覺。白天還好，因為大家都忙得不得了，他專挑在我寶貴的睡眠時間來纏我，硬要我聽他和那小妖精的情情愛愛，如何轟烈動人、如何郎情妾意。他奶奶的熊，這小子肯定被那專吃人心的小妖精弄瘋了。」

燕飛失笑道：「誰叫你是他的朋友呢？」

龐義咕噥道：「他奶奶才是他的朋友，我一向對他的作風不敢恭維，只不過大家一道北上，才混得熟點兒吧！豈知這小子不識好歹，硬逼我聽他自以為是天下最動聽，其實是令人覺得肉麻兼起疙瘩的情話。」

燕飛忍俊不住時，屠奉三神色凝重的來了。燕飛道：「坐！有甚麼事？」

屠奉三在燕飛另一邊坐下，沉聲道：「劉牢之的水師船隊在洪澤湖集結，只需一天時間，便可以進犯我們。」

龐義倒抽一口涼氣，道：「這傢伙並不是說著玩兒的。」

燕飛道：「他是在向我們示威，擺出如我們不依他的話撤走，便會攻打我們。」洪澤湖在淮水下游處，靠近大海，是北府兵訓練水師的大湖。

屠奉三道：「這方面仍很難說，表面看似是針對我們的行動，不過假如他投向司馬道子，則可變成對付王恭的陰謀，因爲王恭目前正身在洪澤湖淮水旁的大城盱眙，如王恭沒有防範劉牢之的心，一定會被劉牢之得其所願。」

龐義咋舌道：「劉牢之這人眞不簡單。」

燕飛有一種一切失控的感覺，他當然不希望劉牢之倒戈反王恭，因爲王恭怎麼說都是王淡眞的父親，如王恭有甚麼不測，桓玄再沒有顧忌下，王淡眞的命運會更不堪。道：「劉牢之也可以藉此箝制何謙，因爲洪澤湖的東面便是何謙的據點淮陰，而洪澤湖北通濉水，南通高郵湖，又接大江，四通八達，一支強大的戰船隊，可以對整個區域發揮出震懾的作用，令反對劉牢之的人不敢妄動。」

屠奉三思忖片刻，道：「你不是說過，司馬道子召何謙到建康去迎娶他的女兒嗎？」

燕飛點頭道：「確是何謙的心腹手下劉毅親口說的，有甚麼問題呢？」

屠奉三道：「我懷疑此爲司馬道子和劉牢之之間的協議，由劉牢之調動水師，逼得何謙不得不留下主力部隊在淮陰，以對抗劉牢之。而何謙若仍要到建康去，只能帶少量部隊隨行。」

龐義失聲道：「不會是這樣吧？」

燕飛道：「屠兄似乎認定劉牢之會投向司馬道子。」

屠奉三道：「我只是設身處地從劉牢之的角度去思索。在司馬道子和桓玄之間，該如何選擇呢？那就要看對哪個害怕多一點，我敢肯定劉牢之對司馬道子的顧忌遠比桓玄小。以劉牢之的立場，明智之舉當然是遠桓玄而靠近司馬道子，只要司馬道子許以北府兵大統領之位，劉牢之若拒絕便是笨蛋。而劉牢之之當上統領最大的障礙正是何謙。」

燕飛動容道：「劉裕該與你想法相同，所以力勸何謙不要到建康去。」

屠奉三道：「弄清楚這點非常重要，如此我們便不用怕劉牢之會違諾在三天之期未滿前來襲了。」

龐義道：「過了三天之期又如何呢？劉牢之會不會眞的來攻打我們？」

屠奉三道：「根本不存在這樣的問題，因爲我們必須將計就計，在三天內撤走，好誘敵來攻。」又道：「老卓在附近三次發現敵人的探子，正在偵察我們的情況。」

燕飛道：「現在渡河的地點由我們決定，敵人倒過來要遷就我們，你的大計如何呢？」

屠奉三道：「假設我們的目的地是最容易藏身的巫女丘原，過水會是看來最理想的路線。載重的船由過水北上，人馬騾車則沿過水東岸推進。我們既有這個想法，敵人當然可以輕易猜到。我們便在過水東連舟爲橋渡河，引敵人踏入陷阱。」

龐義皺眉道：「計畫有個很大的破綻，只是荊州軍已教我們難以應付，他們全是騎兵，機動性強，只須在遠處埋伏，待我們全體渡河之後方發動強攻，我們如何令他們中計呢？如我們不渡河，他們只會按兵不動。」

屠奉三微笑道：「所以我們故意讓他們的探子看到我們不住將糧貨運上大型的戰船和貨船，事實上到時船上裝載的是戰士而非糧貨物資，縱使吃水深，敵人仍誤以爲裝的是糧貨。開始渡河時，我們的船會把戰士一批一批的送到過水上游，讓戰士登陸過水東岸，從容布置，等待敵人投入羅網。」

龐義恍然道：「原來如此，確是妙計。」

燕飛問道：「兩湖幫的船隊又如何應付？」

屠奉三道：「兩湖幫的人在我們全體渡江前，會耐著性子，等候荊州軍以快馬施襲的一刻，絕不會提早行動。假設兩湖幫的主事者是郝長亨，以他一向的作風，會把戰船隊一分爲二，一支隱藏在過水的上游，另一支則部署在淝水、淮水交接處的西面，發動時分從兩方順流來攻，殺我們一個措手不及。劉帥回來後，我們當可以清楚敵人的所有布置。」說罷輕嘆一口氣。

燕飛明白他的心情。縱使勝得此仗又如何，只能讓他們多苟延殘喘一段時日。失去了邊荒集，又被劉牢之截斷糧線，他們實沒法養活這麼多荒人。至於武器弓矢，亦不足以長期作戰。忽然間，他也像劉裕般感到劉牢之的可恨。如有謝玄在，怎會出現眼前情況。一天劉裕坐不上北府兵大統領的位置，邊荒集仍陷於危機裏。

劉裕潛過淝水，隱身在岸旁的密林裏，注視著岸旁的動靜。三十多名羌族戰士在岸邊靜候，他們燃起的篝火光燄閃爍，正逐漸熄滅，看情形他們沒有再添柴續火的意思。他們的戰馬安詳地在一旁吃草休息。對方顯然在等待某一方的人，約好以火燄為暗號。領頭的一人高大威猛，年紀在二十許間，一派高手的氣度。劉裕幾乎可以肯定他是姚萇的兒子姚興，以他的身分地位，遠道由邊荒集到這裏來見某一方的人，內情當然不簡單。能令他來者，不出郝長亨甚或劉牢之其中一人，而以郝長亨的可能性最大。郝長亨約姚興來此相會，是要向姚興顯示他殲滅荒人的決心，順便談妥入夥邊荒集的條件。誰都曉得佔據邊荒集，必須南北勢力皆支持方能成事，而郝長亨所代表的一方，正是姚萇和慕容垂最需要的南方夥伴。因此郝長亨送上秋波，姚興便親身來會。

「隱龍」出現在下游處，緩緩駛至。劉裕心中叫妙，待會只要他從陸上追蹤「隱龍」，便可以知道郝長亨將戰船隊伍藏在何處。此時他再無暇去想心事，全神貫注於眼前發生的事上。他在心中提醒自己，以後絕不能低估桓玄和聶天還，要不是湊巧發現荊州軍的影蹤，他們這回肯定一敗塗地，永不能翻身。

「隆隆」聲中，「隱龍」靠往姚興等人立處的河岸。劉裕趁姚興一方的人注意力全集中在「隱龍」的當兒，又潛近數丈，直至密林邊緣，然後攀到一棵大樹枝葉濃密處，離姚興立處只隔開三、四丈的空間。

一道人影從沒有燈火的「隱龍」處飛身而來，落到姚興身旁，正是兩湖幫的二號人物郝長亨。

姚興哈哈笑道：「本人姚興，這位當是郝長亨郝兄了，郝兄風采過人，確是名不虛傳。」

郝長亨連忙說出一番客氣話，雙方互有所需，當然是相見甚歡，一拍即合。

姚興道：「客氣話不用說了，我這次來可以全權代表邊荒集聯軍說話。」

劉裕心中叫好，他們在岸邊說話，他可以聽個一字不漏，說不定還會有意外的收穫呢！忽然間，他又感到老天爺在補償他，仍沒有完全捨棄他。

新娘河基地燈火通明，照得漁村和四周山野明如白晝。荒人仍在辛勤工作著，忙著把「貨物」送到船上去，燕飛暗忖若自己是敵人的探子，也會深信不疑眼前所見的情況。孫恩這一刻在哪裏呢？是否連夜晚也不休息，正全速趕來。他很希望孫恩不會來得那麼快，如此他便可以參與眼前緊鑼密鼓的一役，爲反攻邊荒集的熱身戰盡點棉力。奇怪地他不再擔心孫恩，不是因他認爲自己可勝過孫恩，而是曉得擔心只會誤事，徒然耗損精神。他必須在最佳的狀態下迎戰孫恩，把生死成敗全置諸腦後。

「燕兄！」燕飛正要進入安排給他的房舍，聞言止步。

江文清來到他身旁，道：「我很擔心！」

燕飛訝道：「大小姐擔心甚麼呢？」

江文清道：「我擔心劉牢之會和敵人來夾攻我們，那無論我們有任何奇謀妙計，也必敗無疑。」

燕飛道：「大小姐沒有和屠兄談過話嗎？他分析過此事，認爲劉牢之不會在三天之期未滿前來犯。」

江文清壓低聲音道：「劉裕爲何如此信任屠奉三呢？」

燕飛道：「我也信任屠奉三，事實會證明劉兄沒有看錯人的。」

江文清猶豫了一下，似有點難以啓齒的問道：「燕兄和劉裕怎會到豫州去呢？」

燕飛頓悟剛才說的只是開場白，江文清來找他的眞正原因是要問這句話，如此看來江文清對劉裕果眞另眼相看。他曾答應過爲劉裕隱瞞王淡眞的事，當然不可以說出事實，但又不想說謊，卻又不得不說謊，只好道：「我們本想到壽陽找胡彬，湊巧碰上荊州軍！」這是最沒有破綻的謊話，燕飛心忖如再見劉裕，必須知會他有關這個謊言，以免兩人口供不符。

江文清果然沒有懷疑，放下心事似的舒一口氣道：「不阻燕兄休息了！」說罷去了。燕飛隱隱感到她多少收到點有關劉裕與王淡眞關係的風聲，暗嘆一口氣，進屋去了。

拓跋珪想著燕飛，不是關心他的安危，也不是怕拓跋儀對付劉裕的行動一旦敗露，會影響他和燕飛的交情，而是在思索燕飛的神通。燕飛是不會騙人的，他既表白能與紀千千作心靈傳感，拓跋珪便深信不疑。何況也不由他不信，因爲若非如此便難以解釋他種種如有神助的行徑。燕飛在烏衣巷謝家外息斷絕，內息卻循環不休地躺了百天的事實，更是啓人深思。他於不可能的劣勢下斬殺竺法慶，更使任何人很難把他當作一般的「人」來看待。一向以來，他對甚麼神佛毫不在意，道家煉丹之術在他來說只是自欺欺人的玩意，又不見出現過甚麼活神仙。道家盛傳的某某人白日飛升，看來都不外是以訛傳訛。道家的高人死了便當作成仙，佛門高僧辭世則尊之爲入滅，聊以自慰。可是燕飛卻是眼前眞實的例證，他至少可算半個神仙。難道道家煉丹之法確非騙人的玩意，人是可以透過提煉大自然的某種力量，以催發體內的仙根，達致永生不死的仙道境界？

拓跋珪終開始對煉丹之術生出興趣，暗忖不要說自己能長生不死，只要能把壽命多延續個數十年，以自己的識見才智，長期領導拓跋族戰士南征北討，終有一天，天之涯、海之角都要臣服在拓跋族的腳下，他拓跋珪更會成爲不死的超級帝君。想想都感到無比的興奮。但究竟如何著手呢？哪位道家高人才有眞正的本領？

正思索時，手下大將叔孫普洛揭帳而入，後面跟著的還有左長史漢人張袞，右司馬許謙，人人神色凝重。拓跋珪目光落在叔孫普洛雙手捧著的鐵盒上，道：「有甚麼事？」

叔孫普洛把盒子放在他跟前，沉聲道：「慕容垂派人把這盒子放在平城城門外，指明『這是慕容垂送給大帥的賀禮，祝賀大帥成爲燕代之主』，說畢使者便快騎離開。他們不敢拆看，把鐵盒送來盛樂，請大帥定奪。」

拓跋珪聞言凝神打量鐵盒，盒子以細索紮個結實，又在盒蓋處以火漆密封，透出神秘邪異的感覺。毫不猶豫地，拓跋珪道：「給我挑斷繫索！」

叔孫普洛拔出匕首，迅快地把索子挑斷，只要打開蓋子，便可知慕容垂送來之物。帳內氣氛沉重，誰都曉得慕容垂送來的不會是好東西。拓跋珪伸出兩手，抓著兩邊蓋沿處，火漆碎裂，蓋子隨即鬆開。只有拓跋珪看到盒內的東西。叔孫普洛、張袞和許謙沒得到拓跋珪指示，不敢探身去看，不過仍嗅到濃烈的草藥氣味。

拓跋珪緩緩把蓋子放回原處，闔起鐵箱，表情平靜無波，似對慕容垂送來的賀禮無動於衷，淡淡道：「這是慕容垂送來的戰書，以顯示他誓要將我連根拔起的憤怒和決心。哼！世事豈能盡如他意。」

他最後一句話似是在嘲諷慕容垂的自信，可是三人卻感到這句話是拓跋珪安慰自己的話，因爲拓跋珪異乎尋常的反應，正顯示出他內心的震撼。

拓跋珪有點心疲力盡的柔聲道：「你們在帳外稍待片刻，我須靜心想想，再傳你們進來說話。」三人懷著重如千斤的心情，退出帳外去。拓跋珪先低垂著頭，再仰臉時已是熱淚滿頰。鐵盒內放的是他親弟拓跋瓢的首級，經防腐藥熏製過的臉容向上，如仍在生，睜而不閉的眼睛殘留著死前的驚惶、屈辱和憤恨。奪得平城後，拓跋瓢奉他之命到滎陽去，監察燕軍的動靜，想不到竟被慕容垂擒殺。慕容垂送還他的人頭，不但要向他示威，還要對他宣明誰才是第一把手。慕容垂啊！終有一天我拓跋珪要你千倍萬倍償還此殺弟之仇。

小詩道：「我現在眞的放心了，小姐的情況一天比一天好呢！」

紀千千安坐椅內。直到此刻，一切都瞞著小詩，沒有告訴她燕飛曾經來過，也沒有讓她曉得邊荒集二度失陷的事。微笑道：「你今天的精神不錯。要不要到城外各處走走呢？整天留在院子裏，悶都要把人悶壞。」

小詩吃驚道：「小姐！」

紀千千胸有成竹的道：「只要我提出要求，慕容垂怎麼也會給我辦到，否則只顯示他的無能，不能控制局面。頂多讓他陪我們一道出遊吧！」

小詩清楚她的性格，想到便會去做，她說甚麼都難以改變紀千千，只好惶恐地點頭。她最怕慕容垂斷然拒絕，令紀千千不開心。

「小姐！」紀千千和小詩交換個眼色後，道：「大娘請進來！」

在門外喚她的正是風娘，如非燕飛指出她的眞正身分，紀千千只會以爲她是個盡責的管家婦，由此可見她是如何深藏不露，武功如何深不可測。風娘的確是慕容垂一著厲害棋子，由她貼身伺候她們主婢，使她熟悉她們主婢的起居生活，任何異常的情況均可令風娘生出警覺。而她超凡的輕功，更大添拯救她們主婢行動的難度和風險。

風娘神色平靜地走進內堂，來到她們身前，投往紀千千的目光露出一閃即逝的憐惜神情，旋又斂去。一臉悅色的道：「皇上請我爲他傳話，請千千小姐收拾簡單的行囊，明天我們將有遠行。」

紀千千心中一顫，問道：「皇上要我們隨他到哪裏去呢？」

風娘垂首似不願被紀千千看到她的神色，輕輕答道：「這方面千千小姐須親自問皇上，我們作下人的，只敢按皇上指示辦事。」

小詩皺眉道：「小姐的隨身箱子怎辦呢？」

風娘答道：「三十個箱子會隨後運來。只因騾車慢馬兒快，所以皇上請千千小姐只帶備隨身的替換衣物和用品吧！小詩姐請放心。」

紀千千心中翻起千層巨浪，終於曉得慕容垂是要帶她們隨軍出征。慕容垂究竟要攻打那一方呢？離百天築基功成仍有一段很長的日子，縱然她現在肯冒險以傳心術警告燕飛，燕飛也不會接收她的訊息。自聞得邊荒集二度失陷的噩耗，她感到自己又處於作戰的狀態裏。現在她唯一可以做的事，是竭盡才智去掌握慕容垂的實力，他的性格和作風、兵法戰略上的部署，好在將來能作燕飛最神奇的探子。機會終於來了。希望在築基功行至圓滿前，慕容垂尙未打垮拓跋珪和荒人的聯軍吧！

燕飛步入屋內，立即暗嘆一口氣，曉得好好睡一覺的願望落空。二丈見方的小茅屋空蕩蕩的，在中間擺放了張木桌和幾張凳，四周置有七、八張供人睡覺的地蓆，聊備一張絕難禦寒的被鋪，由此可知荒人物資的短缺。令燕飛頭痛的當然不是布置或設備的問題，而是一臉興奮神色據桌獨坐的高彥，擺明在此恭候大駕。想想龐義吐的苦水，燕飛曉得煩惱來了。頹然在高彥面前坐下，道：「還有甚麼好說的？」

高彥不悅道：「你曉得我想說甚麼嗎？」

燕飛笑道：「噢！原來你已談夠了小白雁，除她外還有甚麼呢？燕某人洗耳恭聽。」

高彥先露出尷尬神色，旋又換上笑臉，拍桌道：「小子眞聰明。哈！你是旁聽者清，說得出她心裏有我，當然有一定的道理，我只想知道你憑她哪幾句話得出這樣的結論？」

燕飛皺眉苦思好半晌，道：「我說過這樣一句話嗎？好像是你自己說的吧！」

高彥道：「誰說的不是重點，最重要是你老哥應和同意。說吧！你很少同意我猜到的分析，爲何獨同意我這句話？」

燕飛不知該好氣還是好笑，又不願傷他的心，破壞他的興致。隨口道：「你不喜歡的娘兒，你會隨便親她的臉嗎？」不由想起在滎陽與紀千千被窩內的熱吻，心中湧起難以言宣，既心傷又迷醉的感慨滋味。

高彥愕然道：「如有便宜可佔，對方又千肯萬肯，或不是太討厭的，只要是娘兒，我都不會介意的。」

燕飛被勾起心事，心中不由強烈地惦掛紀千千，幾乎立刻想在心靈的空間內搜尋她的蹤影，又不得不硬把念頭壓下去。苦笑道：「你倒很清醒，清楚自己那副見到娘兒便飢不擇食的德性。唉！我沒甚麼話可以安慰你了，可以說的是女人和男人是不同的，沒有點好感，絕不會讓你揉她的小肚子，更不會在有選擇的情況下，在你的臭臉留下胭脂唇印。」

高彥拍桌喜叫道：「說得好！哈！女人和男人是不同的，不但准我揉她的肚子還贈上香吻，這不是愛的表現是甚麼呢？燕小子眞有你的，給千千訓練過後的確脫胎換骨，句句金玉良言。」

燕飛心中充滿紀千千，心忖自己絕不能敗於孫恩之手，想到這裏，倏地出了一身冷汗。

高彥發覺有異，道：「有甚麼問題？難道揉肚獻吻還不算數嗎？你的臉色爲何變得這麼難看？」

燕飛此時心中想的卻是自己如仍這般看重勝敗得失，對上孫恩這麼一位超然於一切的道家大宗師，肯定必敗無疑。只有將生死成敗全拋開，就像那次與竺法慶一戰，自己方有一拚之力。紀千千的愛予他奮戰到底的決心，同時也是他的破綻和弱點。他能否如之前想出來的辦法，把對紀千千的愛全轉作戰鬥的力量呢？

高彥道：「你聽到我說的話嗎？」

燕飛定神打量他，心中靈台澄明清澈，一臉若有所思。

高彥瞪大眼睛瞧他，道：「你想到甚麼呢？」

燕飛淡淡道：「我想到孫恩！嚴格點說，是我感應到孫恩。」

高彥大吃一驚，左顧右盼的色變道：「不要唬我！你不想聽我說小白雁，可以坦白點表明心意，不用拿這可怕的傢伙來嚇老子。」

燕飛道：「不用害怕，他該至少在百里之外。」

就在他心中凝聚對紀千千深愛的一刻，他感到一切都無關重要。不論想拆散他和紀千千的力量是如何龐大，可是只要他們永遠深愛著對方，此志不渝，其他的再不重要，包括生離死別在內。正是在這種動人的心境下，他的心靈像潮水湧過大地般朝四面八方延展，感應到孫恩，孫恩亦感應到他。聯繫旋即斷去，是孫恩故意封閉起心靈，不讓燕飛接觸到他擁有龐大力量的精神。

高彥瞠目結舌的道：「你在搞甚麼鬼？」

孫恩爲何故意中斷他們的接觸呢？燕飛再次暗冒冷汗，想到孫恩可能採取的一種策略。以孫恩的神通廣大，他們在新娘河聚義，密謀反攻邊荒集的情況當瞞不過他。如他孤身而來，力圖破壞，以他的武功，後果實不堪想像，更會擾亂自己的心神，使他陷於完全的被動。

高彥催道：「說話呀！」

唯一應付孫恩的方法，是先一步截著他，與他在新娘河之外某處決一生死。可是如何能截擊神出鬼沒的孫恩呢？

卓狂生此時腋下夾著一個卷軸走進來。大喜道：「這回有福了，可以連續聽到兩個精采的故事。」毫不客氣在燕飛旁坐下，把卷軸拉開少許，露出沒寫過的空白處，取出紙筆墨，放在桌面。笑道：「燕飛怒斬假彌勒，小白雁之戀，兩大邊荒傳奇，誰先說？」

高彥失聲道：「邊荒集仍在敵人手上，你敢來打我與小白雁的主意，出賣我們的故事賺大錢，休想我會答應。」

卓狂生斜眼睨著他，道：「你這小子眞沒有長進，我卓狂生看得起你，是你祖宗的榮耀。邊荒集的光榮終有一天會過去，人也會死，甚麼都會煙消雲散，但只有邊荒的歷史會因我卓狂生動人的史筆，千秋百世的流傳下去。你這沒有腦袋的小子試想想吧！在一千年二千年之後，在街頭巷尾，大批的民眾圍著說書先生聽你這小子愛得糊塗、愛得不顧一切的美麗故事，是多麼動人的一回事。對嗎？小子！就由你先說出來。你初見小白雁時是怎樣一番情景，心兒有沒有忐忑狂跳？」

高彥爲之語塞，抓頭道：「這麼荒誕的話，由你口中說出來，卻像有點道理似的。不過仍很有問題，我仍在努力追求小白雁的關鍵時刻，如光復邊荒集後，你每天都拿我和她的事來說三道四的，一個不好傳進她耳裏去，天曉得她是欣賞還是大發嬌嗔。這個險恕老子不奉陪了。」

卓狂生笑道：「這個容易嘛！我現在是在儲蓄老本，目的是完成一部說書人的天書。你的故事遲點賣又如何？待彥少你和小白雁米已成炊之時才面世，可以放心啦！說吧！別痛失名傳千古的千載良機。」

燕飛截入道：「聽說你在附近發現敵人探子的蹤影，你負責這方面的嗎？」

卓狂生道：「鬼才有空四處去找敵人的探子！不用找也曉得有敵探在周圍活動。我是要製成一幅新娘河的地勢圖，才到處踩踩看。哈！我的腦袋不差吧！除了說書說得動聽，還有圖書輔助，多收點錢仍有人在外面排著隊進來。」

燕飛道：「有沒有這一帶的地勢圖，我當然不是只指新娘河一帶。」

卓狂生欣然道：「你是第一個懂得欣賞我繪製地圖的人，算你識貨。」從大捲圖軸裏抽一張出來，攤在桌上，竟是由壽陽直至淮陰百多里內的地理圖，標示出每座城縣的位置，山川形勢，清楚分明。

燕飛凝神細看，忽然站起來，道：「我要走了。」兩人為之愕然以對。

燕飛拍拍背上的蝶戀花，悠然自若的道：「劉裕回來後，問他便可知我到了哪裏去，希望能及時趕回來與你們並肩對付敵人吧！」

直至燕飛消失門外，卓狂生和高彥仍是對望著，不明白發生了甚麼事。

自決定殺害兄長桓沖後，桓玄便曉得有個人非殺不可，此人就是江海流。他與桓沖關係密切，情如兄弟，又清楚自己和桓沖的嫌隙，更明白自己的為人，終有一天會揭破他弒兄的真相，那他桓玄便要身敗名裂了。江海流並非平庸之輩，他除了人面廣，且是有實力的大幫會龍頭，要殺他絕不容易，還要讓人不懷疑到他桓玄身上，根本是沒有可能的，所以他須借助聶天還的力量。他和聶天還聯合起來後，將變成絕配，可以將本來是不可能的事化為可能。在南方，誰能控制長江，誰便可以主宰南方的榮衰。桓家一直戮力栽培大江幫，正是為控制長江，很多事由幫會人馬出頭，可以避過與朝廷的正面衝突，靈活度大得多。所以自桓溫開始，便實行扶植大江幫的策略，大江幫與桓家的關係就是這般建立起來的。

當年桓溫能席捲建康，權傾天下，幫會曾發揮很大的作用。到沒興趣當皇帝的桓沖主事，一切以安定為主，大江幫在他的指示下，反變成一股穩定局勢的力量，一切依江湖規矩辦事，亦使大江幫得到沿江各大小幫會的尊重，尤其大江幫得邊荒集之利，令大江幫的聲勢攀上前所未有的巔峰。另一方面桓沖一力提拔屠奉三，由他成立振荊會，在桓沖的支援下，對兩湖幫展開掃蕩，令兩湖幫的勢力難入大江半步。也使屠奉三和聶天還成為死敵，結下解不開的仇恨。現在大江幫已除，必須有另一水道的幫會代替大江幫，故而桓玄與聶天還的結盟是最順理成章的事。

而在屠奉三和聶天還之間，桓玄只可以選取其一。對桓玄來說，這是個痛苦的抉擇。他沒有朋友，屠奉三是唯一的例外，可是爲了完成夢想，他必須捨棄屠奉三。而他更清楚以屠奉三的精明厲害，一旦他與聶天還聯手對付江海流，屠奉三會因而醒覺桓沖之死是有問題的。這後果令他不但要放棄屠奉三，更要置自己最好的朋友於死地，因爲桓沖一向是屠奉三最尊敬的人。他差遣屠奉三到邊荒集去前，早和聶天還拉上關係，所以他派屠奉三到邊荒集去根本是包藏禍心，希望借別人之手，爲他解決屠奉三這個難題。事情的發展雖然稍有失控，可是一切很快可以重上正軌，這回屠奉三是死定了，荒人也要完蛋。當邊荒集回復平靜後，新一代的荒人將會出現，差別在屆時邊荒集已落入他的掌心。

河風陣陣吹來，吹得桓玄衣袂飄揚。在八艘戰船的護航下，他乘坐的戰船駛進贛水，朝鄱陽湖順流而下。謀臣侯亮生來到他身後，沉聲道：「一切辦妥。屠奉三的家族和有關係者共九百五十四人，全體處決。」

桓玄言不由衷的點頭道：「這是背叛我桓玄者必然的下場。」侯亮生欲語無言。

桓玄不願再想屠奉三的事，甚至希望自己永遠忘掉這個人，岔開道：「王恭方面有甚麼消息？」

侯亮生答道：「淡眞小姐將在後天早上抵達江陵。」

桓玄終於找到他得以紓解因屠奉三而來的鬱結心情的良方。心忖這美女如眞的名不虛傳，他會好好享受她，徹底征服她的身心，想想都教人興奮。從容道：「那我們就在十天後揮軍直指建康，看司馬道子如何應付我們。」

侯亮生道：「直至此刻，劉牢之仍是非常聽話，一切依計畫行事。」

桓玄的血沸騰起來，爹的夢想，終於要在我這個兒子的手上完成。當聯軍分別由大江上下游進攻建康，司馬道子的反抗力量將會被輾碎，司馬王朝亦就此滅亡，以後天下便是我桓氏的天下。他這次到鄱陽湖是去見聶天還，大家面商奪得建康後如何分配利益。他清楚聶天還是怎樣的一個人，終有一天他會反抗自己，不過那是將來的事了。一個幫會的大賊頭，能有甚麼作爲呢？

拓跋儀凝望篝火，四周不時傳來戰馬的嘶叫聲，心中百感交集。這次回到盛樂，他首次生出如外人的古怪感覺。似乎他更屬於邊荒集，更認同荒人的身分。邊荒集雖然形勢複雜，可是各派系間既敵對又合作的奇異關係，卻形成另一種吸引力，令人眷戀其中的變化和發展。紀千千的駕臨邊荒集，把一切改變過來，邊荒集再不是以前的邊荒集，大家目標明確，爲保護邊荒集的公義和自由拋頭顱灑熱血。紀千千的被擄北去，更使邊荒集進入空前團結的狀態。正是這股由紀千千而來的凝聚力，把所有荒人的心連結在一起。把紀千千主婢迎回邊荒集去，成爲荒人最崇高的目標。

陪他圍坐篝火的是拓跋珪派來助他對付劉裕的三個高手，分別是公羊信、賀横和莫幹，都是他先前不認識的人。名義上他們全聽自己的調度，可是他們也是拓跋珪用來反監視他的人，看他是否如實執行命令。這三個人都是一等一的高手，其中又以使長軻斧的公羊信武功最高，性格最陰沉。在途中爲明白他們的實力，拓跋儀曾與他們較量過招，唯獨公羊信巧妙地將實力隱藏起來，令拓跋儀沒法摸清楚他的虛實。跟隨來的百名拓跋族精鋭戰士，人人均是能以一擋十的勇士，表面上是交由拓跋儀指揮，事實上他們只聽命於公羊信三人，他要透過三人向他們發命令。假設拓跋儀違背拓跋珪的密令，他們大有可能反過來對付他拓跋儀。如在落單的情況下，只是公羊信三人聯手，已足夠殺死他拓跋儀有餘。他眞的爲劉裕擔心，更感到自己對拓跋珪不像以前般忠心耿耿。他首次羨慕起燕飛來，孤人單劍，是多麼的逍遙自在。縱使紀千千暫時落入慕容垂之手，他仍有明確不移的奮鬥目標。而自己則有點不知自己在幹甚麼，收復邊荒集和殺死劉裕兩件事，已混淆起來了。此時一名戰士如飛掠至，報告在西南方發現敵情。拓跋儀收拾心情，發出往東行的命令。

司馬道子從皇宮回來，大將司馬尚之迎上來道：「仍未找到她，她或許已離開建康。」司馬尚之是司馬道子的堂弟，驍勇善戰，論武功在王族內僅次於司馬道子，與大將王愉並稱建康軍雙虎將，是司馬道子最倚重的大將。

司馬道子不由想著楚無暇動人的肉體，此女在床上確實是迷死人的尤物，只可惜在形勢變化下，他們的緣分亦走到盡頭。不論於公於私，他絕不可再沾手此女。有點傷感的道：「走了也好！現在我們和彌勒教再沒有任何關係。」

司馬尚之退在司馬道子身後，進入主堂，提議道：「我們應否正式公布，把彌勒教定爲邪教，並把明日寺夷爲平地，同時公開處決竺雷音和他的從眾呢？」

司馬道子心忖楚無暇既已知情離開，竺雷音怎還有膽子留在明日寺任人宰割。微笑道：「你忘掉一個人了！所有事湊在一起來辦，才夠轟動。」

正在主堂靜候他的司馬元顯迎上來問好。司馬道子立在入門處，訝道：「你竟沒有到秦淮河鬼混嗎？維持多少天了？」

司馬元顯俊臉一紅，尷尬的道：「一天未辦好正事，孩兒再不會踏足青樓半步。」

司馬道子和司馬尙之詫異的對望一眼，因從沒想過司馬元顯如此識大體分輕重。自被燕飛等擄走又安然回來後，司馬元顯就像變成另一個人，做任何事、說任何話都經過深思熟慮，雙目閃動著自信的光芒。

司馬元顯道：「孩兒有事和爹商討。」

司馬尙之識趣的道：「尙之還要到石頭城打點事務。」司馬尙之離去後，司馬道子領著兒子，進入大堂。

慕容戰來到呆立在碼頭的屠奉三旁，問道：「你好像滿懷心事的樣子，是否不看好此戰呢？」

屠奉三嘆一口氣，道：「不知爲何，今早起床後，我一直感到心緒不寧，人也特別容易傾向悲觀，有點甚麼都不想做的頹喪感覺，但又不得不強撐下去。此戰我們是不容有失的。」

慕容戰道：「這種情況該很少發生在你身上，對嗎？」

屠奉三雙目射出茫然神色，點頭道：「是從未有過的經驗。一直以來，我都認爲自己是鐵石心腸的人。自大司馬派給我清剿兩湖幫的任務後，我便以鐵腕手段對付兩湖幫和任何支持兩湖幫的人，手段方面無所不用其極，令兩湖民眾視我爲惡魔，而兩湖幫亦因我無法將勢力擴展至兩湖之外。如再給我數年時間，說不定我能蕩平兩湖幫，豈知功虧一簣。」

戰容戰皺眉道：「桓玄命你去邊荒集，會不會……」

屠奉三苦笑道：「你終於看到這點。自我曉得桓玄與聶天還秘密結盟，我便醒悟過來。桓玄這條計陰毒至極點，以有心算無心，到我曉得中計，已完全陷於被動。哼！枉我視他爲友，他卻如此待我，有一天我會教他後悔這個決定。」又問道：「燕飛呢？他是有神通的人，或許可以知道為何我會心驚肉跳。」

慕容戰像想到某種可怕的事情般臉色微變，道：「我來正是要告訴你燕飛突然離開了。」

屠奉三失聲道：「甚麼？」

慕容戰道：「此事非常奇怪，他本和高彥、老卓兩人在談笑，忽然提劍便去，離開前說只須問劉裕便曉得他到哪裏去了。」

屠奉三訝道：「他當是有十萬火急的事趕著去做。」

慕容戰道：「我看該和孫恩有關，因他曾在高彥面前提起孫恩，又說孫恩仍在百里之外，聽得高彥一頭霧水。」

屠奉三呆了半晌，苦笑道：「非常人自有非常的行藏，待劉帥回來後問個清楚便成，晚啦！好好休息，明天還有得我們忙的。」

慕容戰欲言又止，終於去了。不用慕容戰說出來，屠奉三也知他在為自己的家人擔心。他也擔心得要命，偏是毫無辦法。自光復邊荒集後，他便派手下潛返荊州，盡量撤走與振荊會有關係的人。現在他唯一的願望，是多走一個人，便少一個人被桓玄害死。他與桓玄的友情，已化為深刻的仇恨。對桓玄，他絕不會手下留情。

在大堂一角席地坐下後，司馬元顯道：「孩兒想求得爹的批准，帶著皇諭親自到廣陵走一趟，以顯示我們的誠意。」

司馬道子愕然打量他半晌，道：「你不怕劉牢之翻臉動手，把你擒下來，再拿你作人質嗎？」

司馬元顯道：「這個險仍是值得冒的，只要令他倒戈站在我們一邊對付桓玄，他將永遠不能與桓玄合作。因為誰都清楚桓玄不容任何人逆他的意，他會記恨得罪他的人。」

司馬道子欣然道：「我的兒子終於長大了！學會分析形勢，可是爹怎能讓你去冒這個險呢？」

司馬元顯失望的道：「爹！」

司馬道子微笑道：「你是不是從燕飛等人身上學到很多東西呢？」

司馬元顯興奮地道：「確是如此。這三人不但膽大包天，且料敵如神，明明沒有可能的事，也可以輕易的辦到。」

司馬道子開懷笑道：「看來我得多謝他們三個教導我的孩兒。可惜……」

司馬元顯道：「可惜甚麼呢？」

司馬道子若無其事的道：「當然是可惜必須鏟除他們。」

司馬元顯一震道：「爹！」

司馬道子雙目厲芒一閃，沉聲道：「你可以欣賞你的敵人，卻絕不可對敵人心軟。明白嗎？」

司馬元顯點頭道：「明白！為了我們司馬氏的王朝，孩兒對敵人絕不會心軟。」

司馬道子沉吟道：「你剛才的提議，不是不可行，只是時機卻不適合。我們首先要令王恭、桓玄和殷仲堪之輩出師無名，亂他們的陣腳，方可讓你的提議付諸實行。因為當南方非處於戰爭的狀態，劉牢之若敢對你不利，等於公然造反背叛朝廷，而劉牢之更怕桓玄隔山觀虎鬥、袖手不理。」

司馬元顯一呆道：「如何可以令他們師出無名呢？」

司馬道子啞然失笑道：「桓玄這次叫作繭自縛，以為能以討伐王國寶來令我進退兩難，豈知我竟有一石三鳥之計。桓玄啊！你想和我鬥？道行還差得遠呢。」

司馬元顯道：「孩兒並不明白。」

司馬道子從容道：「答案該在天明前揭曉，你回房好好睡一覺，時候一到，我會派人去喚你來。」

司馬元顯使性子的道：「爹！」

司馬道子長長吁出一口氣，道：「成者為王，敗者為寇，這是千古不移的眞理。為爭取最後的勝利，我們必須為求目的不擇手段。你須永遠記著爹這番話。」司馬元顯像想到甚麼地急促喘了幾口氣，不敢多問，告退進內院去了。

司馬道子獨坐大堂，暗嘆一口氣。他雖教兒子為求目的不擇手段，卻清楚自己在某一方面仍不夠狠心。如他夠狠的話，便不該讓楚無暇活著離開，可是他卻知道自己是故意放她走的。當時他為自己找的藉口是讓燕飛多一個勁敵，但內心卻很清楚自己不忍殺她。有得必有失。為了司馬氏的天下，他必須作出取捨。現在他已成為獨撐司馬氏王朝的棟樑，他如失敗，司馬王朝也完了。

劉裕濕淋淋的從水裏冒出來，爬上江邊的亂石灘處，俯伏在黎明前的暗黑裏，淮水在後方流過，河浪還不時沖浸他雙腳。在水裏時還好，感覺暖暖的，反是離開水底，給風一吹，立感奇寒澈骨，不由懷念起燕飛奇異灼熱的眞氣，進入自己經脈後，便從每寸皮膚釋放出來，把濕衣蒸乾，比在烈陽下曝曬更見功效。劉裕一向體質過人，不懼寒暑，吸收了燕飛的眞氣後，經脈像吃了補品似的，抗寒的力量竟增強了。像現在這種情況下，如在以前，他必須立即脫下衣服，生火取暖，可是此刻卻感到體內眞氣天然運轉，每一周天都令寒意減去少許，有說不出的舒服。他感到很鬆弛，有種懶洋洋甚麼都不願去想，讓現狀如此繼續下去，直至地老天荒的感覺。

水底眞是個奇異美妙的世界。他爲躲避敵人的哨探，從水底離開。當他貼著江底潛游之際，他完全忘掉了水面上的一切，包括令他神傷魂斷的傷痛心事。注意力全集中到水裏的動靜去。在水面外時，絕想不到水底的世界是如此多采多姿，變化無窮，且充滿生機。魚兒靜伏不動，他不敢驚擾牠們，沿著起伏的河床，只冒出水面換了七次氣，完成了近五里的水底旅程，在這裏登岸。筋疲力盡後慢慢恢復過來的過程，反帶來拋開煩惱的心境。他想王淡眞想得太疲倦了，好應讓不堪負荷的腦袋歇下來。只要不想她，她便不存在。終究，甚麼生離死別，悲歡離合，全是種種心的感受。在這一刻，他明白了佛家爲何說眾生皆苦，皆因一息尚存，自心不息。王淡眞便像一朵沒有根蒂的落花，被時代的狂風刮得身不由己，隨風飄蕩。生命是否眞的如斯無奈呢？

唉！爲甚麼我仍拋不開她呢？一切已成過去，可是對自己來說，她仍是他劉裕的將來。在暗黑裏，劉裕緩緩從岸邊爬起來，然後發覺衣衫已乾透。這是怎麼一回事？難道自己的功力又大有精進？劉裕伸手往後，按上厚背刀，心神出奇地平靜。他知道老天爺仍在眷顧著他，當他回到新娘河的一刻，他曾認爲只是自己痴心妄想的鴻圖大業將開始起步。沒有人能擋著他！他已失去了一切，不過他會一步一步把失去的爭取回來，直至最後和最徹底的勝利。

燕飛卓立山頭處，俯視在七里外的堂邑城，這是建康北面的一座大城，他已可清晰地感應到孫恩在離他不到三十里處。原本兩個並不認識的人，在因緣牽引、風雲際會下，變成宿命的死敵，只要客觀和清醒地去思索，便會生出古怪的感受。他和孫恩只有一個人能活下去，這是否造化弄人呢？孫恩雖然是他的死敵，可是即使幾乎被孫恩要了老命，他對孫恩卻沒有絲毫惡感。對方確實是了不起的超卓人物。千千呵！你可知道我燕飛正爲營救你，而竭盡所能的奮力作戰呢？我們的道路爲何如此難走，甚至有寸步難行的苦況。孫恩的千里挑戰，有如宣判我極刑的判決書，發生在我最不願面對如此考驗的時刻。不過只要想到千千，我燕飛便會充滿力量和勇氣，抛開一切，爲千千你而奮戰。這是我最後一次感到恐懼。

「我們要征服邊荒集，而不是讓邊荒集征服我們。」紀千千這兩句話，在他耳鼓內回響著。對！我們絕不會向命運屈服的。不論不幸的事如何發生在我和你之間，但我們仍嘗過眞愛的動人滋味，那並非每一個人都有的機會，是上天對人們最慷慨大方的餽贈。燕飛平靜下來，甚麼恐懼、得失之心都不翼而飛，只剩下一顆灼熱的心充滿了對紀千千的愛，和無畏任何敵人的強大鬥志，朝堂邑城掠去。孫恩會有何反應呢？他不再在意。

司馬道子坐在大堂北端，冷眼瞧著神色興奮、帶點倦容的王國寶，指示手下把何謙的屍體抬到大堂，就那麼放在地上向他邀功。

「除國寶外，其他人給我退下！」不旋踵其他人退得一個不剩，只餘王國寶一人意氣昂揚的立在何謙的屍身旁。

司馬道子伸手按在平放身前，名懾建康的著名佩劍「忘言」上。道：「辛苦國寶了！」

王國寶微一錯愕，目光落在他按劍的手處，道：「託王爺鴻福，我們擺出迎接這傻瓜的姿態，登上他的船，然後忽然出手，殺他一個措手不及。不過此戰仍不容易，我們三千多人去，只得千多人回來，不過仍是值得的。當時情況非常混亂，希望沒有留下活口吧！」

司馬道子目光掃過他身上多處刀傷痕跡、染血的戰袍，點頭道：「此戰肯定非常激烈，王大人你做得很好，沒有令本王失望。」緩緩提起忘言劍，橫在胸前，一手握鞘，另一手抓著劍柄。

王國寶終察覺司馬道子神態有異往常，目光移到他的忘言劍處，然後迎上司馬道子鋒利的眼神，不解道：「王爺……」

司馬道子徐徐道：「你殺了何謙，斷去北府兵一條支柱，也除去了我和劉牢之之間最大的障礙，是立了功，本可以將功來補過，可是你犯的過錯不嫌大了點嗎？這樣的功勞算甚麼呢？」

王國寶色變劇震道：「王爺！」

司馬道子以看走狗般的眼光，不屑地上下打量他，沉聲道：「你不是說過竺法慶是眞活佛，是彌勒爺轉世嗎？哈！他竟然給人宰掉！你說可穩得邊荒集，看現在弄成甚麼樣子？你不但把事情弄得一塌糊塗，還令我聲威受挫，現在你和你的甚麼勞什子彌勒教，還成爲外鎭討伐我的藉口，如讓你繼續留在世上，只會破壞我司馬王朝的天下，我司馬道子會是這種蠢人嗎？」

王國寶終知是怎麼回事，拔劍飛退。心知只要逃回烏衣巷，即使以司馬道子的專橫，仍不敢進府內拿人，更不敢在他爹王坦之面前殺死自己。

「錚！」「忘言」出鞘。司馬道子豹子般從坐席處斜掠而起，就在王國寶離出口尚有十多步時，飛臨他頭上，「忘言」化作萬千劍影，鋪天蓋地的往王國寶灑下去，速度快至肉眼難以掌握，當得上「靜如處子，動若脫兔」的讚譽。王國寶雖是在激戰之後，損耗的眞元仍未恢復，可是在這樣的情況下，除了拚死保命，還能幹甚麼呢？佩劍離鞘，往司馬道子的「忘言」迎上去。劍擊之音，連串密集響個不絕。

司馬道子落到地上，人影倏分，王國寶踉蹌跌退回到廳中去。王國寶勉強立定，雙目射出怨毒的神色，緊盯著仍是氣定神閒的司馬道子。司馬道子緩緩轉身，手上左鞘右劍，劍鋒遙指王國寶，催發的陣劍氣，將王國寶緊緊鎖死，沒法逃遁。

司馬道子搖頭啞然失笑道：「你不是一向看不起我的劍嗎？還以為你的劍法如何驚人，豈知不過爾爾。」

王國寶脅下的傷口開始滲出鮮血，慘然道：「欲加之罪，何患無辭？我王國寶何時說過看不起王爺你的忘言劍呢？枉我一直對你忠心耿耿，一切都……」

司馬道子截斷他道：「閉嘴！你不是說過謝玄的劍法、桓玄的刀法都及不上你嗎？這兩個人在『九品高手榜』上分別排名第一和第二，本王只居第三，你看不起他們，不是等於看不起本王嗎？」

王國寶狂喝一聲，劍化長虹，朝司馬道子胸前搠去。他是不得不反攻，否則如此下去，光是失血已可致他於死。司馬道子一陣長笑，劍勢開展，使的竟是守勢，守得穩如泰山，步法靈動變幻，在王國寶拚盡全力、如狂風暴雨猛打而來的劍式中進退自如，擺明在消耗王國寶所餘無幾的眞元，更令他失血的情況加重，戰略上非常高明。王國寶終是「九品高手榜」上的人物，即使是強弩之末，由於招招均為與敵偕亡的招數，一時間仍是勇不可擋。

在片刻的短暫光陰裏，王國寶使出了奮不顧身的百多劍，卻劍劍被忘言劍封架，到了第一百另五劍，終於後勁不繼，出劍慢了一線。司馬道子的忘言劍覷隙而入，劍芒暴漲，王國寶發出臨死前的慘叫，撒劍栽跌。司馬道子來到他身旁，細看他睜而不閉，充滿怨毒的眼神，漫不經意地以他的衣服抹掉劍上的血漬，緩緩還劍入鞘。王國寶就躺在何謙的屍身旁，情景詭異至極點。

足音響起。司馬道子抬頭望去，司馬元顯剛從後方側門處走進來，瞪大眼睛，不能置信地看著廳內的情景。司馬道子像沒有發生過任何事般，好整以暇的道：「我兒明白了嗎？」

司馬元顯口唇顫震，好一會才深吸一口氣，點頭道：「孩兒明白了。」

司馬道子從容道：「天亮後，皇上會發出聖諭，公告天下，勾結彌勒教的罪魁禍首已經伏法，以安大臣重將之心，也教王恭等人出師無名，陣腳大亂。」

司馬元顯仍未從震駭中回復過來，臉青唇白的道：「我們如何向中書監大人王公交代此事？」王國寶的爹中書監王坦之，是當今朝廷最有影響力的元老大臣，繼謝安之後成爲建康高門最德高望重的人，如他要追究此事，會成爲天大的麻煩。

司馬道子微笑道：「王公太老了！應該退下去讓年輕一輩多點歷練的機會。」

司馬元顯喘息道：「爹！」

司馬道子微笑道：「王國寶圖謀北府兵大統領之位，竟私下襲殺何謙，又斗膽將何謙的屍首送來向我示威，被我下令逮捕，竟違令反抗以下犯上，罪該萬死，王坦之教子不力，有甚麼可以說的？我念在他人老糊塗，沒有功勞也有苦勞，所以不將他抄家滅族，他該感激我才對。哼！他還有顏面留在建康嗎？」司馬元顯呆瞪著他的爹，說不出半句話來。

司馬尚之從正門走進來，站在司馬道子後方，恭敬地報上道：「王國寶手下之徒全體就逮，等候王爺發落。」

司馬道子頭也不回的道：「你把王國寶最得力的三、四個同謀，五花大綁的送到烏衣巷，讓王坦之親自問他們，好讓王坦之清楚他兒子幹了甚麼好事。」司馬尙之領命去了。

司馬道子悠然繞著兩具死屍踱步，露出深思的神色。司馬元顯垂手立在一旁，大氣都不敢透一口，怕擾亂司馬道子的思路，心中激盪的情緒仍未平復。

這就是爹的一石三鳥之計。讓王國寶殺何謙，去了北府兵一名有號召力的大將，削弱北府兵的勢力。然後讓王國寶扛起殺何謙的罪責，以此爲藉口幹掉王國寶，更令王恭等失去討伐的對象。最後一鳥則是劉牢之，亦是此計最厲害的一著。

司馬道子的聲音傳入他耳中道：「王國寶本身家底厚，近年來經營高利貸，又賺了大錢，抄了他的家當後，我們用他的不義之財來設立一支新兵，好在將來取代北府兵，如此我們司馬氏王朝可穩坐江山。」

司馬元顯忙道：「孩兒願負此重責。」心忖謝玄既能建立北府勁旅，我司馬元顯當然可以。

司馬道子沉聲道：「謝玄深謀遠慮，早在設立北府兵時，便顧及今天的情況。所以盡量起用寒士爲將領，建立只論軍功不論出身的風氣，現在已難根除。我們當然要利用北府兵內反桓玄的風氣來對付桓玄，但卻絕不能讓北府兵因勢坐大，最後成爲心腹大患。」

司馬元顯受教點頭道：「孩兒明白。」

司馬道子道：「所以我們只是利用劉牢之，許之以權位富貴，供之以糧草財資，他愈倚賴我們，對我們愈有利。只要他做出令心胸狹窄的桓玄切齒痛恨的事，他將永無再與桓玄合作的可能性，那時他將任由我們擺布，變成一頭有用的走狗。我們和劉牢之的關係，止於如此，顯兒明白嗎？」

司馬元顯見他爹把自己對劉、桓兩人的關係重述一次，心中湧起信心，再點頭道：「孩兒明白。」

司馬道子在他身前停下來，雙目神光閃閃地瞧著他道：「那你懂得如何和劉牢之談話了？」

司馬元顯全身熱血沸騰，曉得司馬道子終接納他的提議，讓他親自去遊說劉牢之，這當然是在目前的形勢下，最重要的任命。忙道：「孩兒清楚！」

司馬道子躊躇滿志地吁出一口氣，道：「直到此刻，我才感到一切又重新在我掌握中。自皇兄被曼妙那妖女害死後，爹就像陷身一個沒法醒過來的噩夢般，現在終於從噩夢中脫身醒過來。」

司馬元顯低聲道：「如何可以令劉牢之無法回頭呢？」

司馬道子淡淡道：「劉牢之想成爲北府兵的大統領，必須以行動來向我們表白他的忠誠，要他殺一個人吧！」

司馬元顯囁嚅道：「殺誰？」

司馬道子微笑道：「近水樓台先得月，你道他該殺誰呢？」

司馬元顯猛顫一下，失聲道：「王恭！」

司馬道子凝神打量自己的寶貝兒子，點頭道：「顯兒終於長大了。在日落前你以送何謙的遺體爲名，攜帶皇上頒發的任命狀，乘船到廣陵去。那時王國寶授首伏誅的消息將傳遍南方。新帝登基當然有新的氣象。爹在此坐鎮建康，等待你的好消息。」司馬元顯大聲答應，返回後院收拾行裝去了。天色大白。

燕飛隨著趕市集的附近鄉農，於城門開啓時進城。入城後，閒蕩了一會，街道開始熱鬧起來，人來車往，表面看來，確實繁華興盛。燕飛有點難以想像邊荒內的廢墟，在以前也曾有過眼前的日子，也很難想像眼前的熱鬧情景，會變成靜如鬼域的荒城。一切是如此地不眞實。他和孫恩的決戰，與身處的地方是如此地格格不入，即使他本人也難把兩者聯繫在一起。人總是要生活的，正如劉裕不可能整天活在失去王淡眞的創傷裡，自己也不能無時無刻受到與孫恩決戰一事的糾纏。想到這裡，燕飛啞然失笑，朝對街那所最具規模的客棧走過去。昨夜沒有闔過眼，又不知孫恩何時來找他，何不好好大睡一覺呢？

劉裕在午後時分回到新娘河，眾人終盼到他來，立即舉行第二次的流亡會議。

「燕飛呢？」劉裕第一句話問道。眾皆愕然。

屠奉三皺眉道：「他忽然離開，還留話說你會知道他的去向。」

劉裕呆了半晌，點頭道：「這麼說，他該是與孫恩決戰去了。」

卓狂生一頭霧水道：「究竟是怎麼一回事呢？」

劉裕解釋清楚後，聽得人人心重如鉛，擔心不已。劉裕曉得各人在擔心燕飛不是孫恩的對手，正如他也肯定盧循和徐道覆，也在憂慮孫恩會步竺法慶的後塵，任何一方都負擔不起戰敗的後果。不過事已至此，只好等待老天爺在此事上的安排。微笑道：「我這次並非空手而回，而是帶來天大喜訊，但我想先弄清楚我們現在的情況。」

屠奉三道：「劉牢之限令我們三天內全體離開新娘河，不得留下半個人。」

劉裕大感愕然，接著雙目射出懾人的神光，狠狠道：「劉牢之你太不知自愛了，你以為可以趕絕我劉裕嗎？哼！我會教你白費心機、枉作小人，還會等著看你的下場。」

他這番話和神態的反應，出乎所有人意料，屠奉三、慕容戰、江文清、姬別等人人都瞪著他，似乎今天才認識劉裕此一面目。此刻的劉裕，不但霸氣十足，豪邁過人，且透露出強大的信心，像一切都在掌握中。議堂內鴉雀無聲。劉裕目光緩緩掃過眾人，只是這種神態已令人感到他是發號施令的最高統帥。事實上在眼前如此接近水盡山窮的劣境裡，荒人最需要的正是強而有力的領導。以前他們公推劉裕為主帥，只屬權宜之計，是因為劉裕乃各方面均可以令人接受的人物，又以為選他只是負責一晚的戰役。可是發展到今天，劉裕因緣際會成為荒人反攻邊荒集的領袖，實是任何人始料未及。

劉裕沉聲道：「讓我告訴各位，我們邊荒集仍是氣數未盡，因為郝長亨和姚興的密會，被我遇上，更聽到他們全部的對話。」眾皆嘩然，氣氛立即轉熱。

卓狂生點頭道：「只可用氣數未盡四字解釋了，如此推之，我們的小飛必可把孫恩的臭頭斬下來。」

屠奉三道：「聽到甚麼樣的天大喜訊呢？」

劉裕好整以暇的道：「邊荒集缺糧！」

眾人都有點摸不著頭腦，邊荒集缺糧是當然的事，不過糧食雖然緊張，只要北方水路無阻，糧食仍可源源不絕從北面運來。

江文清美目一亮道：「是否姚興向郝長亨借糧？」

劉裕淡淡道：「不是借糧，而是買糧。」

鬧烘烘的議堂倏地靜至落針可聞。紅子春喘著氣道：「不是這麼便宜我們吧？」

劉裕道：「正是這麼便宜我們。姚興將以三千頭上等戰馬，換取二十船糧貨和藥物。」

屠奉三精神大振，道：「難怪劉帥說不是空手而回了。」

高彥搶著道：「兩個壞小子還說了些甚麼呢？」

劉裕微笑道：「其他的稍後再說。你現在只須曉得他們會在離潁口二十多里處，潁水上游、汝陰荒城旁的渡頭作交易便足夠，這場仗等於反攻邊荒集的前哨戰，只要我們成為贏家，我們將要糧有糧，要馬有馬。」

程蒼古道：「姚興是否接納了桓玄和聶天還，讓他們分享邊荒集呢？」

劉裕欣然道：「就要看這次交易了！」

姚猛第一個忍不住尖聲怪叫，其他人紛紛仿效，連一向沉著冷靜的屠奉三也鼓掌附和。只有江文清面染紅霞，感激的眼神不眨地凝望著劉裕。劉裕創造了一個奇蹟，帶來荒人的希望。

燕飛從床上坐起來，忍不住的露出一個笑容。他成功了，成功避過孫恩的感應搜尋。憑的便是他獨門看家本領——胎息大法。他截斷了口鼻呼吸，純以胎息方法從早上直睡至華燈初上的入黑時分，進入了最深沉、近乎胎兒在母體內的安眠，此時精神十足，整個人煥然一新。喧鬧聲從大街的方向傳來，令他頗有重返人世的奇異感受。他取起放在枕旁的蝶戀花，隨意的用手提著，站起來，推門外出。肚子有空空如也的感覺，他卻不感覺餓，只想找壺美酒來治治酒蟲。孫恩接近的感覺也來了，似是如非的，令人無法捉摸。燕飛啞然一笑，絲毫不把被孫恩找到自己的事放在心上。要來的終於會來，避也避不了，怕他娘的甚麼呢？

來到客棧頗具規模的飯堂，二十多張桌子，一半坐有客人，猜拳鬥酒，好不熱鬧，看外表該是路經的商販、旅客佔大多數。好的位置都給人佔了，他只好到中間的一張桌子坐下，循例點了個小菜，叫了一壺燒刀子。想想也覺好笑，如自己在新娘河的兄弟，曉得自己竟是到這裏來喝酒，會怎麼想呢？

酒先來了。燕飛掐開壺塞，倒滿一杯酒後，忽然發覺鄰桌多了個人出來。燕飛舉杯向那人微笑道：「原來是天師大駕光臨，讓燕飛敬你一杯。」原本熱鬧喧嘩的大堂驀地靜下來，人人呆若木雞。

那人此時方緩緩坐下，面向燕飛，欣然道：「我孫恩從不愛杯中物，以茶代酒如何？夥計，給我拿一壺茶來。」

「噹啷！」不知誰因手顫拿不穩杯子，竟掉到地上，摔個粉碎。

〈卷七〉

第四章◆道法交鋒

第四章 道法交鋒

劉裕與屠奉三從淮水返回新娘河基地，已是日落西山的時分。一切準備就緒，只待一聲令下。兩人在碼頭處下馬，由士氣昂揚的戰士接過馬匹。整個基地烏黑一片，只燃亮數支火炬，零星地散布基地內。方圓兩里之內，重要的高地均布有哨崗，好令敵方探子難越雷池半步，只能於遠處監視。

劉裕拍拍屠奉三肩頭，道：「還有兩個時辰，我們該好好休息，養足精神。」

屠奉三陪他往宿處舉步，道：「我還要找陰奇說幾句話。」又道：「我有個感覺，劉帥你有點變了。」

劉裕訝道：「是變好還是變壞呢？」

屠奉三道：「是變得更堅定不移，只看你在會議上說話的神態，便知你已全心投入，並踏出邁向目標最重要的一步，就是把荒人團結在你的旗下。」

劉裕道：「只有在目前的情況下，荒人才會聽我們的指揮。邊荒集始終是漢胡雜處之地，各有各的利益，亦各有各的打算。」

屠奉三聳肩道：「有甚麼關係呢？只要邊荒集能繼續發揮它的作用，將成為我們強大的後盾。」

劉裕點頭道：「邊荒集現在確實是我們手上最大的籌碼，我有絕對的信心把邊荒集奪回來。不論我自己是否願意，我已成為一個荒人，只要依照荒人的規矩辦事，不損害邊荒集的自由，邊荒集將可以為我們所用。」

兩人來到宿處的門口，站定說話。屠奉三目光閃閃的打量他，淡淡道：「從非荒人變成荒人的過程，確難以向外人道盡。先前在會議舉行的當兒，我有種奇異的感覺，就是你老哥終於拋開一切，且明白自己的處境，腳踏實地去做應該做的事。」

劉裕聽著小屋內傳出來彷如大合奏此起彼落的打鼾聲，心中一陣感觸。自己的改變當然瞞不過屠奉三這冷眼旁觀者。因王淡眞而來的打擊和深刻的創傷，已化成死裏求生的奮鬥動力，即使他最後落敗身亡，也絕不會有半點畏縮。

屠奉三拍拍他肩頭，低聲道：「好好休息！」說罷轉身去了。

劉裕進入小屋，地上橫七豎八的躺了五、六個人，在單薄的被鋪裏瑟縮著。他嘆了一口氣，到一張空蓆處坐下，剛解下佩刀，高彥一溜煙般進來，在他身前坐下，一臉興奮的道：「燕飛雖然滾了去幹掉孫恩，幸好還有老劉你。我又想到一個問題，須老哥你爲我解決疑難。」劉裕心中苦笑，看來好好睡一覺的打算要泡湯了。

如果實力可以清楚度量，那燕飛可以肯定自己不是竺法慶的對手，更不是眼前孫恩的對手。不過事實卻是竺法慶飲恨於他的蝶戀花之下。高手決戰，影響戰果的因素錯綜複雜，就像兩軍對壘沙場，士氣、狀態和戰略都起著關鍵性的作用。眼前的孫恩明顯是不同了，變得更深不可測，且根本是無從捉摸，令人不知如何下手。不像竺法慶般，打開始燕飛便掌握到他的破綻，那完全與竺法慶本身的功夫沒有關係，卻影響到最後的戰果。燕飛清楚曉得自己正處於最巔峰的狀態，亦正因在這種狀態下，他知道雖與孫恩有一戰之力，可是與孫恩比拚功力和修養，實是下下之策。然而孫恩的破綻在哪裏呢？

燕飛淡然笑道：「若天師不反對，我想請其他人先離開。」

孫恩啞然笑道：「原來燕兄仍是這般看不開，竟執假為眞，哈！眞又如何？假又如何呢？如燕兄所說的好了。」整個飯堂的夥計和客人，聞言如獲皇恩大赦，只恨爹娘少生兩條腿，轉眼走個一乾二淨，偌大的廳堂，剩下他們兩個人。

燕飛心叫厲害，孫恩憑「執假為眞」一句話，立即在言語機鋒上佔得上風，因為燕飛並不明白他這句話，與眼前的情景有何關係？燕飛喝掉杯中酒，心中想到的卻是紀千千。千千呵！你可有想到我正在靠近邊荒的一座城市內與有南方第一人至譽的孫恩作生死決戰呢？微笑道：「天師似乎並不在意在這裏是頭號通緝犯的身分呢！」

孫恩灑然聳肩道：「難道燕兄又以為自己是南方最受歡迎的人物嗎？你故意張揚，令人曉得你是燕飛我是孫恩，該是早有預謀，否則燕兄便該是在邊荒的一座山上等我，而不是選在鬧市之中。」

兩人目光交觸，雙方均是神態輕鬆，面帶歡容，看在不知情者眼裏，還以為是故舊重逢，暢談離別後種種使人難以忘懷的樂事。酒意上湧，燕飛不由懷念起雪澗香的滋味。猶記得坐在酒牢入口的石階處，他小睡剛醒，紀千千撒嬌的要喝他手上的雪澗香，喝罷閉上美眸，櫻唇吐出「邊荒集眞好」的讚語。那迷死人的情景，仍歷歷在目。他是否在那一刻陷入紀千千法力無邊的情網去呢？還是她坐船到邊荒集去，迎著河風深吸一口嬌呼「眞香」的剎那？又或扯著他衣袖不放，告訴他忘記了徐道覆的時候？直到此刻他還是不很清楚。

燕飛目光投往飯堂入口處，他的靈覺告訴他，這所城內最具規模客棧裏的人，已走得一個不剩，而聞風趕來的城兵則可在任何一刻抵達。喃喃道：「我是早有預謀嗎？我倒沒想過這個問題，只是隨心之所願，到城內找個地方好好睡一覺，幸好天師沒有來入夢。這答案天師滿意嗎？」說罷目光投往孫恩，只要對方因他反擊的話露出任何心神的散亂，他的蝶戀花會立即出擊，直至對方授首劍下，始肯罷休。

孫恩雙目閃閃生輝的打量燕飛，啞然笑道：「我從沒有遇過像燕兄般天才橫溢的對手，你的胎息法竟能避過我道心的感應，也使我們今日決戰更引人入勝，因為只要燕兄成功逃走，便可以此法令我無法對你如何。這是否燕兄剛才故意引起官府注意的原因呢？燕兄竟沒有勇氣和我孫恩決一死戰嗎？」

燕飛暗叫厲害，微笑道：「實不相瞞，我是忽然心中一動下，方會叫出天師名字，與是否想逃走扯不上任何關係，請天師明察。」

燕飛這招反擊更厲害，且是以子之矛，攻子之盾，比的是「道功」，他說出來的原因，是連他自己也不明白為甚麼，完全來自靈性的直接反應，他只是依著「道心」去辦，與孫恩所指的好引城內駐兵插手，以營造逃走機會的陰謀論扯不上任何關係。當然燕飛也可以是胡謅，不過在此刻是無法證實的，可是假若稍後證實了燕飛的「心中一動」的確靈驗，那將證明了燕飛在「仙道」的境界上高出孫恩一線，如此會對看來無懈可擊的孫恩造成嚴重的打擊，甚至成為孫恩落敗的因素。燕飛蓄勢以待，只要感應到孫恩的心神出現波蕩，就立即全力出擊，乘虛而入。

「啪！」孫恩鼓掌笑道：「丹劫果然是不同凡響。」

燕飛應聲劇震一下，終沒法出劍。不過落在下風的孫恩亦因忙於反擊，沒法掌握良機。兩人又鬥個旗鼓相當。

燕飛此招根本是無從破解的，只能待將來的事實印證是對是錯。孫恩此記鼓掌發聲，表現出他武學大宗師的氣勢，音響的刹那，恰好是燕飛行功至關鍵處，即將出劍的一刻，而掌音起處，有如能鑽入人心的當頭棒喝，令燕飛曉得孫恩把他看個通透。而孫恩忽然點破他的靈機妙應來自丹劫，更如巨浪撼上船身般令他心神差點失守，大有石破天驚的震懾力，同時破去他必殺的一劍。孫恩此話背後實含有深意，足可使燕飛生出不如對手的頹喪感覺。因爲孫恩的話正指出燕飛只是在因緣巧合下得服丹劫，故能改變體質靈性，與孫恩經自身修行千錘百煉而成的道功有基本上的差異，並不足以自恃。這一句話，令孫恩重佔上風。

可是燕飛卻不驚反喜，因爲他終試探出孫恩的唯一弱點，就是他的「道心」。這本是孫恩最強橫的一面，卻偏是他可能出現破綻的地方。所以孫恩不得不透露出壓箱底的秘密，而不能留待稍後於關鍵時刻利用此秘密經營出最後能擊殺燕飛的戰略。可見如他不如此做，確會被燕飛趁隙而進，佔得先機。這或許是擊敗孫恩的唯一方法。不過首先須證明他的「心中一動」是「有的之矢」。

燕飛從容笑道：「來了！」蹄聲在客棧的西南方處響起，自遠而近，大批城衛正全速趕至。即使以兩人的武功，仍沒有可能對付數以千計的敵人，何況兩人又處於敵對的關頭，但以兩人的身手，在敵人形成包圍前，要遁逃仍是綽有餘裕。孫恩適才嘲笑燕飛缺乏一戰的勇氣，正是指此，因爲在這樣的形勢下，只要燕飛善加利用，確可以暫避孫恩的糾纏。孫恩正是要趁佔著上風的大好形勢下全力出手對付燕飛，縱使殺不了他，也可以憑絕世功力重創燕飛，削減他逃走的本領。可是燕飛一句「來了」，說的不似只指城衛那般簡單，登時被他勾起「心事」，氣勢被削，竟是出不了手。

蹄聲愈趨清晰，只聽聲音，來騎達數百之眾，且夾雜著紛亂的足音。孫恩神態仍是一副輕鬆寫意的模樣，悠然自若的道：「念你一身修爲得來不易，事情亦非必須分出生死方能解決，燕兄可有興趣聽本人嘮叨幾句？」

燕飛心忖值此將陷重圍、生死懸於一髮的緊張時刻，肯定不是說法的好時機，可是孫恩偏有此提議，登時生出玄妙的感覺。點頭道：「願聞其詳！」

劉裕皺眉道：「這裏不是說話的好地方，吵醒其他人，他們會聯手來揍你，我也不會出手幫忙，因爲你是罪有應得。」

高彥不滿道：「我和你總算逛過青樓又共歷患難，何必擺出一副拒人於千里之外的樣子。他娘的！即使你敲鑼打鼓，也休想可以弄醒他們。」

劉裕拿他沒法，頹然道：「說吧！」

高彥喜道：「這才是兄弟嘛！這幾天我早想晚想，終於想通一件事，就是小白雁的確對老子情根深種，是不能自拔的那種情根深種。哈！問題來了，我們現在正和她的師傅聶天還對著幹，她因此爲情所困，心上人和師傅之間該如何取捨呢？現在她當然選擇離開我回到老聶那一邊。她的人雖然不在，但我肯定她的心是向著我的。你明白嗎？只要再給我一個機會，我定可以打動她的心。」

劉裕有點猝不及防的想到王淡眞，心中一痛，慘然道：「我眞羨慕你這小子。」

在暗黑裏高彥瞪大眼睛看著劉裕，訝道：「幹嘛這樣怪里怪氣的，每次我說起我的小雁兒，就像念咒語般，人人神情有異。老龐如是，小飛如是，現在連你也變成這樣子。老龐是想起詩，小飛則是感應到孫恩，你老哥又是怎麼一回事呢？我明白了！你定是想起被劉牢之那忘恩負義的傢伙出賣，所以這般傷心，對嗎？」劉裕哪來心情答他，嘆了一口氣。

高彥當然不會放過他，老氣橫秋的勸道：「大家兄弟不用說廢話，當兵有甚麼樂趣呢？你沒有聽過無官一身輕嗎？當今世上，只有荒人才最快樂自由，既然別人不要你，索性開溜，人生始有意義。」

劉裕給他勾起心事，滿懷感觸道：「我現在已沒有回頭路可走，只有堅持下去，直至戰死沙場的一刻。」

高彥打個哆嗦道：「不要嚇我，說得這麼悲觀的。你不會死的，我也不會死。」

劉裕苦笑道：「人總是會死的，只是早或晚，發生於何時何地？你高少不是天不怕地不怕嗎？死有何好害怕的？」

高彥坦然道：「我本以爲自己甚麼都不害怕，可是當邊荒集首次被攻陷，瞧著身旁的荒人兄弟一個接一個倒下來，死亡原來可以如此接近，我便怕得幾乎在褲子內撒尿。唉！雖然人人裝出勇敢的樣子，我卻敢擔保大部分人心裏都是害怕得要命，只是沒得選擇罷了！」

劉裕不願再在這方面談下去，岔開道：「你剛才不是說過只要給你一個機會，便可以把那小精靈弄上手嗎？你要的是怎樣一個機會呢？」

高彥登時興奮起來，壓低聲音湊近道：「當然是個兩個有情人單獨相處的機會。她現在應在郝長亨的船隊裏，快運用你的神機妙算，給老子我製造這樣一個機會出來。」

換了以前，劉裕肯定會對高彥荒謬的提議置之不理。此刻卻因想起王淡眞，推己及人的體會到高彥焦灼痛苦的心情，又想借此以減輕心中的淒酸，認眞思索起來，道：「你有想過這樣的情況嗎？在兵荒馬亂的殺戮戰場上，你的小白雁大開殺戒，你的荒人兄弟一個又一個栽在她的手上，而你仍要和她談情說愛，這算哪門子的道理呢？她可不是軟腳蝦，不但武功不在老郝之下，輕功更是一等一的高手，想再次生擒她恐怕燕飛才辦得到，可惜燕飛去應付孫天師了。」

高彥搖頭道：「不要說得那麼可怕，我的小白雁怎夠膽子殺人呢？我最明白她了。」

劉裕失聲道：「你忘了自己在巫女河的遭遇嗎？」

高彥茫然道：「我在巫女河有甚麼遭遇？全賴她引開敵人，老子方避過一劫。嘿！你究竟肯不肯爲我想辦法？」

劉裕爲之氣結，敷衍道：「我要睡飽了才有精神爲你想辦法，你也該好好休息一會，現在離行動的時間只剩下個許時辰。」

高彥欲語還休，最後道：「你不要騙我，我的終身幸福全倚仗你了。」說畢興奮地走了。

劉裕坐在地蓆上，想到王淡眞的船該已進入大江，逆流西往江陵，便肝腸欲斷，只想痛哭一場，可惜已失去哭泣的本領。他確沒有回頭的路可走，因爲已失去一切，剩下的是肩負的重擔子，謝家和北府兵對他的期望，此外是深切的仇恨。終有一天，他會手刃桓玄，只有如此方可以洗雪王淡眞被強奪的恥辱。就在此時，腦海靈機乍現。

街上傳來蹄音足聲、叱喝甚至攀牆踏瓦的混亂響聲，形勢緊張至極點，顯是此地的守將，正調動人馬，重重包圍客棧，布下天羅地網。客棧的飯堂卻是完全不同的寧靜天地，一切吵鬧均似與此地沒有絲毫關係。

孫恩似是非常享受身處的境況，雙目閃動著充盈智慧的神秘異芒，輕輕鬆鬆的瞧著燕飛，柔聲道：

「燕兄可知自己正掌握著能成仙成道的千載良機，只要你肯改變一下自己的想法，拋開成見，即可到達生死之外的彼岸，成爲大羅金仙，完成每一個生命渴求的最高成就，踏足仙界。」

燕飛把注意力從街上扯回來，啞然笑道：「天師省省廢話吧！坦白說，我現在非常留戀生死之間的這段旅程，並覺得這段路已是我的終極目標，甚麼成仙成佛本人沒有半點興趣。」

孫恩笑道：「燕兄有此想法，是人之常情，生死之間的動人魅力正在於此，就像一個遊戲，以生爲始，死爲終。由成孕開始，遊戲開鑼。我們全心投入，演盡了悲歡離合，在成敗之間，忘記了自己只是過客的身分。有人捨不得榮華富貴，有人割不下男女之戀，此是理所當然。何況燕兄是忽然得道，並不像我般是看破一切苦修得之。旁觀者清，我並不相信輪迴之說，所以認爲每一人只有一次機會，如白白錯過，實在可惜。我孫恩有一個提議，只要燕兄肯立志向道，不再理會人世間的恩恩怨怨，我不但可以放燕兄一條生路，還可以指點燕兄一條明路。」外面是殺氣騰騰，比對起來，尤其顯得孫恩說的生命之謎充滿難以描述的詭異。

燕飛似像孫恩般渾忘了面對的危機，包括與這位有南方第一人之稱、貫通天人之道的大師無法避免的生死決戰，凝神打量孫恩好半晌，脣邊露出一絲笑意，道：「成仙又如何？天師仍是局困在生死之間內，憑何曉得成仙是好是壞呢？」

屠奉三來到劉裕對面坐下，訝道：「你怎麼還沒休息呢？」

劉裕露出深思的神色，淡淡道：「高彥想我們幫他一個忙。」

屠奉三愕然道：「當是與小白雁有關，你竟在想這樣的事？」

劉裕沒有直接答他，自顧自的說下去，道：「他想我們爲他營造一個與小白雁單獨相處的機會，並有憑此征服她的信心。」

屠奉三一副不以爲然的神色，苦笑道：「若是舉手之勞，我當然會成全他。唉！坦白說，我對此戰只有三、四成的把握，如非我們能掌握敵方形勢，我們根本沒有一拚之力。」略頓續道：「你說吧！在這樣的情況下，我們豈有閒情去理會私人的意向。」

劉裕好整以暇的道：「屠兄爲何對此戰如此缺乏信心呢？」

屠奉三嘆道：「問題出在敵我比較上，桓玄和兩湖幫水陸兩支部隊，均是訓練有素的精銳，即使一開始中計落在下風，但其反擊的能力卻絕不可以輕忽。反觀我們荒人部隊，相較之下仍是烏合之眾，勇氣有餘，卻欠組織和訓練，也沒有一個有效的指揮系統，不要說如臂使指，連能否執行命令都是問題。說得難聽點便是一盤散沙，一旦遇上敵人的頑強反擊，我們肯定會亂作一團。」

劉裕仍是神態輕鬆，道：「在邊荒集的攻防戰裏，荒人不是表現出色嗎？」

屠奉三道：「那是完全有異於現今的情況，目標明確、保衛的又是人人熟悉的邊荒集，加上有鐘樓作指揮台。可是現在須於荒野大河黑夜作戰，我們欠缺戰陣調遣的缺點將暴露無遺，成爲我們致敗的因素。」

劉裕淡淡道：「屠兄不是說過我必須確立荒人統帥的形象嗎？眼前正是一個機會。」

兩人低聲細語，屋內的人仍是熟睡如死，益添兩人談論荒人此戰成敗的奇異氣氛。

屠奉三搖頭道：「我不明白。」

劉裕道：「荒人是與眾不同的，所以出了個整天異想天開的卓狂生，還有明知對方是妖精仍不顧一切投入情網的高小子，試想想看，假設我們能在如此的情況下，仍可以玉成高小子的痴心妄想，而這由不可能變成可能的故事，每晚都在卓狂生的說書館瘋狂賣座，是多麼投荒人所好的精采故事？那時誰敢說我劉裕沒有資格作荒人的主帥呢？只有這樣瘋狂的主帥，才是邊荒集的特產。」

屠奉三劇震道：「你的想法很接近卓狂生，確實匪夷所思，且非常合荒人的脾胃。可是問題在我們求勝已屬不易，還如何辦到此事？只有當局勢完全操控在我們手上，我們要敵人往左轉，而敵人絕不敢向右轉的情況下，或有機會可以做得到。」

劉裕笑道：「若依現時的形勢發展，我們的確不可能辦得到，幸好高小子提醒了我。哈！他等於幫了自己一個天大的忙。」

屠奉三奇道：「他提醒了你甚麼事呢？」

劉裕沉聲道：「他告訴我他心中充滿恐懼，令我想起自己第一次上戰場的情況。開始時我心中只有一往無前的勇氣，可是當身旁的戰友中箭倒地身死後，一切改變過來，死亡是如此實在和接近，再沒有任何安全的感覺。幸好那場仗我們贏了，否則我或許會當逃兵。」

屠奉三點頭道：「我明白！恐懼會像瘟疫般蔓延，所以兵敗會如山倒，正是恐懼作祟。可是今夜之戰，在這方面，敵人顯然遠比我們優勝。」

劉裕問道：「告訴我！敵人現在最大的恐懼是甚麼呢？」屠奉三全身一顫，雙目亮起來。

孫恩一對眼睛爆閃異芒，正容道：「這正是最精采的地方，因爲沒有人知道。人自出生開始，便是邁向一條死路，死亡是生命的終結，是生命的放棄。我絕不是貪生怕死的人，只是不甘屈服於生死，希望能在這有限的生命內，即使作困獸之鬥也要超脫生死。我沒法告訴你成仙成聖究竟是怎麼一回事，只深信當你超脫生死後，生命會以另一種形式繼續下去，而這正是最誘人之處，那究竟是怎樣一番光景呢？神仙之說，自古已存，是人來自內心最深處的一種渴望和追求。」

燕飛訝道：「天師既有如此抱負，爲何又置身於人世間的紛爭裏，豈非矛盾至極？」

孫恩長笑道：「所以我說燕兄誤在執假爲眞，故而迷途忘返。生命只是一個過程，萬物之所以存在，只是人心產生的幻覺。就像一場大夢，夢裏無一不眞，你更不會懷疑自己在作夢。夢正是心的餘象，如聲音的餘韻，如空谷裏的回響。機會就在眼前，燕兄勿要錯過啊！」

燕飛環目四顧。縱使是敵對的關係，他仍感到孫恩字字發自眞心，顯然超脫生死，是這可怕的對手深信不疑的事。難道眼前的一切確只是人心製造的幻象？想想都令人不寒而慄。不過縱使人生只是一場大夢，但只要夢裏有紀千千在，那這場夢已足可令自己放棄一切，全心投入享受與紀千千共譜戀曲的動人滋味，且永不言悔。

「篤！」一支箭不知從何處射來，穿窗而入，釘入孫恩後方一根樑柱裏。火箭！箭附在樑柱燃燒著，發出「劈劈啪啪」的聲音。孫恩不爲所動，目光凝注燕飛。

燕飛淡淡道：「天師的演說怕難以繼續下去了，動手吧！」

劉裕道：「屠兄明白了！」

屠奉三點頭道：「我明白了。」

劉裕再把聲音壓低少許，湊近微笑道：「敵人最害怕的，是劉牢之的意向，因爲如劉牢之背叛王恭和桓玄一方，這次來攻打我們的荊州兩湖聯軍勢將全軍覆沒。而沒有人比我們更清楚，劉牢之的確大有可能背叛桓玄和王恭，這便是敵人最大的恐懼。」

屠奉三道：「桓玄雖然手段狠辣，且一副天不怕地不怕的樣子，事實上卻是貪生怕死的人，所以行事謹慎，不會冒險，如他懷疑劉牢之，絕不會讓手下隨便越過壽陽，進入劉牢之的勢力範圍，更會在劉牢之面前大動干戈。」

劉裕胸有成竹的道：「換作是別人，肯定不敢用此計，但我是深悉情況的人。不論是郝長亨或桓玄一方的人馬，肯定有探子甚至內奸在廣陵監視劉牢之的動靜，以策安全。司馬道子寫信給劉牢之一事，已成公開的秘密，至少何謙一方知之甚詳，並會散播謠言，以動搖劉牢之在北府兵內的威信。」

屠奉三點頭道：「此事確有可能，何謙便曾把劉牢之與王恭結盟的事，通知孔老大。」

劉裕道：「我最清楚北府兵內的情況，劉牢之是不得不與手下將領商量此事，消息會因此傳開去。」

屠奉三道：「若是如此，你這招恐懼大法，將可以發揮無窮盡的威力。郝長亨是聰明人，深悉人性，也比別人多顧慮，容易杯弓蛇影。」接著皺眉道：「可是敵人不是剛上戰場的雛兒，我們想騙倒他們並不容易。」

劉裕微笑道：「屠兄似乎忘記了我正是不折不扣的北府兵。只要敵人略呈亂象，我有方法乘虛而入，營造出北府大軍從水陸兩路殺至的駭人形勢，只要令敵人生出恐懼，不求取勝但求保命，此戰我們便有必勝的把握。」

屠奉三露出心悅誠服的神色，點頭道：「眞的明白了！劉帥！」

火箭的攻勢終於停下來，整座客棧已陷入火海和濃煙中，飯堂內的溫度不住升高，彷如人間煉獄。兩大高手仍各據一桌，目光交擊，等待對方露出破綻，看看誰先捱不下去。烈燄雖仍未波及他們，不過主樑已燒著，其餘可以想見。地上遍布箭矢，都是射向兩人身上被擋開的火箭，默默訴說著剛才一輪箭攻的激烈情況。「獵獵」聲響，靠近燕飛的最後第三張桌子被上面掉下來一團火球波及，終告起火焚燒。對面的孫恩沒入濃煙之中，燕飛展開內息之法，口鼻呼吸停頓，眞氣在體內循環往復，形成護體的氣罩，不讓火勢入侵。如此以火箭焚毀一座具規模的客棧，並非上策，城將必須先把附近居民撤走，又要控制火勢，可是燕飛卻體諒城將的苦衷。要知不論自己或孫恩，均是天下武林最頂尖的人物，強攻進來，必是屍橫遍地的局面，且沒有必殺他們的把握。如能以烈火逼得他們見勢逃遁，再由箭手以亂箭從遠處射殺他們，當然划算得多。但因級數差別太大，城將作夢也沒想到他們能在火場內挺這麼久。這也難怪，天下間，也只兩人有內呼吸的驚人能耐。

「蓬！」一團火球由上而降，掉到兩人中間的位置去，火熱遽增。「錚！」蝶戀花向主人發出動人心魄示警的清音。燕飛蝶戀花出鞘的一刻，尚未觸地的火球已挾著勁氣狂飆，撲面而來。在伸手不見五指的黑煙烈燄裏，燕飛感到孫恩的氣場停滯了一瞬，未能發揮全力。不由心呼僥倖，曉得自己差點輸掉此戰。直至剛才火球落下的一刻，孫恩一直在他靈覺的嚴密監視下，即使孫恩沒入濃煙裏，他仍能一絲不誤地掌握著孫恩的精神狀態，只要孫恩忽然出手，他有十足把握可以作出及時的反擊，不會讓孫恩搶得先手，佔奪關係生死成敗的先機。可是在火球落下的一刻，孫恩彷彿倏地消失了，他再感應不到孫恩，要命的是孫恩的靈覺卻完全緊攫著他。他既不知該何時出手，更不曉得孫恩會用甚麼手段。剎那間整個局勢完全改變過來，他陷於絕對的被動，先機盡失。就在敗局將成的關鍵時刻，蝶戀花的示警正是他最需要的及時雨，忽然靈覺天機失而復得。

孫恩的全力出手露出不該有的破綻，正因孫恩料想不到他的蝶戀花會有護主的「驚人之舉」，更因而生出在道行上及不上燕飛的震撼，所以氣場滯了一下，精神的變動影響了他的功夫。來自丹劫的灼熱眞氣透劍鋒擊出，直衝撲面而來的烈燄狂勁最強大的核心處刺去，命中孫恩的勁氣鋒尖處。最奇妙的事發生了。凌厲的劍氣如於烈燄添上最助燃的火油般，毫不費力地穿透火燄，化爲一柱藍晶晶的驚人光燄，立即令周遭的火燄世界像星辰比之皓月般黯然失色，照破了濃煙烈燄，把原本隱藏在火煙後的孫恩身影勾畫出來，神奇得令人難以相信眼睛所見。來自丹劫的眞勁劍氣頓時威力倍增，不但徹底破去孫恩借火勢攻來的一招，還直刺往孫恩雙掌平推的掌隙間處，精準如神。孫恩詫異之下立即變招，兩掌合攏，成掬手狀，發出另一股眞勁，迎上燕飛有如神來之筆的「劍燄」。燕飛從沒想過丹劫劍氣有此奇效，心中想到的是如不能在此特異的環境下擊殺孫恩，大有可能永遠都沒法擊敗他，豈敢猶豫，人隨劍勢，竟就那般全力催發劍氣，往孫恩撲去，完全無視臨身的火屑燄風。

「蓬！」孫恩的眞勁與藍白的劍燄交擊，立時化作往兩邊激濺的藍色光點，有如煙花盛放，詭美至難以用任何言辭形容其萬一。孫恩全身劇震，悶哼一聲，往後飛退進入另一股濃煙裏。燕飛亦被反震之力轟得往後挫退。「嘩啦啦！」主樑終受不住烈燄的摧殘，頹然折斷下墜，火屑飛舞裏，大小火球從屋頂掉下來，彷如天地終結。燕飛暗嘆一口氣，迅速倒退，以驚人的高速避過焚身之險，同時以丹毒的冰寒眞氣護體，倏忽間退至飯堂邊緣，再沖天而起，撞破仍在燃燒的瓦頂，就那麼來到火場上空處。四周盡是捲旋向上的濃煙，既看不到包圍的敵人，敵人也看不到他。燕飛知道已失去擊敗孫恩的天賜良機，更清楚已向孫恩證明了自己的「心中一動」是眞材實料。心忖此時不走，更待何時。

燕飛在山野飛馳，神舒意暢，朝淮水的方向前進。他感應到孫恩在後方十多里處追來，感覺清晰而不含糊，勝過以前任何一次的情況。蝶戀花在火場內示警護主的鳴叫，似如暮鼓晨鐘般喚醒他靈覺的某一部分，令他朝「仙界」邁進了一步。日月麗天大法在體內運轉，他這門自創的運功法門已由繁入簡，日訣是退陰符、月訣為進陽火，陽九陰六，丹劫到達陽之極，水毒陰從陽生，如大道日月的循環流轉，體內真氣去而復來，陽極陰生，陰極陽現，輕鬆得如飛鳥翔空、舒閒似魚兒戲水，疾奔近五十里路，仍沒有絲毫勞累的感覺，痛快得難以形容。

他真的覺得自己已成了半個神仙，不受一般的人間規條束縛，對孫恩他再沒有半絲驚懼。這不是說他認為自己可以勝過孫恩，事實恰好相反，若他現在被孫恩追上，純較量武功，他肯定自己仍是敗多勝少。縱然剛才在那樣佔盡上風，又將丹劫劍氣發揮至巔峰的當兒，仍只能逼退孫恩，便曉得孫恩的黃天大法實在他之上。可是他已掌握到孫恩的弱點，明白到孫恩並非無懈可擊，關鍵處在「道心」的比拚上。他燕飛的成就更是秘不可測，連自己都弄不清楚。想想也覺好笑。他是在糊裡糊塗下佔得上風。現在形勢對他非常有利，孫恩正被他牽著鼻子走，不得不在最短的時間內追上他燕飛，好在他的「道功」有進一步的突破前，趕盡殺絕，去了他這能在「道法」上威脅和挑戰他的大敵，再無暇去理會他之外的任何事。他決定把孫恩引得深入邊荒，然後和他在邊荒鬥法，一決勝負。就在此刻，他感應到尼惠暉。

在營地南面的曠地處，二千名荒人部隊中最精銳的騎兵，正接受劉裕的訓示。這支部隊將由最善攻的慕容戰指揮，戰士主要由騎術超卓的慕容鮮卑和拓跋鮮卑族人組成，只有小部分夾雜其他胡漢戰士。

劉裕要教導的是如何扮作北府兵的方法，最後道：「北府兵於黑夜進攻時，採用我剛才說的號角和鼓音指揮的方法，是由謝玄所創，敵人一聽便分明。只要你們出奇不意，又能配合我們，敵人根本沒有時間去分辨眞僞。」

屠奉三道：「北府兵最擅長野林衝擊戰，苻堅也因此一敗塗地，進攻時須又狠又準，教敵人沒有翻身的機會。」眾戰士不敢喧嘩，齊舉兵器，以示拋頭顱灑熱血的無畏勇氣，士氣高昂。

劉裕向慕容戰道：「一切拜託慕容當家了，大小姐會派出引路之人，最重要是避過敵人哨探，神不知鬼不覺的進入攻擊的位置，殺敵人一個措手不及。」

慕容戰伸出兩手和他相緊握，雙目閃亮的道：「劉帥此計妙絕，我慕容戰定不會讓劉帥失望。」

燕飛心湖浮現出尼惠暉的妖艷花容，並不清晰，有點像波紋蕩漾的水面反映出來的倒影，使燕飛曉得她距離他很遠，可能是數十里，也可能在百里之外。他直覺她正在施展彌勒教的妖術，搜索宋悲風的行蹤。他沒法掌握她的位置，只感應到她所在的方向。忽然間，他知道與孫恩的決戰已不再局限於彼此間，至少多了個實力強橫的參與者。他必須立即趕去對付尼惠暉，因爲宋悲風正陷於動輒送命的危險中。安玉晴可能也在她附近。不論爲公爲私，他都要除去尼惠暉，殺了她，或可解開呼雷方的精神禁制，令他回復昔日的光采。思索間，孫恩又追近里許。他是故意讓孫恩追近點的，因爲他要令對方生出錯覺，以爲在輕功上可勝過他。當把孫恩誘入邊荒的時候，孫恩會發覺自己錯得很厲害。爲了紀千千，我燕飛將會全力與你老兄周旋到底。

屠奉三和劉裕並肩往碼頭區掠去，前者道：「水路的部分會困難得多，敵人既曾點算過我們船隻的數目，兼之郝長亨等人在水道上打滾多年，縱然在黑夜裏，仍可一眼看穿是否北府兵的水師船。」

劉裕道：「屠兄是否認爲自己不會上當，推己及人，所以作出郝長亨不會上當的判斷呢？」

屠奉三訝道：「劉帥比以前更會揣摩別人內心的想法，我的確這麼想。」略頓續道：「我敢肯定陸路方面可奏效，因爲桓玄一向以北府兵爲假想敵，自他接掌軍權後，便要下面的將領研究北府兵的戰術，只要慕容戰依照劉帥的吩咐去辦，當可以假亂眞。照我看只要擊垮荊州軍，郝長亨失去陸路的配合，也只能慌忙撤退。」

劉裕道：「如此高小子勢將好夢成空，唉！我正爲此頭痛。」

碼頭區火把光照耀天，江文清、陰奇、程蒼古、費二撇、席敬等一眾擅長水戰的將領，正在等候兩人。江文清仍是一身男裝打扮，英氣勃勃，趨前低聲道：「北府兵的老朋友求見劉帥，他要見到劉帥才肯說話。」兩人爲之愕然。

劉裕道：「是誰呢？」

江文清沉聲道：「是何無忌。此事不可張揚，若傳出去，會爲他招來殺身之禍。」

屠奉三一顫道：「何無忌不是謝玄在世時的親衛頭子嗎？他還是劉牢之的外甥。」

劉裕點頭應是，向江文清道：「他在哪裏？」

江文清道：「劉帥請隨文清走。」

劉裕對屠奉三道：「水路的行動暫停，一切待我和何無忌談話後再說。」

屠奉三點頭答應，提醒道：「人心難測，不要輕信與劉牢之有親密關係的人。」

劉裕心中浮現何無忌英武正直的模樣，道：「明白了！」

燕飛推斷宋悲風處於險境，並非胡亂猜想，而是合理的推測。尼惠暉持有合璧的天地珮，該可憑天地珮的感應直追到邊荒去，而宋悲風亦憑心珮的感應掌握到尼惠暉的位置，故曉得該遁往何方。現在尼惠暉捨天地珮不用，改以她的搜魂異術搜索宋悲風，是因明白問題所在，不知就裏的宋悲風大有可能因而中計。尼惠暉並非單獨一人，隨行的有彌勒教的四大金剛，明日寺的竺雷音和艷尼妙音，這樣的實力，只要策略上運用得宜，加上天地珮的妙用和尼惠暉的妖術，可布下天羅地網，對付宋悲風這條魚兒。因此燕飛須拋開一切，趕去協助宋悲風，順便和彌勒教的餘孽來個了斷。

尼惠暉方面的實力是不可輕忽的，他能否勝過與竺法慶並稱的尼惠暉仍是未知之數，加上還要應付與她隨行的高手，此戰確實異常凶險。假設最後演變爲孫恩與尼惠暉聯手，他和宋悲風必死無疑。幸好這可能性不大。孫恩已追至後方七、八里處。在星空之下，淮水出現前方，繼續其已不知過了多少年月湍流往東的旅程，默默地漠然不理發生在它兩旁人世間的恩怨。哪管城市變爲廢墟、良田化作荒地、沃野轉爲焦土。燕飛的心靈一片平靜，無畏無懼，加速朝淮水飛掠而去。

在新娘河基地邊緣處的一個營帳內，劉裕見到何無忌。何無忌露出激動的神色，撲上來抓著他雙手，叫道：「劉裕！」

劉裕向江文清使個眼色，江文清使識趣地退出帳外去，還命人把守四方，防止任何人接近。何無忌一身夜行勁裝，背著一把大刀，雙目射出濃烈的光芒，反映心內激盪的情緒，用力抓著他一雙手。

劉裕道：「還有誰看過你的臉？」

何無忌道：「只有文清小姐，我相信她會守秘密。」又道：「如不是玄帥死前多次提醒我，我定會和二舅大吵一場。」

劉裕感激的點頭，拉他坐下，道：「你怎知道我在這裏呢？」

何無忌放開他的手，忿然道：「我是猜到的，二舅要我在新娘河的淮水下游集結水師船隊，並指令三天之期一到，立即進佔新娘河，把大江幫的基地焚為焦土，我便猜到劉兄在這裏，所以冒險來試試能否見著你。」

劉裕不由為他的安全擔心起來，皺眉道：「此事還有何人曉得？」

何無忌道：「只有為我掩飾的幾位兄弟知道，他們全屬玄帥的親兵系統，絕不會出賣我們。」

劉裕道：「你是不是升官了？」

何無忌道：「我現在是可領軍的先鋒將。唉！我真不明白二舅，他是不是要把你趕盡殺絕呢？你到過廣陵我還是事後才知道，二舅公布你和他立下的令狀，引起軍中很大的反感，實是不智。他又秘密召我去，要我負責斷去荒人後撤之路。告訴我，我可以做甚麼呢？」

劉裕一對眼睛立即亮起來，道：「這支水師部隊是否由你全權指揮？」

何無忌道：「我的副將是二舅的人，不過我可以幹掉他，我是豁出去了！」

劉裕愕然道：「疏不間親，你這樣做，不是等於背叛劉爺嗎？」

何無忌雙目露出崇慕的神色，堅定的道：「我隨玄帥南征北討多年，在他身上學到很多做人的道理。只有義之所在，認清方向，方能擇善而從之，做個頂天立地為國為民的好漢子。所以安公棄女婿王國寶而不用，玄帥不挑選二舅和何謙而選你。事實上玄帥也可以栽培謝琰，可是他並沒有這麼做。正因大義當前，家族也要放在次一等的位置。二舅的確令我失望，竟與桓玄之輩爲伍，你又沒有威脅到他的地位，不但不懂珍惜你這晚輩，還要整治你，誰會心服呢？玄帥生前很欣賞荒人，讚他們有不甘於屈從命運的大無畏精神，二舅卻偏要在他們四面楚歌的時候落井下石，教人齒冷。」

劉裕明白他是因想起謝玄，所以眼中出現如此神色，更感覺到他是言發於衷，字字眞誠。點頭道：「你不用直接捲入此事，卻可以幫我一個大忙，事後也不會被人看穿你和我的關係。」

何無忌一呆道：「怎能辦得到呢？」

劉裕道：「你明白我們現在的情況嗎？」

何無忌茫然道：「我只知執行二舅的指令，其他一切都不清楚。」

劉裕扼要的解釋一遍，聽得何無忌目瞪口呆，既想不到有兩湖幫和荊州軍牽涉在內，更想不到劉牢之如此狠絕卑鄙。劉裕心忖怎都要賭他娘的一把，希望以謝玄的慧眼，不會看錯何無忌這個人，遂說出自己的計畫，道：「你只須虛張聲勢，在我們離開新娘河的一刻，驅船隊逆流而上，過新娘河而不入，直趨過水和淮水交界處，此戰我們將可穩操勝券。」

何無忌欣然道：「沒有問題，我可以裝作須於淮水布防，以肯定你們沒有回來，誰也不會懷疑我在暗助你們一把。」又定神打量劉裕，道：「玄帥的確沒有挑錯人，這的確是在如今的形勢下最高明的策略。」

劉裕伸手抓著他的肩頭，道：「兄弟！你的雪中送炭我永遠不會忘記。」

何無忌苦笑道：「我的心情很矛盾。唉！怎麼說好呢？你以後有甚麼打算？很多人不看好你們這次反攻邊荒集的行動。」

劉裕微笑道：「假設我們成功了又如何呢？」

何無忌一震道：「二舅會更顧忌你。」

劉裕哂道：「顧忌我又如何呢？他可以不讓我歸隊嗎？你最好有點心理準備，你二舅大有可能背叛與王恭、桓玄和殷仲堪的聯盟，改投司馬道子。」

何無忌色變道：「不可能吧？二舅現在和何謙勢如水火，怎會有與司馬道子合作的可能性呢？」

劉裕沉聲道：「司馬道子殺了何謙又如何呢？」何無忌啞口無言。

劉裕拍拍他肩頭道：「人是會被權力和富貴蒙蔽的，你二舅已不再是以前的劉牢之，任何阻礙他達到目的的人都會被他鏟除，我不例外，你也不會例外，所以小心點。」

何無忌有點難以啓齒的道：「將來有一天如劉兄處於一個可以決定二舅生死的位置，劉兄可否看在我的分上，放他一馬？」

劉裕苦笑道：「這言之過早了。不過我可以答應何兄，如眞有那樣的一天，我絕不會親手對付他，至於他要如何做，是他的事了。」

何無忌感激的道：「玄帥說得不錯，劉兄確是有情有義的人，是我們北府兵未來的希望。開始時我是半信半疑，但今天如仍懷疑你的本領，便是大笨蛋。」

劉裕心中感激謝玄，心忖恐怕連謝玄也想不到何無忌能於此生死關聯的時刻，發揮這麼大的奇效。道：「何兄在我們離去後，好好盡忠職守，不要表現出任何不滿劉爺的態度，還要比任何人對他更盡心盡力，爲的不是他，而是玄帥和北府兵，令北府兵能保持凝聚力，否則縱使我收服邊荒，仍是沒有作用。」

何無忌道：「明白了！」又道：「現在北府兵年輕一輩的將領，人人均視你爲繼玄帥後另一位有本領的領袖，只要你反攻邊荒集成功，誰想爲難你，等於與整個北府兵爲敵。」

劉裕心中一陣淒酸，自己表面的風光，又於事何補，如此失去了王淡眞，以後還可以快樂起來嗎？更清楚自己是無路可走，剩下唯一的道路，就是爭霸之路。但這可以療治心中的傷痛嗎？他不知道。

何無忌起身道：「我必須全速趕回去，好與你們配合。」

劉裕也站起來，與他雙手緊握，一切盡在不言中。何無忌戴上頭笠，雙目射出堅定的神色，緊握他一下後，出帳去了。劉裕呆立帳內，腦袋一片空白。江文清的聲音在他背後溫柔的道：「有甚麼新的消息呢？」

劉裕轉過身來，接觸到她一對明亮的美眸，心中湧起難言的滋味。淡淡道：「高小子的夢想或許會成眞呢！」

在慕容戰率領二千名戰士離開後兩個時辰，船隊起航，載著的是另一批達五千人的戰士，與慕容戰的部隊合起來共七千人，是現在荒人能加入作戰的精銳。劉裕和屠奉三深明兵員貴精不貴多的戰場定律，這七千人均來自以往各漢胡派系幫會，又或合作慣了的夜窩族，悍勇善戰，只要策略得宜，可以揮出驚人的威力。在諸般條件配合下，形勢已轉爲對他們有利，故人人戰意昂揚，定要藉此戰打響頭炮，繼燕飛斬殺竺法慶後再振荒人的威勢。屠奉三非常聰明，因深悉己方組織上的弱點，故以百人爲一個作戰單位，每單位配以能獨當一面的領袖，即使情況混亂，仍不會失去行動的方向，各單位領袖可以隨機應變，自行決定策略。

對付郝長亨的戰船隊分為兩組，十二艘戰鬥力最強的雙頭船為一組，由江文清負責指揮。另一組則包括司馬道子贈送的五艘戰船、由小型貨船改裝的戰艇二十八艘，以及八艘貨運船。當到達過水和淮水交匯處，船隊會兵分兩路，屠奉三的運兵船隊北上過水，逆水而上二里後，卸下兵員，便會順流而回，配合江文清夾擊郝長亨數目達三十艘，包括「隱龍」在內的戰船部隊。江文清的十二艘雙頭船，會過過水而不入，直趨淮水上游，當藏身在淮水南面支流的郝長亨發覺形勢不妙時，淮水上游已被截斷去路，且把順流攻擊的優勢拱手讓人。此時郝長亨仍可死守支流，可是當曉得北府兵水師船過新娘河而不入，勢必以為劉牢之背叛了他們，與荒人聯手，只好冒險突圍，如此江文清和屠奉三將有機可乘，展開擒賊先擒王的策略，以「隱龍」為主目標。整個謀略部署盡見屠奉三的智謀。

其他二萬餘荒人則負責從陸路運送糧資到淮水南岸，由於不用怕劉牢之的船隊突襲，故此他們不需武裝，只靠數百戰士虛張聲勢。他們是餌，可是在如今的情況下，他們反處於最安全的情況下。指揮他們的是姬別和紅子春，兩人均是老江湖，有足夠的應變能力。慕容戰手下的人全是騎兵部隊，有來去如風的機動能力，即使在對等的情況下，憑這批人的強大戰鬥力，仍可正面硬撼荊州軍，何況主動全掌握在他們手上。

當船隊開離新娘河，劉裕曉得已贏了這場水陸大戰，問題在能否完成高彥的心願。最後一艘船離開基地時，陸路隊伍亦浩浩蕩蕩的出發。劉裕卓立高崗之上，注視著整個形勢。他身旁是雙目發亮的高彥，正興奮地等待劉裕的指示。他與小白雁的戀情已被卓狂生傳遍荒人之間，為此戰平添了無限的姿采，戰爭不再純是殺人與被殺的掃興事。另一邊是卓狂生，雙目射出狂熱的神色，使人懷疑他正默默記錄著這荒人光輝的一頁。三人身後是牽馬而立的二百名戰士。這是慕容戰的騎隊外另一支騎兵隊，人人均是百中挑一的高手，負有特別的任務，爲的當然是多情的高少。劉裕唇角的笑意忽然擴展、化爲燦爛的笑容，道：「我們走吧！」手下忙把三人坐騎牽來。劉裕飛身上馬，此時他忘記了一切，只曉得贏取眼前的戰爭。且是徹底的勝利。

千千！你曉得我現在往哪裏去嗎？大地一片銀白，正是這場大雪，令荒人可以突圍而出，逃往新娘河。這或許是今冬邊荒最後一場雪。燕飛在此純美潔淨的世界孤獨地滑翔，但心中充滿對紀千千的熱愛，而沒有絲毫寂寞的感覺。即使人世間一切發生都是短暫而虛幻，他和紀千千的愛戀卻是不容置疑的至美至真，捨此之外再沒有其他。千千啊！我現在要去的是「邊荒四景」裏最神妙的一景，也是你阻止我說出來的一景——白雲香澗。每逢大雪之後，龐義會到密藏於白雲山內的神秘香澗採泉水，用作釀製雪澗香。終有一天我會與你牽手到這裏來欣賞雪澗香的故鄉。

剛才當燕飛被孫恩追至身後不到兩里的近處，立即改外呼吸爲內呼吸，進入胎息的境界。就在那一刻，他感應到心珮的「躍動」和「呼喚」。他不明白是如何辦到的，不過那已無關緊要，正如他也不明白蝶戀花爲何有示警護主之能。他再感應不到孫恩，也知道對方亦感應不到自己。

劉裕領頭疾走十多里後，下令休息片刻，以保持戰馬的體力。他有信心可一絲不誤的依計畫的時間進入攻擊的位置，天衣無縫地配合江文清和屠奉三。百多人在黑暗的密林下馬休息。劉裕、卓狂生和高彥三人徒步走上前方的高丘頂上，蹲下來遙觀右方淮水的情況，己方的船隊因逆流而上，尚未到達。

劉裕低聲道：「我現在說的每一句話，高少必須牢牢記著，卓館主則負責記錄。」卓狂生連忙取出紙筆。

高彥失聲道：「我的娘！你要公開我的秘密嗎？」

卓狂生欣然道：「你該感到光榮才對。放心吧！我把劉爺的話記下來，是怕你忘記了精采的情節，說故事的仍是你，錢是放進你的袋子裏，我只抽取三成作佣金，明白嗎？」

劉裕道：「小白雁肯定是在『隱龍』上，我們必須擊沉『隱龍』，方可以進行『小白雁之戀』的故事裏最精采的一章，故名之爲『英雄救美』。」

卓狂生更正道：「是『多情高少義救小雁兒』。」

劉裕不理高彥的反應，笑道：「甚麼都好！正當我們要殺小白雁之際，我們的多情種子再控制不住，背叛了邊荒集，竟出手救走了可以之勒索聶天還的重要人質，逃進邊荒裏去，還要躲避我們的追捕。我們的忙幫到此爲止，以後的就看你老兄的手段了。」

卓狂生敲邊鼓笑道：「非常精采，眞虧我們想得出來。」

高彥呆看著劉裕，好一會才回復過來，倒抽一口涼氣道：「如她要走，我如何攔得住她呢？」

卓狂生罵道：「枉你這小子自認聰明，卻這般愚蠢，你忘了劉爺說過要追捕你們嗎？到時我們會虛張聲勢，你則全力救美，帶她逃往邊荒集的無人僻處，好令小白雁從人質轉作愛情的俘虜。記著須繪聲繪影，說得寸步難行，除倚賴你外，再沒有其他辦法，只好與你作一對同命鴛鴦，逃避我們的追擊。」

劉裕知高彥性格，提醒道：「不要說得太過火了，倘說出誇大得連對你情根深種的小白雁都不相信的話，一切責任自負。」

卓狂生道：「高少誇大是正常，老老實實反令人生疑，我認為還是依高少平日的作風才是高招。」

高彥給兩人你一語、我一句的弄得哭笑不得，可是眼睛卻發亮起來，道：「你們不會打傷她吧？」

卓狂生笑道：「我們集荒人最有智慧的幾個腦袋想出來的東西，會差到哪裏去？我們會把她點倒，禁制她的穴道，你便可以軟玉溫香的抱著個小美人逃走。我們當然會教你解穴的方法，但你卻要裝作不懂解穴的手法，走遠了才誤打誤撞的乘機解穴。」

高彥開始興奮，喘息著道：「哈！誤打誤撞？我豈非可以享盡溫柔？被制後她的神志能否保持清醒，否則怎曉得我是如何英勇？」

卓狂生道：「制她的是老子的獨門手法，保證她沒法自行解開，她會變得軟弱，四肢乏力，但神志清醒，可是你千萬不要乘她之危，佔她便宜，讓她看不起你。」又加一句道：「要佔便宜可在試圖解穴時想辦法。」

高彥幾乎要摩拳擦掌，但又開始擔心另一方面的事，道：「你們有把握擊沉『隱龍』嗎？它可不是一般的戰船。」

劉裕道：「『隱龍』並非普通的戰船，但我們亦非普通之輩。這次大家為你想盡辦法，成功失敗，得看我們兵器大王姬公子設計的『破龍箭』是否管用。時間差不多了！我們起程吧！」

孫恩和尼惠暉是敵對的關係，天師道與彌勒教更是勢不兩立。可是若燕飛扯入他們的關係裏，兩相比較之下，殺死燕飛才是他們最重要的事。燕飛在應付孫恩的同一時間，不得不對付尼惠暉，是因別無選擇，他必須助宋悲風脫離險境。白雲山位於穎水東岸，離開邊荒集只有十八里。這是塊得天獨厚的山區，白雲山脈把方圓三十多里的區域團團圍繞，山勢峻偉，人跡罕至，長滿奇花異樹，宛如荒蕪土地上的仙境勝地。主峰摩雲嶺突出群峰之上，白雲香澗便是從主峰傾瀉而下的垂雲瀑分出來的石泉澗，經過一片桂樹林的泉段，更是樹香四溢，因之而得名。

燕飛進入山區後，又從內呼吸轉回外呼吸，登時心中一震。他感應到孫恩，仍緊追在他後方，距離由最接近的二里拉遠至三、四里，顯然即使他內呼吸和收斂精神雙管齊下，仍避不過他的精神感應。可是他卻感應不到對方。由此推斷，孫恩的精神修養，勝他至少一籌。恐怕只有進入無知無覺、睡與醒之間的胎息狀態，方能避過孫恩的尋蹤搜跡。出乎意料的情況，令他想先以奇兵突襲尼惠暉一夥人的如意算盤登時打不響，不得不改變計畫，先與宋悲風會合，再想辦法應付兩方面的勁敵。

不留痕跡地掠過近兩里的密林區，燕飛從白雲山的支脈登上山區，當他到達山脈另一邊的危崖處，美景展現眼前。摩雲嶺在北面沒入繚繞的雲霧裏，垂雲瀑似從虛無處奔瀉而下，如珠簾倒掛，水聲煙色，遠呵近拂依山勢而立積雪掛冰的老松樹，令人嘆爲觀止。水瀑盡處，形成階梯瀑布，瀑布逐級下跌，彷如正演奏視覺的天然樂章。經過邊荒一段荒蕪之旅，驟然見到展露眼前的美景，那種震撼，確非言語能形容。一時間燕飛忘記了一切，只想到紀千千。何時才能與她牽手到此一遊呢？

劉裕把戰馬安置在密林內，留下十人看守，領著突擊隊朝兩湖幫戰船藏身的淮水支流潛去。雖是過百人在夜林中疾行，可是人人均是一流的好手，沒有發出任何的風吹草動。卓狂生肩上扛著個長達五尺，寬約兩尺的木箱子，仍是步履從容，看得劉裕心中讚許，暗忖卓狂生的武功絕不在屠奉三、慕容戰和拓跋儀等人之下，這次有他隨行，活捉小白雁的機會肯定大增。高彥則隱隱猜到箱內的東西當是姬別製造的厲害武器，可予超級戰船「隱龍」致命的一擊。他很想開口詢問，不過看劉裕和卓狂生諱莫如深的樣子，知問也是白問，只好悶在心裏，暗中則祈求姬別弄出來的東西有靈有性，別讓他好夢成空。

隨行的戰士除拿手的兵器外，都多帶一副弩弓和兩筒弩箭，這是從邊荒集帶到這裏來最有殺傷力的長程攻擊武器，所餘無幾，由此可見這支突襲的部隊，並不是來應個景兒，而是負擔著能決定勝敗的重要任務。劉裕既是北府兵最出色的探子，又曾探察過兩湖幫埋伏的地點，由他指揮這次行動，是不作他想的最佳人選。劉裕發出停止前進的鳥鳴聲，眾人連忙止步下蹲，氣氛沉重緊張。劉裕卸下背著的特大弩弓，要眾人等他片刻，掠出密林，探察敵情去了。

不到半炷香的時間，劉裕回來了，欣然道：「兩湖幫的人已全部登上戰船，伺機而發，可見他們掌握到我們的動靜，還以爲機會來了。」

卓狂生笑道：「這也難怪他們，換作我們任何一個，也以爲勝券在握，哪想得到我們對他們的情況瞭如指掌。」

劉裕重新把超級強弩背到背上去，道：「來吧！」領先走出密林外。

眾人隨他走上一道斜坡，到抵達坡頂，人人精神爲之一振。淮水從右方流過，前方是一道寬約十丈的河流，三十艘戰船分成兩隊，分泊兩岸處，離交界處只有數十丈，沒有任何燈火，像與黑暗和河水融合隨時會撲出來咬人的河怪。

高彥一眼認出「隱龍」，它排在對岸船隊中間的位置，表面看不覺有任何特異處，高彥當然深悉它的厲害。想到小白雁正在船上，心兒不由狂跳起來。

卓狂生對他笑道：「你又不是情場生手，膽子這麼小嗎？」高彥氣得不理他。

劉裕把大弩放到地上，擺放在一塊平滑的石頭上，以腳力把大弩撐開，又固定支架。卓狂生見狀忙打開木箱，取出一支形狀古怪的大弩箭，箭身附有八個火油彈，雙手捧著來到劉裕身旁。眾戰士不待吩咐，紛紛選取有利的攻擊位置，準備弓箭。

高彥瞧著卓狂生和劉裕合力把怪箭安置到弩弓上，懷疑的道：「這樣的箭怎會有準繩呢？」

劉裕笑道：「你沒看過我練習的情況，當然沒有信心。」

卓狂生興奮的道：「待會我們的劉爺會令你大開眼界，射出這支你和小白雁定情的信物。」

高彥訝道：「你何時變成馬屁精，劉爺前劉爺後叫個不停，叫到我全身毛孔都豎個筆直。」

卓狂生哂道：「誰能替我奪回邊荒集，我都會拍他馬屁拍得他高高興興的，因為他是我的衣食父母。」

劉裕沉聲道：「來了！」

高彥別頭瞧去，十二艘雙頭船正威風八面的逆水駛上來，快要經過兩湖幫埋伏的支流河口。

卓狂生冷笑道：「郝長亨已錯過唯一扭轉敗局的時機，你道他現在會怎麼辦呢？」

〈卷七〉

第五章◆天地之祕

第五章 天地之秘

在星空之下，一座古刹孤寂地坐落密林之中，似已被外面的世界遺忘。三重殿堂前方的廣場正中央，一尊臥佛即使受野草侵擾，仍悠然自得地作著春秋大夢，左右兩旁的佛塔就像祂的忠僕。這是白雲山區內唯一的古寺，位於南脈一個環境幽深的半山高地，不過早在漢末時期就已荒棄了，荒人稱之爲臥佛寺。燕飛並不是第一次到這裏來，當年淝水之戰時，他在白雲山北面遇上任遙，被他擊傷，後來碰到任青媞，被她誆到這裏來，還被她暗算受重創，最後爲自救行險服下丹劫，致有以後的種種遇合，其中過程，曲折離奇，直至此刻他仍有點難以相信發生在自己身上的事。江凌虛當日亦曾現身，看破是個陷阱，不戰而退。想起當時的任遙、曼妙和江凌虛，如今都已作古，人事不知翻了幾番，豈無感觸？

臥佛寺主堂微露火光，情景詭異，透現出莫測高深的味道。可是燕飛卻清楚把握到心珮的確在古刹內，不由大感奇怪。如寺內的人是宋悲風，便頗不合理。照理宋悲風應該千方百計躲避尼惠暉等人的搜捕，沒理由守在這麼目標明顯，且不利逃遁的地方，還大模大樣的生火。究竟發生了甚麼事呢？燕飛躍落廣場，繞過臥佛，朝破落的主堂入口處走去。

江文清領著代表大江幫僅餘的戰鬥力量的十二艘雙頭戰船，終於到達河流交匯點，繼續西上。卓狂生所說郝長亨錯過的時機，正是此刻。如郝長亨發覺有異，能早一步於江文清佔上游之利前，由隱伏處順流迎擊，大有機會重創江文清的船隊，然後從容逸走。不過屠奉三早猜到郝長亨來不及作出最適當的應變。首先郝長亨爲他們所惑，認定所有荒人的船隻均用來載運沉重的糧貨，所以雖掌握到荒人動身撤退的時刻，卻沒想過來得這麼快。其次是他以爲荒人的船隊會北上濄水，豈知荒人船隊一分爲二，最具戰鬥力的十二艘雙頭船從兩里外的河口突然改爲西上，郝長亨曉得不妙時，已錯過時機，從主動變爲被動。最妙是郝長亨存有僥倖之心，會認爲雙頭船西上是要從潁口轉上邊荒，重佔秘湖基地，好能保證南方的物資源源送來，而不是識破他們和荊州軍的軍事行動。在如此心態下，郝長亨會認爲一切仍在掌握中，只要殲滅駛上濄水的荒人船，渡河的荒人則由荊州軍伺候，便大功告成。所以卓狂生說渴望看到郝長亨如何應變，便可從而推測他是否中計。「隱龍」亮起燈火，打燈號傳遞命令。赤龍舟紛紛升帆，開始起航。眾人目不轉睛的注視著。出河口後往西或往東，是截然不同的兩回事。往西的話，代表郝長亨意識到奸謀敗露，決定闖過江文清的一關逃走。如朝東去，則代表郝長亨仍依原定計畫，與荊州軍聯攻荒人撤退的水陸隊伍。劉裕心中一片平靜，勝利已來到掌心之中，不論郝長亨作出那一種選擇，注定難逃此劫。荊州軍那方面情況更糟，當荊州軍發覺何無忌統領的水師船隊過新娘河而不入，必定心生疑懼，到慕容戰扮作北府兵從東面強攻，屠奉三的荒人部隊又從濄水方向殺至，荊州軍不立刻崩潰才是怪事。

一切都在掌握裏，就看高彥的心事能否如願以償。最緊張的是高彥，腦袋一片空白，頭皮發麻地瞧著形勢的變化。排在最前方的兩艘赤龍戰船，出河口後轉東而行。卓狂生拍額道：「老郝中計了！」劉裕沉聲道：「讓他們離開，不要動手！」眾皆愕然。

入目的情景，即使以燕飛的鎮定功夫，也幾乎道心失守。破落的主堂早失去往日香火鼎盛時的光輝，不但塵封網結、野草滋蔓，供奉的佛像亦只剩下數堆難以辨認原狀的泥堆。可是在這寬廣的空間裏，被清理出一片乾淨的地方，還鋪上一張柔軟的地蓆，燃著兩盞油燈。在油燈兩點閃跳不定的火焰中，尼惠暉盤膝安坐，法相莊嚴，使人沒法聯想到她過往放蕩的行為。她背上插著拂塵，一身素白的麻裳，臉上不施半點脂粉。當燕飛踏入本為大雄寶殿主堂的一刻，仰起俏臉來看燕飛，能攝魄勾魂的一對美眸看得是那麼深情和專注，便如久候愛郎幽會的美女，終盼到情人來會。一絲溫柔的笑意從緊抿的櫻唇漾出來，輕輕道：「坐吧！」

假設尼惠暉一見燕飛，立時變成母老虎般攻擊他，燕飛心中反會舒服一些，因為理該如此。可是尼惠暉現在擺出的姿態，卻令他糊塗起來，不知她要耍甚麼手段。更令他大惑不解的是他肯定周圍沒有其他埋伏。彌勒教的四大金剛、竺雷音、妙音等人到哪裏去了呢？難道尼惠暉有信心憑她一個人便可以收拾自己？他不得不承認此刻的尼惠暉充滿前所未有的誘人之貌，白麻袍柔軟地覆蓋她的肉體，卻無法遮掩反特別強調她能令任何男人血脈僨張的線條。她表面凜然不可侵犯的姿態，卻偏最能勾起男人的七情六慾。看似矛盾，卻偏又是那般自然。燕飛有點懷疑她正在施展某一種高明至不著痕跡的媚術，只要他道心稍有失守，對她生出男女之想，她會覷隙而入，置他於死地。心珮並不在她身上。瞧她胸有成竹的樣子，燕飛感到失去了主動。

尼惠暉忽然皺起眉頭，撒嬌的輕嗔道：「惠暉叫你坐嘛！還呆頭鵝般站那裏幹甚麼呢？」她低沉卻充滿誘人磁力的聲音在大堂迴盪著，令燕飛彷如置身在幻境裏，做任何事都不用負擔後果。燕飛心繫宋悲風的情況，暗嘆一口氣，緩緩移到她前方地蓆的邊緣處學她般盤膝坐下。尼惠暉像個小女孩般赧然瞄他一眼，垂首喜孜孜的道：「終於盼到你來了！人家有最要緊的事和你商量呢！」燕飛心中喚娘，不但受不了她如此妖媚的情態，還完全摸不清她的手段，頓感落在下風。最大問題是明知她是心狠手辣、狡猾如狐的超級妖婦，可是此刻橫看豎看，她都只是個動人至極的尤物，使他沒法出手。她究竟有何意圖呢？自己不是她的殺夫仇人嗎？

高彥失聲道：「老劉你是說笑吧！只有在這個位置，敵人才會任我們宰割，你竟說甚麼都不做，豈非白來一趟。」他們埋伏的丘陵，居高臨下俯視與淮水交匯的河口，形勢險要，確難找到另一處地方有此優越的地理形勢。

卓狂生也焦急的道：「『隱龍』起航了！劉爺快考慮清楚，勿失良機。」

劉裕看著四艘赤龍戰舟雙雙轉入淮水，往東駛去，露出一個充滿自信的笑容，道：「我不是不動手，更不會讓高小子你空手而回，而是要等待更佳的時機。現在老郝方面軍心穩固，隊形完整，進退有序，我們如施突襲，只是亂他陣腳，造成的破壞非常有限，反而逼他改變主意，往西逃亡，到時大小姐首當其衝，戰個兩敗俱傷，豈是智者所為。」

卓狂生皺眉道：「但我們也將失去重創『隱龍』的大好機會。」

劉裕搖頭道：「不！機會仍在我們的掌握中。郝長亨已經中計入局，再沒有別的選擇，當他看到下游被北府水師截斷，老屠的戰船又從過水順流駛回來，會以為北府兵和我們聯手對付他，而他的唯一逃路是立即掉頭，不是去闖大小姐的一關，而是趁未被截斷這處河口前，從支河逃走，那時最佳的攻擊時刻將出現，我們在兩岸同時發動火攻，殺老郝一個措手不及，更顯得我們用兵如神的威風。而我們所餘無幾的戰船則不用正面和他們交鋒。如此划算的事，我們怎可以放過。」接著迎上兩人目光，微笑道：「只要郝長亨短期內回不了潁口，他買給姚興的糧資必成我們囊中之物，此乃一石二鳥之計，我們反攻邊荒集的行動將可以全面展開。」

卓狂生和高彥都像首次認識他般呆看著他，他們想的是一時得失，比較起來，劉裕著眼的卻是整個形勢的發展。高彥囁嚅道：「那我的……我的……」最後兩艘赤龍戰船駛經腳下的河口。

劉裕兩手抓著他肩頭，欣然道：「放心吧！我正是爲你著想，方冒這個計算過的險。只有在兩湖幫軍心大亂，亡命逃竄的時候，你的英雄救美方行得通，否則即使燒掉『隱龍』，你的小美人仍可以跳上另一艘赤龍舟，溜之大吉。不是嗎？」

卓狂生吐出一口氣，點頭道：「我這部邊荒的史書肯定愈來愈精采，高小子，你知不知道下面這條河叫甚麼名字？」

高彥心神不定的問道：「叫甚麼鬼名字？」

卓狂生柔聲道：「與新娘河成雙成對，同一方向的河，當然該叫新郎河啦！難道將來說書先生說這段故事時，這條河那條河般讓人聽得糊塗嗎？哈！新郎河！虧老子想得出來。」

尼惠暉此時的神態像和情郎款款談心，秀目閃著誘人的光芒，聲柔語軟，輕輕道：「你不用擔心宋悲風，我根本沒有機會傷害他。他確實是一等一的高手，且非常機智，引我們在邊荒大兜了幾個圈子，又利用邊荒集獨特的情況令我們數次追丟他。不過心珮也如蠅附驥尾，令他終沒法眞正擺脫我們，直至他逃到這裏來。」

燕飛仍摸不清她現在玩的把戲，皺眉道：「多謝佛娘坦誠相告，請問宋兄現在哪裏呢？」

尼惠暉道：「我再不是甚麼佛娘，彌勒教已煙消雲散，你可以喚我作惠暉，又或暉姑娘，以前的佛娘再不存在。」

燕飛愈來愈糊塗，難道殺夫之仇竟這般一筆勾銷？又或尼惠暉只在耍手段？他眞的弄不清楚。自己能否直問她解救呼雷方的辦法呢？尼惠暉又羞人答答地瞥他一眼，兩邊臉頰泛起紅暈，不想入非非的男子肯定是鐵石心腸，這若不是一種高明的媚術，打死燕飛都不相信。最厲害是她沒有半點放蕩或邪淫的意味，而一顰一笑，無不引人遐思。

燕飛苦笑道：「姑娘……」

尼惠暉打斷他道：「你先答奴家一個問題，然後奴家會又乖又聽話的告訴你，所有你想知道的事。」

燕飛愈來愈感到她的「威力」，心叫好險。她想動搖的如是他的「道心」，肯定會有很大的成功機會，因爲只要他稍想及男女的情慾，必定道心失守。不過他根本沒有可容她的媚術入侵的破綻，因爲他的心中充滿對紀千千的愛戀，再容不下其他東西。紀千千變成了他的護心寶符。

燕飛道：「問吧！」

尼惠暉仰起俏臉含笑打量他，像愈看愈愛般秀眸異采漣漣，道：「告訴奴家，你是如何知道找到這裏來的呢？」

燕飛感到腦袋一片空白，不知該從實告知還是隱瞞。最後把心一橫，道：「因爲我感應到心珮在這裏。」

尼惠暉一聲歡呼，整張臉亮起來，鼓掌道：「果然如我所料，當心珮和天地珮的聯繫中斷，只有你這身具異能的人方能生出感應。」

燕飛聽得一頭霧水，嘆道：「姑娘可否說清楚一點？」心忖她的年紀該在五十過外，可是她此時的神態只像個天眞的小女孩，而她的玉容和體態，卻充滿成熟誘人的味道，兩方面合成奇異的魅力，令他明知她是邪惡的妖婦也很難眞的如此看待她。

尼惠暉雀躍的道：「讓我告訴你現在的情況好嗎？當你的老朋友宋悲風逃入此破廟後，心珮和天地珮的聯繫突然中斷，可以推想他是以特別的手法把心珮藏在這裏的某處，使我們再不能憑玉佩追蹤他，就在此時，我感應到你正朝這個方向趕來，可知當聯繫中斷後，你反而感應到心珮。」

燕飛沉重的心情立即一掃而空，宋悲風當然不曉得中止心珮和天地珮互相呼喚感應的方法，助他達成此事的是安玉晴，只有她深悉心珮的秘密。亦可知兩人給尼惠暉等逼得走投無路，唯有施出此脫身之法。要在臥佛寺如此廣闊的區域，找出小小一方心珮，等於大海撈針。一個不好，還會損毀心珮。道：「我也可以因感應到你而到這裏來。」

尼惠暉白他一眼，像在說你休想可以騙倒我，神態嬌憨動人，連有「護心寶符」的燕飛都幾乎吃不消。道：「於是我遣散了身邊的所有人，告訴他們彌勒教再不存在，然後耐心的在這裏等待你大駕光臨。」

燕飛開始有些兒明白，訝道：「姑娘似乎忘記了我們是敵非友。」

尼惠暉甜甜淺笑，垂下螓首，柔聲道：「那是過去的事了！我現在崇拜的男人，再不是竺法慶，而是比他更強的燕飛，願意爲他作奴作婢，只求他的愛寵。」

燕飛當然不會相信，知她意在心珮，苦笑道：「請恕我對姑娘的另眼相看無福消受。姑娘難道以為說這麼的一番話，可讓我為你把心珮找出來嗎？」

尼惠暉絲毫不以為忤，還笑意盈盈的道：「你只是不明白眞相罷了！我現在會告訴你有關洞天三珮的不傳秘密，當你明白事情的始末，說不定大家有商量的餘地呢？」

燕飛心忖你休想說服我，嘆道：「我不想知道，我自己的煩惱還不夠多嗎？」

尼惠暉嗔道：「你不想知道也不行，你不為自己著想，也好應該為別人著想。你該不想有我這麼一個敵人吧！眼前正有一個非常好的解決辦法。我可以在此立下毒誓，如有一字騙你，教我不得好死。」

燕飛心中一震，心想尼惠暉說出來的會是如何驚天動地的秘密呢？為何她有把握自己會和她合作？

燕飛道：「我眞的不明白，假設姑娘把洞天三珮的秘密說出來後，我卻拒絕為你找出心珮，姑娘豈非賠了夫人又折兵嗎？」

尼惠暉俏臉亮起來，淡淡道：「隨著彌勒教的敗亡，我失去以前所有的權力、地位和男人，且一去不復返。我只是崇拜竺法慶，卻從未愛過他，開始時我仍不明白，心中只想把你碎屍萬段，可是當我感應到你正朝心珮的方向趕來，我終於醒覺，這有甚麼意思呢？於是解散了我的從眾，一心一意地等待你。只恨你仍不了解我的心意，須我如此這般剖白，你不覺得很令奴家委屈難堪嗎？」

燕飛道：「縱使你可以說服我為你找出心珮，可是現在卻不是適當時刻。」

尼惠暉柔聲道：「是不是孫天師正追在你背後呢？」

燕飛愕然道：「你是……」

尼惠暉露出緬懷過去某一段日子的溫柔神色，以帶點欷歔的傷感語調道：「不用奇怪，我是猜出來的，因爲我明白孫恩。一直以來，他視法慶爲死敵和對手，曉得法慶飲恨於你劍下後，更清楚荒人的成敗關鍵繫乎你的聲譽上，他怎肯放過你呢？」

燕飛愈來愈感到尼惠暉不簡單。尼惠暉美目深注的瞧著他道：「首先奴家必須介紹自己的出身，好讓你明白爲何我可以如此清楚洞天珮的秘密。」

燕飛不解道：「姑娘似乎並不介意孫恩在旁虎視眈眈？」自踏足白雲山區，他便失去孫恩的蹤跡。不過以孫恩之能，當然不會追丟他，而是採取另一種策略。

尼惠暉從容道：「有甚麼好擔心的，如他敢進來搗亂，我們聯手殺掉他如何？」

燕飛爲之語塞。眼前的尼惠暉肯定屬竺法慶和孫恩的級數，如和她聯手，恐怕強如孫恩也要吃不完兜著走。事情的變化，完全出乎他意料之外。忽然間，他曉得主動權控制在尼惠暉手上，只要她傾向孫恩，明年今夜此刻將是他燕飛的忌辰。所以尼惠暉如此胸有成竹，一副不愁他不乖乖合作的態度。細想又似非如此，尼惠暉說出來的一字一語，都透露出心底的誠意，且帶點懇求的意味，像眞有信心說服自己的樣子。

尼惠暉道：「我之所以這麼清楚洞天珮，因爲此珮本屬我爹所有。」

燕飛失聲道：「你爹？」

尼惠暉徐徐道：「我的爹就是孫恩、江凌虛和安世清等人的師傅。奇怪嗎？爹到七十三歲忽起凡念，才有了我這個女兒，原因正在於洞天珮。」

燕飛一頭霧水的道：「這和洞天珮有甚麼關係呢？」

尼惠暉道：「怎會沒有關係呢？他空有道家至寶超過五十年，卻是一無所得，最堅強的人也會心灰意冷，懷疑自己欠缺仙緣仙根。細節我不想說了。我現在要告訴你的事，是爹臨終前對我說的，天下間只有我一個人曉得洞天珮的秘密。」

燕飛心中生出一股寒意，正如安玉晴說過的，是對完全不能了解掌握的事物的恐懼。儘管身處的人間世，很多事物都在人們的理解之外，可是大部分已習以爲常，大致上能接受在甚麼情況下發生怎麼樣的事。可是尼惠暉即將說出來的，將是關於生死之外的仙道秘密，是超乎現實狀況另一回事。

尼惠暉道：「自爹辭世後，我心中充滿仇恨，只想要向奪走洞天珮的人報復，所以我找上法慶，沉淪多年，到剛才我忽然醒過來，原因正是你。」

燕飛苦笑道：「我不明白！」

尼惠暉道：「因爲心珮在呼喚你。爹曾說過，心珮在某種特殊的情況下，會呼喚有仙根的人，也只有這個人，可以令天地心三珮合而爲一，當三珮合一之時，進入洞天福地的仙門將會打開。」

燕飛一呆道：「仙門？」

尼惠暉雙目閃閃生輝，道：「那是離開我們的世界的唯一出路，只有具有仙根的人方可以打開仙門。」

燕飛深吸一口氣道：「這是多麼令人難以相信的事呢？通過這入口，是否可以進入洞天福地，找到道家寶典《太平洞極經》呢？」

尼惠暉道：「《太平洞極經》早失傳近百年，也不是藏在洞天福地裏，只是經內最後一章，記述三珮合一開啓仙門的秘密，所以和洞天福地扯上了關係。」

燕飛開始相信尼惠暉不是編故事來騙自己去爲她找出心珮，一來因她語氣透出令人無可懷疑的眞誠，更因她說出來的事既匪夷所思，又合乎情理。

尼惠暉道：「只要你找出藏在這裏某處的心珮，便可以令三珮合一，開啓仙門，我也可以離開這個一無可戀、充滿鬥爭仇殺的世界，我們間的恩恩怨怨，就此一筆勾銷。」

燕飛感到自己的心神彷彿正處於狂風暴雨之中，受到猛烈的衝擊，一切都變得不穩定，包括以往一向深信不疑的現實世界。是否確如孫恩所說，一切都是虛幻的，人們執著的生命，只是一個夢？而洞天珮卻是開啓這被封閉在生與死之間的夢域的鎖鑰。憑它將可以找到離開的出口，到達洞天福地，「醒」了過來呢？一時間，他不知說甚麼話才好。

高彥大喜道：「好小子！眞有你的，老郝掉頭回來了！」星夜下的淮水，出現重重帆影，兩湖幫的戰船隊逃命似的逆水駛回來，隊形散亂，再無復先前的威勢。

卓狂生沉聲道：「他們仍可以沿淮而上，硬闖大小姐的一關。」

劉裕從容道：「換了你是老郝，在以爲劉牢之背叛了他們的情況下，敢不敢闖壽陽胡彬水師的一關呢？」

卓狂生愕然片刻，點頭嘆道：「服了！劉爺確實算無遺策。」

劉裕冷然下令道：「當我的特製火箭命中『隱龍』後，大家可以隨意攻擊，不用留情。」命令立即傳遍山頭，又以燈號知會潛往對岸埋伏的己方戰士。戰火一觸即發。

燕飛道：「三珮合一時，會出現怎樣的情況呢？」

尼惠暉搖頭道：「沒有人知道。」

燕飛愕然道：「怎會沒有人知道呢？至少製成洞天珮的人該曉得是怎麼一回事，否則仙門之說只是騙人的謊話。」

尼惠暉溫柔的道：「是不是騙人，待三珮合一時，不就一清二楚了嗎？告訴我，你見過會互相呼喚的玉石嗎？」

燕飛幾乎無言以對，不是因她說的有理，而是因她絕沒有絲毫懷疑的語調神態，彷佛說的是太陽由東方升起，從西方落下一類亙古以來便存在的眞理。苦笑道：「三珮合起來，不是可以展現出可以尋找洞天福地的圖像嗎？所謂仙門，指的會不會只是這樣的一張尋寶圖呢？」

尼惠暉淡淡道：「你曾經擁有心珮，上面有圖案嗎？」燕飛只好搖頭。

尼惠暉像有用不完的時間，沒有露出任何不耐煩的表情，解釋道：「據傳天地珮上的山水圖形，只是黃帝教人刻上去的裝飾，以示對洞天福地的憧憬和渴望，沒有任何實質的作用。」

燕飛心忖，難怪安玉晴對天地珮合成後顯現的地形圖完全不感興趣，原來如此，反是不明眞相的任青媞會緊張。忍不住好奇地問道：「那洞天珮是怎樣來的呢？」

尼惠暉微笑道：「燕飛終於產生興趣了！洞天珮是黃帝之師廣成子白日飛升後遺下來的，還以指刻地寫下洞天珮的秘密，這段留言被記載在《太平洞極經》內，由那時開始，三珮從未合而爲一過，以我爹的通天智慧，傲視當時的武學修爲，經數十年的苦思、嘗試和努力仍一籌莫展。」接著嘆一口氣，充滿渴望的道：「好了！現在只看你有沒有成人之美的胸襟，玉成我畢生追求的大心願。此事對你有利無害，穿過仙門後，我將永遠不能回來，我們間的事自可以一了百了。」

燕飛感到頭皮在發麻，倒抽一口涼氣：「假設到時沒有任何事發生，又假如我也無法令三珮合而爲一，事情又如何了斷呢？」

尼惠暉一雙眼睛神光閃閃地凝望他，若無其事的道：「我便助你殺掉孫恩如何？」燕飛愕然無語。

尼惠暉目光投往破落至門不成門、出口不成出口的破洞門處，平靜的道：「如保得住性命，我會找一個山明水秀之地，結廬而居，平平靜靜度過餘生。除洞天福地外，我對其他事物再沒有絲毫興趣。你若想保有三珮作個紀念，我也沒有意見。」

燕飛感覺到自己被她說服了，何況縱使尼惠暉騙他，他仍有應變的能力。點頭道：「好吧！」站了起來，朝中殿的方向走去。

尼惠暉仍安坐原地，輕輕道：「謝謝你！我絕不會負你的。」

「隱龍」是第七艘駛入河口的船，劉裕可以想像郝長亨此時的心情，因爲只要全隊進入「新郎河」，他們將可安然進入大江，再駛往潁口。他兩手握著大弩的機括，火箭瞄準「隱龍」滿張的主帆，喝道：「點火！」卓狂生打著火種，燃點纏在箭鋒的火油布，熊熊燃燒。「隱龍」顫動起來。劉裕冷笑道：「太遲了！」

「喀嚓」脆響。超級火箭帶著火油彈，畫出美麗的火紅弧線，迅如流星般掠過二十多丈的空間，往「隱龍」的主帆投去。兩岸人人睜眼瞧著，心兒幾乎要跳出嘴來，氣氛緊張至頂點。高彥更是呼吸頓止。成功失敗，就看此箭。「卜」的一聲，超級火箭一箭功成，命中「隱龍」主桅近頂部的位置，精準得令人難以相信。一種無可比擬的感覺遊走劉裕全身，他的目的只是要射中面積大得多的風帆，豈知竟可以命中主桅，只是這種幸運，已收先聲奪人之效。

「隱龍」主桅中箭處火花激濺，照亮了整個河口區域，然後令人駭然和料想不到的事發生了。八個火油球同時爆炸，化爲數不勝數的大小火球，暴雨般從四、五丈的高空灑下，把整條船覆沒在火海裏。姬別設計的火油彈箭，竟有如此驚人的威力，是連發箭者劉裕也沒想過的。歡呼聲在兩岸響起，接著一支接一支火箭，瘋了般射出，往下方新郎河全無還手之力的敵船投去。淮水上游擂鼓聲起，十二艘雙頭船殺至，硬把敵隊斷爲兩截。屠奉三的五艘戰船和大批戰艇亦逆水追來，勝敗之勢，顯而易見。

劉裕大喜道：「捕雁的時間到啦！兄弟隨我去。」被甄選出來負擔此任務的二十名高手中的高手，加上卓狂生和高彥，迅如狂風般往被烈火完全吞沒的「隱龍」掠去。

紀千千和小詩並騎而行，風娘坐在另一騎上緊跟在她們後方，周圍是慕容垂的親衛高手。大隊沿著一道河流朝西北的方向不徐不疾的走著，人人默默催騎，沒有發出任何聲音，馬兒也懂性地沒有嘶鳴，只有蹄起蹄落錯亂中又透著整齊規律的踏地聲。夜空星光燦爛，寒風陣陣刮過積雪的野原，似是殘冬心有不甘地用盡它所餘無多的力量。紀千千沒法估計這支部隊的人數，或許是數千，又或近萬人，不過其高度的行軍效率，卻在她心中留下深刻的印象。

她只在起程時見過慕容垂，他一副胸有成竹的神態，顯然是謀定後動，一切盡在他的計算之內。從初次攻打邊荒集開始，至攻陷洛陽，慕容垂都以奇兵取勝，而事實亦證明了他在這方面是沒有敵手的。不過假如自己能變成燕飛的神奇探子，慕容垂在這方面的優勢將喪失殆盡。這次慕容垂要對付的人是誰呢？希望不是拓跋珪吧！否則她將沒法發揮作用，不但因她築基未成，更因她仍未能摸清楚慕容垂的軍力、作戰方式和戰略部署，而這正是探子須偵察的要項。像現在的她根本不知身在何處，朝哪裏去，能告訴別人的只有是白晝還是黑夜，如何可以當稱職的探子？不過她並不擔心，她正開始學習，爲了小詩、爲了燕郎，更爲了邊荒集，她必須朝目標努力。

紀千千往小詩瞧去，緊裹在厚羊皮袍內的她顯得特別脆弱嬌纖，臉色有點蒼白和疲倦，見紀千千看她，勉強露出一個「我沒有事」的笑容。

紀千千柔聲道：「累嗎？」

小詩低聲答道：「還可以！」

風娘的聲音從後面傳上來道：「再多撐個許時辰便可以紮營休息了。」

紀千千別首瞥她一眼，感謝地微笑以報。風娘輕嘆一口氣，似是欲言又止。紀千千心中大訝，她不是第一次對自己露出這種神情，難道她同情自己主婢兩人嗎？自曉得她是慕容垂旗下最出色的女性高手，紀千千便視她爲慕容垂安置在旁監視她們的一著厲害棋子，冷酷而無情，從沒想過她也像一般人有七情六慾。

前方的隊伍偏離河道，改採靠北的方向，進入岸北的疏林區。紀千千的心「霍霍」跳動，假設隊伍改往北去，目的地肯定是黃河河套，那拓跋族的根據地盛樂便危險了。沒有她的幫助，即使有燕郎助陣，拓跋珪仍遠不是慕容垂的對手，事實早證明了根本沒有人是慕容垂的對手。何況燕郎現在因邊荒集的失陷而自顧不暇呢？

燕飛回到主殿，在尼惠暉面前盤膝坐下，神情肅穆。

尼惠暉淡淡道：「是否放在銀罐裏呢？」

燕飛把手攤開，晶瑩純淨的心珮安然出現掌心處，中間的小孔似深藏著某種力量。點頭道：「銀罐被埋在中殿和後殿間的破園裏。」

尼惠暉並沒有深究為何宋悲風曉得此隔斷心珮和天地珮聯繫的秘法，伸手到玉頸處，提著繫索，把天地珮解下來，默運玄功，繫索寸寸碎裂，將天地珮恭恭敬敬安置在心珮旁。在她運功時，燕飛感到氣溫驟降，心忖如此至陰至寒的眞氣，他還是首次遇上，比之水毒，實不遑多讓。尼惠暉的玉容若不波止水，神色平靜。燕飛想起初次在邊荒集密林偷窺她的情景，便如在昨夜發生，他從來沒有深思她是怎麼樣的一個人，只簡單地把她和邪惡凶殘、戕害佛門的彌勒教等同視之。事實上任何人都有另外的一面，只看你能否接觸到。

尼惠暉深情地看著並列的天、地、心三珮，雙目射出濃烈的感情，輕輕道：「爹很疼愛我，自我懂事開始，常向我說心事話兒，有一天他在丹房像我現在般呆瞧著三佩，我從未見過這麼漂亮的玉佩，問他是怎麼來的？他答道拿來給你當嫁妝好嗎？」

燕飛醒悟過來，他因尼惠暉異常的神態，誤以為她在施展某種高明的媚術，事實上卻全不是這回事，只是尼惠暉給勾起心事，回復少女時的心態。孫恩究竟在哪裏呢？為何他無法感應到他？難道他怕面對尼惠暉。忍不住問道：「你爹是否被孫恩害死的呢？」

尼惠暉目光不移的冷哼道：「他還沒有那個資格，不過爹對他頗為忌憚，曾對我說過終有一天孫恩會超越他。爹去後，孫恩便串同其他人聯手逼我們母女把洞天珮交出來。」

燕飛道：「你娘？」

尼惠暉淒然道：「爹對娘很好，娘雖然是伺候他的婢女，爹卻從沒有當她是下人，所以娘是心甘情願從爹的。爹的過世，已令娘傷痛欲絕，孫恩還如此大逆不道，氣得娘一病不起。唉！一切都成過去了，我眞不願再去想這些事。」

燕飛心中一陣感慨，對尼惠暉再沒有絲毫懷疑。嘆道：「安世清是否其中一人？」

尼惠暉搖頭道：「他和另一位師兄都是好人，全力維護我們。如不是安師兄從孫恩手上奪去心珮，千里潛逃，引他們追去，我將沒法脫身。二十多年來，我心中充滿仇恨。你知道嗎？仇恨是會令人很疲累的。」

燕飛心忖此時該問及有關呼雷方的事了，否則如眞的開啓仙門，她又從仙門逸去，如何能弄清楚解救呼雷方的辦法呢？正要說話，尼惠暉先他出聲道：「你不是想知道洞天珮的來歷嗎？我爹在苦思多年後，有一個大膽的想法。」

燕飛曉得尼惠暉正處於一種極端奇異的狀態裏，既希望三珮合一，又害怕面對後果。假設三珮合一後，甚麼事都沒有發生，當然是可怕得難以想像的極度失望，像世界末日般的絕望。可是如眞能開啓仙門，投身其內仍需要天大的勇氣，這是人之常情。所以尼惠暉正凝聚信心和勇氣，又珍惜三珮合一前每一刻的光陰，不論是失望或一去不返，眼前的每寸光陰都是令人神傷的珍貴和難忘。燕飛默默聆聽。廣成子白日飛升後遺下三珮，已屬神話和奇譚，她爹還可以有甚麼更異想天開的想法呢？一時間，他連孫恩都忘掉了。

不久前剛被卓狂生冠上「新郎」美號的淮水支流，西岸的森林內響徹號角聲和大批戰馬奔馳的聲音，還不時傳來喊殺郝長亨的呼叫。明白內情者曉得這只是虛張聲勢，好逼落難的郝長亨及兩湖幫的人不敢逃往西岸去。此爲劉裕另一妙著，由江文清的船隊把一批兩百多人的兄弟和戰馬，送往河口上游處，依計行事。西岸火把光芒照射之處，有箭手埋伏著，射殺任何試圖登上西岸的兩湖幫戰士。僥倖又或不幸地成功逃進新郎河的十一艘敵船，在「隱龍」中伏後，亦紛紛中火箭焚燒起來，無一能免，荒人同時投擲火油彈，令火勢更是猛烈。

劉裕、卓狂生、高彥等人立在岸邊高地處，全神注視兩岸。高彥遽震道：「在那裏！」眾人循他的指示看去，火光照耀下，十多人正在下方左處的岸邊往上爬，小白雁的曼妙身形赫然出現其中，卻不見郝長亨。

卓狂生笑道：「好小子！不愧是我們的首席風媒，老子看得眼都花了。」

劉裕一拍高彥肩頭，道：「記著約好出手的時機，其他人跟我去吧！」在劉裕領頭下，眾人朝目標獵物掠下斜坡亂石。

尼惠暉似吟似詠的輕唱道：「往古之時，四極廢，九州裂，天不兼覆，地不周載，火濫炎而不滅，水浩洋而不息。」

燕飛聽得一頭霧水，尼惠暉敘述的彷彿是遠古時某一場大災難，而她用吟詠的方式唱出來，分外令人有毛骨悚然的詭異感覺。搖頭道：「我不明白。奇怪！它們靠近後，反停止了互相的呼喚，且冷卻下來。」

尼惠暉沒有理會他的發現，似沉浸在某種吸引了她全部注意力的氣氛情緒裏，道：「於是女媧煉五色石以補蒼天。這就是千古流傳『女媧補天』的神話。」然後漫不經意道：「它們在準備。」

燕飛一呆道：「準備？」

尼惠暉道：「每次當天地珮合二爲一，都會與心珮互相呼喚，可是當它們放在一起的時候，它們會靜止一段時間，然後發熱發亮，時間長短不定，急也急不來，陪奴家多聊幾句好嗎？如奴家仍是侍奉爹旁那個嬌嬌女，定會愛上你。」

燕飛暗鬆一口氣，她如此坦白，反令自己對她多了點親切感，而且破廟此夜此刻氣氛奇異，使人沒法把人世間那一套搬過來，任何超乎常理的事都教人容易接受一點。道：「我聽過女媧煉石補天的故事，屬於無從稽考的傳說，怎可能與眼前精美的洞天珮有關呢？」

尼惠暉道：「爹卻不是這麼想，他認爲煉石補天的神話背後包含著有關生命的秘密。金木水火土是統治我們這宇宙最本源的五種力量，當它們交戰之時，宇宙混沌紛亂，沒有生命可以存在，可是當宇宙之母女媧煉成五色石，縫補了宇宙的缺陷，五行回復平衡，宇宙方能穩定下來，成爲我們眼前的世界。」

燕飛倒抽一口涼氣道：「你爹的看法很玄。」

尼惠暉道：「爹並不是胡言亂語，他精通五行術數論人祿命之道，他指出既然人的命運受五行支配，所以只要能打破五行，人便可以脫離生死的宿命，超脫生死。當天地心三珮合一，這情況便會出現。」

燕飛頭皮發麻，艱難的道：「這麼說，假如三珮合一，豈非天下大亂？」

尼惠暉「噗哧」嬌笑道：「不要瞎擔心，五色石補天只是一個比喻，代表我們所處的宇宙並沒有被局限在五行之內，與洞天福地間可以自由流通，而五色石卻把二者分隔開來。虛空怎會有缺口呢？缺口是代表仙界的存在。洞天珮是五色石遺留下來的殘餘之物，比起五色石補天的力量是微不足道的，只可以打開一個僅能容人通往仙界的入口，一閃即逝，不會對這世界有任何影響。」

燕飛皺眉道：「你相信嗎？」

尼惠暉道：「爹是個有大智慧的人，他說出來的我都深信不疑。當時我還天眞地對爹道，洞天珮是女媧石滴下來的一滴淚珠，因爲它須犧牲自己，方可以縫補虛空，後人依其分裂後的形態雕磨打造，自然而然的成爲天地心三珮。爹聽後沉思足有十多天之久呢。」

燕飛像她般目不轉睛地打量三珮，尼惠暉老爹的猜測，賦予了三珮完全不同的意義，如果他的猜測是正確的，那三珮將代表超越了這宇宙某種秘不可測的力量。

尼惠暉道：「人也可以從自身的感覺和渴望作出判斷，爲何會有這麼多人入道入佛呢？正因在他們內心不能觸摸的深處，遺傳著對洞天福地的殘餘記憶，更不甘心被局限在五行之內，希望打破五行，超越生死。所謂成仙成佛，白日飛升，說的不外是這回事。」

燕飛道：「咦！開始變暖了！」

尼惠暉道：「還須一段時間。我有個提議，爹說過仙緣不會隨便出現，藉洞天珮進入洞天福地的機緣只有一次，錯過了便永遠失去，你願意和我牽手而去嗎？」

燕飛的頭皮又再發麻，全身被寒氣籠罩，那古怪的滋味怎都說不出來。堅定地搖頭道：「我不打算離開！」說出決定後，他有如釋重負的感覺。也感到好笑，自己眞的相信了尼惠暉的話嗎？

尼惠暉仰起俏臉，打量他好半晌，緩緩道：「你的決定或許是對的，也可能錯得很厲害。不過並不打緊，去留繫乎個人的選擇，尤其是這種吉凶難料的事。」

燕飛把握機會，問道：「呼雷方是否中了你們的邪術呢？」

尼惠暉露出古怪的神情，似乎須很費力才想起洞天珮以外的塵世俗事般，好半晌才道：「你說的是羌幫的頭子呼雷方吧！對嗎？他背叛了姚興，姚興又要從他身上逼問出一些事，所以派人對他施展邪術，後來的事便不清楚了！」

竟與尼惠暉無關，登時令燕飛大感頭痛，亦返回雖然充滿煩惱，卻仍可以有能力應付的現實裏。道：「對他施術的人是誰呢？」

尼惠暉道：「此人叫波哈瑪斯，是從波斯來的法師，武功高強，智謀過人，至於他對呼雷方用了甚麼手段，就非我所知了。」接著又道：「你要小心無暇，她是絕不肯放過你的，因爲她是法慶和另一個女人生的女兒，盡得法慶和我的眞傳。我明白她的爲人和行事的手段，唉！這世界還有甚麼好留戀的呢？自有人開始，仇恨和戰爭從沒有平息過。咦！」

燕飛訝道：「甚麼事？」

尼惠暉美目圓睜地盯著天地珮，嚷道：「這情況從未發生過，天地珮是轉寒轉白而不是像心珮般變熱和變紅。」

燕飛點頭道：「確是如此，難道從未這樣過嗎？」

尼惠暉雙目閃動著又驚又喜的光芒，道：「從未有過。爹的話沒有錯，你才是有仙緣仙骨的人，所以有此異常之象。」

燕飛清楚感覺到天地珮寒而心珮熱的異象，最古怪是三珮似轉化爲另一種若虛若實的物質，天地珮愈趨晶瑩純白，心珮隱泛紅光。

尼惠暉目光投來，沉聲道：「時候差不多了！動手吧！」

燕飛感到心兒狂跳起來，甚麼鎮定功夫都派不上用場。道：「如何入手？」

尼惠暉道：「只要你能把心珮嵌入天地珮中間，那你便是自有洞天珮以來，第一個能令三珮合一的人了。」

燕飛道：「第一個人該是廣成子吧！何時輪到我呢？」

尼惠暉道：「廣成子在遺言裏宣明連他也沒法令三珮合一，所以留下來給有緣人。明白嗎？我會全力爲你護法的。」

燕飛猛一咬牙，把手朝心珮伸去。

卓狂生掠上一座小丘，撲入丘坡處的叢林裏，再躍上近樹頂的橫幹去，蹲伏在枝葉濃密處。小白雁武功的高強，身法的迅捷，出乎他們意料之外，幾經艱苦才衝散了她和手下，逼得她落荒逃往新娘河的方向。野林荒山的追逐並不輕鬆，由於不能下殺手，縱然己方人多勢眾，又有自己和劉裕兩大高手，仍被她數次破圍而脫，幸好現在她已是強弩之末，首次被自己在前方截著。

風聲響起，小白雁嬌美的倩影在前方若現若隱，由遠而近。卓狂生一聲大喝，斷枝落葉隨掌勁劈頭罩面朝小白雁襲去的同時，自天而降，雙手化作無數幻影，或指或掌，攔截美麗的小精靈。尹清雅顯是眞元損耗極鉅，走得喘息連連，驟遇突襲，嬌叱一聲，兩把短劍如飛舞的雙蝶，奮盡餘力還擊，全是不要命的出手招數，只要卓狂生一個接不著，會被她脫身逃去，高彥的「英雄救美」亦要泡湯。卓狂生哈哈一笑，一點不讓地接著狀如小雌虎的尹清雅所有凌厲殺著。勁氣交擊之聲連串響起。尹清雅終於力竭，給卓狂生一掌拍得往後跌退，背脊撞上一根粗樹幹。

卓狂生大喝一聲，好向追來的劉裕示意，大笑道：「乖乖的投降吧！你是聶天還的心肝寶貝，抓了你，我們要老聶爬著走，他便不敢站直身體。」

尹清雅仍持劍作勢，閉上美目不住喘息，嬌嗔道：「不知羞的老傢伙，欺負人家一個小女孩。」

劉裕的聲音傳來道：「千萬不要放她走，我們來了！」

卓狂生知是暗號，正要出手，尹清雅已朝他衝來，雙短刃分取他胸膛和面門。卓狂生哈哈一笑，使出一套細緻精巧的手法，招招封死她的攻勢，目的是進一步消耗她所餘無幾的體力。「噹！」尹清雅被他指尖劃過右腕脈，嬌軀劇震，短刃脫手落地。卓狂生知是時候，大喝道：「還不投降！」趁她空門大露的一刻，左手閃電擊出，一指朝她右脅下要穴截去。指尖剛觸著她的衣服，尹清雅忽然往横滑開少許，沒讓他刺中穴道。卓狂生心中叫糟，他本意是先制得她失去抗力，然後再連點她其他七處要穴，完成禁制她武功的大業，好讓高彥扮英雄，豈知她了得至此，竟仗精妙的步法令他功虧一簣。不過也夠小白雁消受了，她慘哼一聲，往旁踉蹌跌退，花容因劇痛發白。

卓狂生正要補救，高彥不知從何處搶出來，一把將尹清雅攔腰抱起，卓狂生阻之不及，又苦在不能出言警告。高彥裝模作樣高呼道：「誰敢傷害我的小雁兒？」劉裕同時出現，還以為詭計得逞，大喝道：「高彥你到哪裏去？快放下她。」在卓狂生眼睜睜注視下，救起美人的英雄早逃個無影無蹤。

燕飛一震道：「很燙手！」

尼惠暉伸手過來，輕按心珮，露出訝異的表情，點頭道：「的確熱得異乎尋常，以前爹每次嘗試，雖然會變熱，也只是普通不懂武功的人可以抵受的熱度，不會像現今烈火般灼熱，挺得住嗎？」

燕飛早把水毒的至寒之氣憑進陽火的功法注入右手掌，道：「沒有問題。」

尼惠暉又伸手觸摸合璧的天地珮，興奮道：「這是爹自擁有洞天珮後，從未出現過的情況，天地珮寒如冰雪，說不定這次眞的可以令三珮合一。」

燕飛定神打量平放手掌上揮發著火熱紅光的心珮，心忖不管能不能開啓仙門，洞天珮肯定是世上最奇異的玉石。沉聲道：「該拿那一面作底呢？」

尼惠暉苦笑道：「誰曉得呢？」

燕飛改以指尖揑著心珮邊緣處，移到平放地蓆的天地珮上方，對正合璧後形成的圓洞，相隔只有半尺，啞然失笑道：「我這問題問得很蠢，既然從來沒有人能令三珮合一，當然沒有人曉得哪種方法正確，又或那一面在上，那一面是底，咦！」

尼惠暉大吃一驚，急問道：「發生了甚麼事？」

燕飛露出疑惑的神色，用另一手助心珮轉個面，由先前向上的一面朝著天地珮，又試著調校不同的角度和高度。可是眉頭卻皺得更深了。沉聲道：「我覺得事情有點不對勁，不論高低遠近，這一面作底還是那一面作底，天地珮都生出神秘而莫可測度的抗力，似是拒絕讓心珮回到它的本位中去，完成開啓仙門的程序。」

尼惠暉露出失望的神色，道：「你說出來的情況和爹以前遇上的沒有分別，唯一不同的是天地珮是變冷而非轉熱，且不論是冷是熱，都更厲害。」

燕飛反鬆一口氣，說不害怕面對三珮合一後的不測後果，就是騙人的。現在自己既好不了她爹多少，反可以交差了事。道：「眞古怪，以前你爹在這樣的情況下，會怎麼辦呢？」

尼惠暉嘆道：「他會以絕世功力，把心珮硬按到天地珮合璧後的虛位裏去，而每次結果都相同，總被驚人的反震力重創，需時數月才能復元，所以他每年只能嘗試一次，每次都失敗。唉！早知如此不試算了！」

燕飛失聲道：「爲何你不早點告訴我呢？」

尼惠暉苦笑道：「我還以爲你的情況會有分別，因爲你是心珮呼喚的有緣人嘛！」

燕飛方明白她剛才會如此吃驚，皆因驚覺自己這有緣人只能重演以往的情況。沉吟片刻，道：「你爹試過當它們尚未變熱時把心珮嵌進去嗎？」

尼惠暉道：「怎會沒試過呢？數十年來，他試盡所有的方法，產生變異前，的確沒有抗力，不過心珮剛巧大了少許，沒法嵌進去。」

燕飛愕然道：「如此三珮豈能合而爲一呢？」

尼惠暉道：「爹說過當三珮轉熱時，都膨脹了少許，而天地珮膨得多一點，或許如此便可以恰好容納心珮吧！」

燕飛不解道：「熱力既令天地珮膨脹，可是現在天地珮卻是轉冷，說不定會縮小，將更沒有可能把膨脹的心珮擠進去，看來我還不如令尊。」

尼惠暉雙目射出哀莫大於心死的神色，心灰意冷的道：「我不知道。算了吧！我仍然很感激你。」

燕飛心忖難怪孫恩一直沒有動手干涉，因爲三珮合璧不成，會重創試圖合璧的人，如此異事確是聞所未聞。斷然道：「我仍想試一次。」

尼惠暉愕然道：「太冒險了！你如受傷，孫恩豈肯放過你呢？我一個人絕對應付不了他，何況還要照顧你？」接著嘆道：「多年來，孫恩一直不敢來惹法慶，就是怕我們兩人聯手。法慶神功大成，本要去挑戰孫恩，可是……唉！一切都過去了！說了也沒意思。」

燕飛道：「我不是在逞英雄，不瞞你說，我身具至寒和至熱的兩種先天眞氣，當我把至陽的眞氣注入心珮後，心珮立即熱力增加，有種充滿爆炸性能量的古怪感覺，天地珮的抗力雖仍存在，卻大幅減弱。我從自身的眞氣領悟到，至寒和至熱是互相吸引的，而天地珮冷、心珮熱的情況是從未出現過的，値得一試，或許我不會受傷吧！」

尼惠暉像是怒海沉舟者看到附近有陸地的影蹤，雙目再現希望之色，道：「你眞的要嘗試？」燕飛堅定的點頭。

尼惠暉道：「小心點！記著不要勉強。」

燕飛猛咬牙根，聚集丹劫的眞氣，逆天地珮的抗力把心珮硬按入其虛位處去。迅如閃電。

劉裕瞧著高彥消失的方向，心滿意足道：「終於完成了我們成全英雄救美的豐功偉業。」眾戰士從各處聚攏過來，人人一臉歡笑，既爲這次大獲全勝雀躍，更替高彥開心。只有卓狂生呆立原地，神色古怪。

劉裕終發覺他神色有異，訝道：「你的表情爲何如此古怪？」

卓狂生苦笑道：「我沒有成功禁制小白雁的穴道。」

劉裕失聲道：「甚麼？你在說笑嗎？」

人人呆頭鵝般瞧著卓狂生。卓狂生道：「我只是令她暫時失去反抗力，她很快可以恢復過來變回一頭活雁，高小子扮英雄扮得早了點。」劉裕一時說不出話來。

觸電似的一聲激響，迅快至旁觀的尼惠暉和當事的燕飛，也沒法弄清楚發生了甚麼事，燕飛已連人帶玉被震得往入口的方向拋去。仍在空中翻滾的當時，耳鼓內傳來尼惠暉的厲叱聲，仍然眼冒金星的燕飛回復神志，頓然感到一杜驚人的氣勁正衝背而來，其狂猛令他感到如被擊中，肯定全身筋骨、五臟六腑俱要破裂，而小命當然不保。「鏘！」蝶戀花鳴叫示警。他剛才把心珮按向虛位時，留起了一半功力，值此生死懸於一髮的要命時刻，豈敢怠慢，連忙弓起背脊，日月麗天大法全力展開，心忖這次不是被天地珮重創，而是被老孫重創，接著奇妙的事發生了。

原來他剛才把心珮硬塞進天地珮的圓心內，當兩方相距三寸許的距離，天地珮的寒氣竟離珮發射，一古腦兒注入心珮之內，而心珮包含他的丹劫眞氣在內的火熱，卻如脫韁之馬般投往天地珮的中間虛位去。能量互換下，心珮變得奇寒徹骨，天地珮卻火紅起來。寒熱交擊，兩珮間出現一道令人睁目如盲的閃電，聲如雷鳴，亦把燕飛震得全身欲裂，就那麼拿著心珮往後拋飛。雖然痛苦難當，可是燕飛回復神志後，卻知道自己沒有受傷。當他運功護背，要硬捱孫恩的全力一擊，心珮內來自天地珮的至寒之氣，竟沿著經脈千川百河般與他體內水毒的眞氣融合，大幅增強他的水毒眞氣，共抗孫恩能摧魂奪魄的一擊。

「蓬！」孫恩的內勁重擊燕飛背脊。燕飛噴出一口鮮血，身不由己的改後跌為前拋，像個毽子般反往前拋飛，全身經脈欲裂，卻逃過死劫。燕飛「砰」的一聲撞在一堵牆上，再往下滑落，耳內聽到的是尼惠暉的嬌叱和拂掃的急劇破風聲、勁氣的交擊聲。燕飛默運玄功，整個人清醒過來，體內眞氣逐漸凝聚，奇怪的是心珮亦由寒轉熱。忽然孫恩笑聲響徹主殿，充滿得意之情。

燕飛連忙彈起來，只見孫恩一掌掃在尼惠暉肩頭處，後者如被狂風刮起的落葉，往旁拋跌。而孫恩則瀟灑自如的掠至殿心，憑空虛抓，天地珮從地上升起，落在他的手裏，目光卻往燕飛投來。「蓬！」尼惠暉重重掉在地上，不知是生是死。燕飛知道他攻擊在即，現在只因與尼惠暉激戰之後，眞元損耗巨大，必須重新凝聚眞氣，以對自己發動雷霆萬鈞的一擊。他清楚自己體內經脈的損傷不算嚴重，還可以動手過招，不過對手絕不可以是孫恩。些微傷勢也會令他落在不能平反的下風，何況他現在背脊疼痛不堪，影響到四肢的靈活度。死神是如此地接近。

本落地不動的尼惠暉忽然坐起來，叫道：「燕飛！把心珮給他吧！孫恩，你一錯再錯，還不肯放手嗎？」

孫恩露出冷酷的笑容，望也不望尼惠暉，只盯著燕飛，道：「你仍以為自己是當年的小暉嗎？今天我不殺你，已是念著當日的恩情。」他這番話是對尼惠暉說的，其氣場卻不斷加強，把離他只有兩丈許靠壁而立的燕飛緊緊鎖死。

「把心珮給他吧」這句話入耳，燕飛聞言心中一動。尼惠暉叫道：「燕飛快走！」

孫恩全身道袍飄拂，長笑道：「走得了嗎？」

燕飛苦苦抗拒對方不斷加強壓力的氣場，微笑道：「天師現在是否也像我般執假為眞呢？否則為何心中充滿殺機？」孫恩微一錯愕。燕飛知是時候，大喝道：「送你心珮，不要掉了！」心珮脫手擲出。

連擲者燕飛也大吃一驚的情況發生了，剛離手尺許時，心珮仍是以前的心珮，接著通體轉紅，並激射紅光，當到達兩人中間的位置，心珮忽然失去了實體，化成一道由紅變藍、由藍轉紫，再由紫化白的光芒，筆直朝孫恩射去，且拖著一道光燄的尾巴，發出似能擲裂虛空般如龍吟雷響的破風聲。一時間整座大殿被心珮化成的白芒照得如閃電劃過，令人睜目如盲，甚麼都看不到，白芒過處清楚地出現一道軌跡餘像，離奇詭異至極點。燕飛功聚雙目，勉強看到孫恩目睹異象驚駭欲絕的神色，旁觀的尼惠暉則呆若木雞，心中曉得自己的「孤注一擲」竟奏效了。剛才他得尼惠暉一句話提醒，想出唯一可以對付孫恩的方法，就是把丹劫眞氣盡注入心珮中，然後擲向孫恩。這是孫恩不得不面對的奇招，更不能閃躲或全力封擋，否則將毀掉心珮。如他要接著心珮，便等於硬捱燕飛聚集全身丹劫眞氣的一招，不受重創才怪，如此燕飛將可佔得上風，說不定還可以殺死孫恩。只是連燕飛也沒有想過心珮會變成這樣子，那根本不是任何人力所能抗拒的威力，甚至不是大地上任何狂暴的力量能與之比擬。

整座大殿震顫起來，沙泥碎瓦雨點般脫落。眼看孫恩將被白芒炸成飛灰，孫恩仍是臨危不亂，露出一個堅決的表情，忽然拿起天地珮，另一手迅捷無倫的抓著另一邊，將天地珮的圓孔對著正以驚人高速疾射而來的白芒，全力推去，天地珮離開了孫恩雙手，往心珮迎去。燕飛立即心中叫糟，假如三珮重演之前的情況，天地珮合璧的抗力把心珮反彈回來，化爲飛灰的將是他燕飛而非孫恩。時間短促得根本不容人有另一個念頭，在三人眼睜睜下，既清楚又似非常模糊不清裏，白芒命中天地珮的圓洞。時間似若停頓了。合璧的天地珮和心珮終於在兩人間的虛空相遇，沒有發出應有的碰撞聲音，凝在離地五尺許處，似黏在一起，互相抵銷了激撞的力道。心珮嵌入了天地珮的核心處。從來沒有人能令它們合歸於一的天、地、心三珮，終於璧合。

燕飛頭皮發麻的瞧著，沒法動半個指頭，忽然間，整座大殿陷進伸手不見五指，連夜眼也起不了任何作用的絕對黑暗裏去。然後在這黑暗裏，合璧後的洞天珮再次現身，洞天珮再非洞天珮，而是一紅一白的兩股運轉著的能量，在疾轉的紅芒裏，千萬道電光在其核心處打閃。以它們發射出的光芒，本該照得大殿明如白晝，偏是四周盡是無窮無盡的黑暗。燕飛看不到孫恩和尼惠暉，聽不到任何聲音，時間和空間似被洞天珮合璧後的神秘力量操控了，再不以平常的方式運作。一切都靜止了。天地間只剩下眼前無法解釋，神奇至親眼目睹仍無法相信的異景。外圍的紅光逐漸擴大，白光反往內收縮。「轟！」燕飛完全不明白發生了甚麼事，忽然間洞天珮消失了，大殿回復絕對的黑暗，他也回復活動的能力。就在這一剎那，他的靈覺清楚無誤地告訴他，就在洞天珮消失處，出現一個奇異至令人震駭的空間。

燕飛心神劇震。難道這就是通往洞天福地的仙門？只要投進這空間去，便可以脫離人世，超脫生死，成仙成聖？仙緣就在眼前，大有可能乍現即逝，他該如何選擇呢？心中浮現出紀千千的玉容。不！念頭剛起，洞天珮消失處出現一點芒光，接著芒光擴大，下一刻已變成充塞眼前天地向四方激射的烈芒。「轟！」無可抗拒的力量往四方衝激，燕飛像被超級風暴刮起的落葉，往後飛拋。照道理他該重撞在後方的殿壁處，事實後面卻是虛虛蕩蕩，漫無邊際，他給送上高空去。「蓬！」燕飛完全失去了對時間和距離的所有判斷力，不知過了多少時候，也不知道給送往多遠，只知最後重重掉在一堆亂草叢裏，全身經脈欲裂，肌肉皮膚則灼痛不堪。但仍活著。

暈眩過後，燕飛睜開眼睛，看到的是曙光初現的天空。燕飛猛地坐起來，目瞪口呆的瞧著眼前的情況。三座破殿、廣場和臥佛全消失了，原來主殿的位置出現一個方圓數十丈、深陷下去的坑洞，曾在這範圍內傲立的樹木一株不留，周圍的樹木只剩下禿幹。在坑洞外的野草地上遍布破寺殘餘的碎石瓦片泥粉，一副大劫後的蒼涼模樣。「嘩！」燕飛張口噴出鮮血，五臟六腑像翻轉過來。孫恩呢？還有尼惠暉在哪裏？忽有所覺，往左方遠處瞧去，孫恩步履不穩的背影映入眼簾，然後沒入斜坡的密林中去。他肯定對方比自己傷得還重，因爲孫恩是最接近洞天珮的人，可惜自己無力去追殺他。呻吟聲從另一邊傳來，燕飛忙站起來，循聲而去。

〈卷七〉

第六章◆天降凶兆

第六章 天降凶兆

高彥軟玉溫香抱滿懷地疾走近五里路後，終於後勁不繼，放緩下來。令荒人感到驕傲的漫長一夜終於過去，前方的天空開始發白，他心中的興奮之情，是從來沒有過的。待會詐作爲她解除禁制時，要控制自己，規矩一點，千萬不可把她當作青樓的姑娘，只可以略佔便宜，讓大家的關係親密些兒。就在他左思右想，喜翻了心的時刻，臂彎內的小白雁忽然發出一聲神舒意暢的嘆息，雖仍是美目緊閉，卻舒展四肢，害得已抱得吃力的高彥幾乎脫手把她摔飛出去。高彥駭然止步，低頭看著懷裏的夢中情人。

尹清雅又蜷縮起嬌軀，雙手上伸，摟著他的脖子，然後張開烏靈靈的妙目，滴溜溜的轉了兩轉，「噗哧」笑道：「傻瓜！我比邊荒集更重要嗎？爲何救我呢？」

高彥色迷三分醒，雖然神魂顛倒，仍在心中暗忖老卓的禁制手法眞高明，令人完全看不出她有任何受制的狀況：例如眼神黯淡，又或四肢發軟。相反的，她一對美目比以往任何一刻更精靈，動人的胴體充盈活力。

尹清雅嬌嗔道：「爲何不說話呢？能言善辯的高彥小子變了啞巴嗎？」

高彥忙陪笑道：「我的小清雅垂詢，我當然有問必答。嘿！你沒事嗎？」連他自己都感到話語拙劣，還露出狐狸尾巴。

幸好尹清雅完全沒想到他擔心的那方面去，蹙起一對黛眉，生氣的道：「給那老混蛋戳中的地方仍有點痛，你的荒人兄弟真不要臉，十多個大男人來欺負我一個弱質小女孩，他奶奶的，終有一天我會教老混蛋嘗到滋味。」

高彥自問這輩子從未聽過這麼悅耳的粗話，登時神魂顛倒，大失平常水準的道：「只點你一個穴道嗎？」

尹清雅大嗔道：「還不夠嗎？我將來定要親手宰了那老混蛋。」又得意道：「哼！想點倒本姑娘嘛！哪有這般容易呢？」

高彥再愚蠢，也曉得出了岔子，正要說話，尹清雅摟他脖子的手鬆開，改按他的雙肩，就那麼借力飛離他的懷抱，再凌空作出姿態美妙的翻轉，投往離他丈許外的地上。立定道：「算你了！兩次都賴你這個大傻瓜脫身。」

高彥看著自己仍保持抱著她的姿態的一雙手，感覺著無可忍受的空虛感覺，同時全身發麻，心中叫苦。這回給老混蛋害苦啦！此事如何收拾好呢？

尹清雅喜孜孜俏立前方，道：「荒人個個心狠手辣，你壞了他們擄人勒索的奸計，等於背叛了他們。嘻！你現在肯考慮我的提議了嗎？」

高彥頹然垂下雙手，腦袋一片空白，茫然道：「甚麼提議？」

尹清雅跺腳嗔道：「你的腦袋是用甚麼做的，當然是隨我返回兩湖，你還有其他地方去嗎？時間不多，你再猶豫不決，恕本姑娘不奉陪了！只好任你被人五馬分屍，自生自滅。」

高彥幾乎要痛哭一場，空歡喜一場令人更加難受。現在該怎麼辦好呢？他聽到自己在道：「你愛我嗎？」

尹清雅臉蛋各升起一朵紅雲，嗔怒道：「此時此刻還來這一套，我不理你了！」

高彥也想不到自己會說出如此不合時宜的蠢話，不過他實在想不出更恰當的話，千里逃亡以培養感情的大計已宣告泡湯，他還可以有甚麼法寶呢？

尹清雅道：「你在猶豫甚麼呢？隨人家去吧！可是不要胡思亂想，人家只是看你可憐、又孤苦無依、兼念你不顧一切救人家脫臉，才可憐你，卻絕不是愛上你。」

高彥搖頭道：「不要騙自己了！你口中雖這麼說，但你那雙會說話的眼睛卻說出心底裏的話。我們彼此是一見鍾情，天打雷劈也不能分開我們。」

尹清雅瞪大美目看他，不能相信的道：「你眞的這麼想？」

高彥豁了出去的道：「這是事實！」

尹清雅一拍額頭，嬌呼道：「我的老天爺！世上竟有像你這般的自大傢伙。好吧！我們從此一刀兩斷，你走你的陽關道，我過我的獨木橋，別再讓我碰見你，否則我不會客氣的。」轉身欲去。

高彥大駭追去，嚷道：「不要走！」

尹清雅怒叱一聲，反手一掌拍向高彥，正中高彥胸膛。高彥慘叫一聲，噴血拋飛。

表面看，尼惠暉並不像受傷，只是花容慘淡，可是燕飛知道她五臟六腑俱碎，返魂乏術，只餘最後幾口氣。她躺在一處草叢內，看著藍天，神色寧靜，見到燕飛出現身旁，柔聲道：「不要移動我，不用浪費眞氣，我想平靜的離開。」燕飛在她身旁蹲下，嘆了一口氣。

尼惠暉道：「看到仙門嗎？」

燕飛點頭道：「雖然看不見，但我卻感應到。」

尼惠暉雙目亮起來，道：「是怎樣子的呢？」

燕飛答道：「那確實是離開這層次宇宙的出口，裏面包含著另一廣闊無垠的空間，秘不可測。不過仙門一閃即逝，除了立下大決心的人，否則很容易錯過。」

尼惠暉道：「孫恩掌握到仙緣嗎？」

燕飛道：「我只見到他負傷離開。」

尼惠暉心滿意足地嘆息一聲，道：「我眞的很感激你，你證實了我爹的信念。我死後，請把我葬在仙門曾開啓過的地方。」燕飛正要答應，尼惠暉已斷了氣，雙目安然闔上，含笑而逝。

尹清雅一把抓著高彥襟口，硬把他從仰跌處扯得半坐起來，幾乎哭出來的道：「你爲何不還手？如果我不是及時收起大半掌力，只這掌可要了你的小命。」

高彥剩下半條人命，仍神情興奮，不理口角的血污，道：「我要證明你是愛我的。哈！原來你眞的這麼愛我。」

尹清雅氣得改拉爲推，推得他再次四腳朝天，彈起身來扠腰大怒道：「你這臭小子不識好歹，好吧！讓我告訴你一件事，好絕了你的痴心妄想。聽著了！」

高彥掙扎著爬起來，撫著胸膛痛得面容扭曲的道：「有甚麼事以後慢慢再說，我現在這裏痛得要命，說不定一口氣緩不過來便要斷氣，解鈴還須繫鈴人，心病還須心藥醫，我的乖雁兒快來給我揉揉，就像上次我爲你搓小肚子那樣兒。」

尹清雅露出幾乎給氣死的嬌俏表情，道：「休想騙我，殺你那麼容易嗎？在巫女河我那一掌都沒法要了你的狗命。」

高彥一愕停手，呆看著她。尹清雅見此話奏效，秀眸射出矛盾的表情，裝出惡兮兮的模樣道：「沒聽清楚嗎？當時根本沒有第三個人，從背後暗算你的就是本姑娘。現在夢醒了吧！我從沒有愛上你，你若再胡言亂語，休怪我手下無情。」

高彥道：「原來你眞的愛我。」

尹清雅失聲道：「甚麼？殺你竟是愛你？」

高彥得意洋洋的道：「當然不是這樣。哈！我都說過沒有人比我更明白你。哈！你是爲我著想，怕我眞的回不去邊荒集，從此失去做人的樂趣，所以犧牲自己，故意頂替從背後暗算我的凶手，好絕了我的心，懸崖勒馬，趁早回去向我的荒人兄弟求寬恕。讓我告訴你吧！我……」

尹清雅用雙手捂著兩邊耳朵尖叫道：「閉嘴！我不想再聽下去，更不想與你這個討厭的小混蛋瞎纏下去，我要回去與我幫的人會合，永遠都不想見到你。」

驀地西面蹄音傳至。尹清雅色變道：「荒人來了，你快找地方躲起來。」

高彥回道：「躲甚麼呢？」

尹清雅搶前抓著他前襟把他提得站起來，道：「你救了我，荒人肯放過你嗎？」

高彥道：「該沒有問題吧！都說你是關心我的，我告訴你吧！今……」

尹清雅一指戳在他脅下，高彥軟倒在她懷內。她猛一跺足，露出又嗔又怒的表情，然後攔腰把他抱起，展開身法，望東去了。

假如尼惠暉能掌握那剎那的時機，遁入仙門內，是否便能超脫生老病死，逍遙自在，永世不滅，不用長埋香骨於黃土之下呢？恐怕沒有人有答案。對仙道之說，燕飛雖不否定，卻從沒有對這方面生出興趣，只是姑妄聽之。可是剛才他是身歷其境，且親手打開仙門，面對能成仙成聖的千載良機。現在對仙道的感受當然是另一回事。三珮合一給他的震撼是無可比擬的。他站在尼惠暉埋骨的無碑之穴前，心中思潮起伏。

燕飛沒有後悔錯過了仙機，對他來說，直至這一刻，最重要的仍是紀千千，即使仙門此刻再次出現眼前，他的選擇還是留下來。這究竟是怎樣的世界呢？難道眞的只是被封閉在一個經歷生老病死、悲歡離合的夢域裏，一切都是虛幻的？而像孫恩、尼惠暉或她爹等異種，才想逃離這場夢，其他人包括以前的燕飛在內，都執假爲眞，不知道人世只是一場春夢。我的娘！這種事最好不要想，因爲愈想愈糊塗。孫恩既去，和他的決戰已變成不了了之，自己現在該不該立即趕返新娘河呢？可是見不到宋悲風和安玉晴，他始終不能放心。照道理他們理應在附近，見到收藏心珮的地方發生這麼奇怪的事，卻沒有趕來看個究竟，是甚麼原因呢？

仙門將成爲他心中永遠不可以告訴別人的秘密，包括紀千千在內，不是他自私，而是不想動搖別人對這世界的信念，那會令人感到不安、混淆和對不明白及超乎想像的事物的本能恐懼，甚至不能全心投入這段生命的動人旅程去。事實上儘管他不願承認，他已成爲掌握到成仙成聖的法門的唯一一人。除非孫恩當時也感應到仙門，則天下間便只有他們兩人曉得破空而去的方法。燕飛現在當然辦不到，可是有一天若他的丹劫和丹毒玄功，能重演天地心三珮合璧的招數，便可以像剛才般重新開啓仙門，趁那一閃即逝的時機脫繭而去。不過他並不會朝此方向努力，因為先前仙門開啓的一刻，他一絲不疑地把握到仙門只容一人離開。既然不能與最心愛的人牽手離開，他是完全提不起半點興趣的。唉！他情願感應不到仙門，永遠也不知道在這現實之外，尚有無窮盡的可能性。

倏地心中忽現警兆。燕飛再掃視一遍尼惠暉的埋骨處，肯定沒有人可以發現泥土被翻動過，才迅速離開廣闊的大坑穴，到五十多丈外沒有受損的叢林裏藏起來，遙窺坑穴的情況。破風聲自遠而近，二十多人穿林過野出現西北方，迅速來到坑穴邊緣，方才止步。人人露出難以相信的神色。燕飛認得的有姚興，他正神情驚異地呆瞧著大坑穴和周圍受摧殘的樹木。他旁邊有位長得比他更高，皮膚白皙嫩滑如女子，身穿白袍長相俊秀卻渾身邪異之氣的中年男子，形相特異，非常引人注目。其他都是羌族的高手，人人體形慓悍，看外表便知均為好勇鬥狠的戰士。接著又有十多人沿他們出現的路線趕來，領頭者赫然是為慕容垂辦事的「小后羿」宗政良，北方最有名的刺客。

宗政良來到姚興的另一邊，失聲道：「我的娘！這是怎麼回事？」

姚興道：「天亮之前，東南方忽然傳來陣陣雷響，整個邊荒彷似抖動起來，集內即使睡得最沉的人都被驚醒過來，然後守夜的見到白光在這山區內沖天而起，好一會才消失，弄得集內人心惶惶，不知是何凶兆。」

宗政良深吸一口氣道：「如此異事，確是聞所未聞，這坑穴分明是一次威力驚人的大爆炸產生出來的，只看坑穴寬達三十多丈，坑穴周圍的樹木均枝葉脫落，呈向外彎之狀，附近積雪又消失無蹤，似被蒸發掉，便知爆炸的威力是如何驚人，幸好這是荒山野嶺，如發生在城內，肯定摧毀大片房舍，人畜不留。奇怪的是昨夜天朗氣清，沒有雷電。」

姚興道：「如我記憶無誤，此處該是臥佛破寺所在之處，現在佛寺已化作飛灰。」轉向身旁的白袍人道：「大法師對此有何看法？」

燕飛心中一動，暗忖這被稱為大法師者當是從波斯來的波哈瑪斯，呼雷方正是被他的精神邪法弄得痴痴迷迷的。不由暗嘆一口氣，如非自己身負內傷，說不定可以找機會刺殺他，便可以解開呼雷方的精神禁制。

波哈瑪斯沉吟片刻，胸有成竹的從容道：「果然不出我所料，此坑穴是被天上降下來的火石與地面猛烈撞擊而成。此為天大凶兆，該應在東南方，與建康有關，預示建康朝廷會發生改朝換代的大事。」

燕飛心中一顫，波哈瑪斯這番話很快會傳遍南北，動搖人心，也使風雨飄搖的司馬王朝受到不可理喻的困擾。「天命」是最難測的東西，亦最能影響人心所向，而曉得眞相的他和孫恩，都不會為司馬氏闢謠，何況說出來也不會有人相信。

果然宗政良道：「天生異象，地有災劫，此為天人交感，看來司馬氏滅亡之日不遠了。」

姚興道：「幸好大法師學識淵博，釋去我們心中的疑慮。回集後我們公布法師之言，以安人心，同時將此異象傳播南方，好動搖司馬朝廷的根基。南方的世家大族一向愛疑神疑鬼，此事千眞萬確，當然更能造成影響。」

宗政良大笑道：「太子此計妙絕。」

姚興似不願在災場多留片刻，道：「我們回集吧！」領先去了，其他人忙隨其後。

到災場回復冷清，燕飛盤膝坐下，療治因關閉仙門發生的爆炸而致的內傷。他對自己的去向作出了決定，只要他可以恢復功力，今晚便潛入邊荒集去，刺殺波哈瑪斯，以解除呼雷方因他的邪術受到的精神禁制。這也是對敵人的一個警告，顯示荒人能刺殺集內任何人的本領，只要集內敵人人人自危，光復邊荒集的大業，事半功倍矣。事實上他也得找些比較刺激的事來做，好把心神從仙門的事抽離出來，最好是忘個一乾二淨。

「舒服嗎？」被她抱著的高彥早心神俱醉，飄飄然不知人間何世，只恨雙手沒法移動，不能反摟著她。聞言道：「我現在是世上最幸福的人。」

尹清雅一對大眼睛閃亮亮地看他，奔跑的速度卻沒有分毫慢下來，歡喜的道：「你抱過雅兒，現在雅兒抱還你，這才公平嘛！」

高彥享受著她銀鈴般的動聽聲音，心中高燃愛之火燄，心忖這種公平肯定佔便宜的還是自己，如此的分析當然不可宣之於口，忙道：「公平公平！我愛你，你愛我，非常公平。」

尹清雅笑道：「你以為我抱你便是愛你嗎？見你的大頭鬼吧！我只是看你武功低微，又跑得氣都喘了，為了救你一次，以還你救我一次的債，所以抱你走這麼遠，可不是愛上你了！」高彥尚未有機會回話，整個人已給她拋在一堆厚草叢中，跌個七葷八素、滿天星斗。

尹清雅的如花玉容出現上方，掩著嘴嬌笑道：「我的高公子，乖乖在這裏躺一會，穴道自然會解開。你若不想被你的荒人兄弟宰掉，該懂到何處去吧！嘻！你救我一次，我救你一次，大家是扯平了，以後各不相欠。」

高彥心焦如焚的道：「我救了你兩次啊！」

尹清雅大嗔道：「建康那次怎可算數，我是憑本事脫身的，只是你糊塗吧！我走了！」

高彥大嚷道：「沒有吻別嗎？」

尹清雅的聲音從南方遠處風一般送過來道：「去你的娘！」

高彥哭笑不得，心叫倒楣，事情怎會發展到如此田地呢？一切都完了。忽然手足又回復氣力，坐了起來。老卓那老混蛋是怎麼搞的，害得自己不但救美不成，還要佳人相救，最後更遭無情拋棄。自瘋狂愛上尹清雅後，他首次感到心灰意冷。無論他如何罔顧現實，終是自小在江湖打滾的人，明白到如讓尹清雅返回兩湖，想不一刀兩斷也不成。難道自己敢到兩湖幫的地頭去找她嗎？且高彥自問對娘兒最了解，心忖像尹清雅這種美得像可滴出蜜糖來的嬌女，更惹狂蜂浪蝶，最要命是她情竇初開，多情善變，恐怕不用一年半載，她已將他置諸腦後。唉！一年半載眨眼即過，還不知能否在這麼短的時間內收復邊荒集。自己該不該死了這條心呢？

正自嗟自怨之際，風聲響起，小白雁從天而降，落在身旁，慌張道：「快走！敵人來了。」

高彥喜出望外，心想卓狂生等定是將功贖罪，把她趕回來，忙裝出英雄模樣，好再次拯救美人，拍胸道：「有我高彥在，甚麼都有辦法。」

小白雁急道：「你再不走我不理你了，唉！西面又有荒人，東南兩面是官兵，只有渡過淮水進入邊荒，再想辦法回兩湖吧！死高彥，你究竟陪不陪人家？」

高彥早臉色發青，雖說何無忌只是裝模作樣搜捕荒人，但如眞的抓起自己，肯定會拿他祭軍旗。哪還有心情扮英雄，跳將起來道：「隨我來！沒有人比我更熟悉這一帶的形勢了！」

燕飛睜開眼睛，已是黃昏時分。他藏身在一座山腰的樹叢內，居高臨下地瞧著山腳下的坑洞。他多麼希望臥佛寺依然存在，洞天珮弄出來的坑洞只是一場噩夢。縱使他不願意承認，可是眼前的坑洞，已打破了他所有一向深信不疑的信念，徹底改變了他對生命的看法，爲他和紀千千的苦戀添加了完全不同的意義。他又再次生出孤獨的感覺，這感覺並非人多人少的問題，又或因紀千千並不在他身旁，而是那種因曉得仙門之秘、無以名之「局外人」的奇異情緒。就像此刻，看著眼前夕陽西照下的美麗山區，他便心不由己的去思索眼前的世界究竟是怎麼一回事，一切有何意義。正是這種眾人皆醉我獨醒的滋味，令他感到孤獨，眞正的孤獨。

洞天福地乍現即逝的震撼仍未過去，使他提不起勁去做任何事，但又感到這種心態對不起紀千千，對不起邊荒集，是一種罪過。他的心情是沒法子形容的。唉！該怎麼辦好呢？必須找些最刺激的事來做，好吸引自己的心神，令他能再次縱情投入眼前的人間世去，把這段生命的旅程視作終極的目標，忘掉一切。他可以辦到嗎？忽然間，他清楚自己和紀千千的相戀出現了危機，問題來自他。這想法令他不安。燕飛發覺自睜開眼後，目光一直沒法離開坑洞，直至這刻也辦不到。深吸一口氣後，又徐徐吐出一口氣。從沒有一刻，他比現在更明白佛道中人的追求，那是來自內心深處的一種渴望。此時他反希望孫恩沒有離開，至少可以有一個傾訴的對象，感覺或會好得多。他的內傷已痊癒大半，只要再過一晚工夫，該可復元過來。不過他已失去待在這裏的心情，眼前的坑穴似在默默細訴著這世界外的天地，令他感到處身的現實只是個不眞實的夢，這感覺會令人發瘋，他必須立即離開白雲山區。燕飛彈了起來，朝邊荒集的方向掠去。

高彥在一道小溪旁雙膝下跪，叫道：「我走不動了！大家在這裏好好休息。」

落在小溪另一邊的「小白雁」尹清雅一臉嬌嗔的躍到他身旁，扠腰怒道：「快給我站起來，這裏離淮水只有二十多里，隨時會被敵人追上來。」

高彥咕噥抗議道：「由天亮狂奔至天黑，你當我是鐵打的嗎？」就那麼把頭浸入溪水裏，大喝幾口。

尹清雅哂道：「看吧！你這小子有甚麼值得我看上你的資格，樣子只是過得去，說話則口不擇言、滿口髒言穢語，武功又低微、好逸惡勞、人又糊塗，蠢得像條豬。」

高彥把頭從水裏抬起來，任由水珠從頭髮滑下來，弄濕大片衣襟，笑吟吟道：「我的缺點正是我的優點。甚麼行規步矩、武功蓋世，終日想著如何去算計人又如何呢？人是要生活的，只要快快樂樂度過此生，便是最大的成就。你跟著我，擔保錯不到哪裏去。」

尹清雅嗤之以鼻的道：「發你的春秋大夢吧！本姑娘會跟著你嗎？信不信我一腳把你踢進水裏去，讓你享受活該的生活。嘻！活該的生活。」

高彥盯著她因說話起伏不停、玲瓏浮凸的酥胸，欣然笑道：「告訴我！你和別人一起時有這麼開心嗎？時間過得這麼快嗎？」等了半晌，奇道：「爲甚麼不回答，是不是不敢坦白說出來？」

尹清雅神色不善的道：「你賊眼兮兮的在看甚麼？」

高彥辛苦的站起來，舒展筋骨道：「當然在欣賞我動人的小清雅。」

尹清雅大怒道：「再說一句甚麼你的我的，我會把你饒舌的舌頭割一截出來。」

高彥舉手投降道：「不說了不說了。雅兒息怒。天都黑了！附近有個荒村，不如我們今晚到那裏借宿一宵，共度一個溫馨的晚上，明天的事，明天再想如何？」

尹清雅沉聲道：「你在說甚麼？」

高彥嘻皮笑臉的道：「即使不是在同一張榻子上，只要你心中有我，我心中有你，溫溫馨馨的，大家也可以……」

尹清雅嬌叱一聲，揮拳朝他面門轟去。高彥一聲「饒命」，轉身便逃，其速度之快是尹清雅沒預料到的。尹清雅氣得七竅生煙追在他背後，怒道：「小子裝蒜，內傷根本不嚴重。」

高彥拚命逃跑，仍不忘回應道：「本少爺的內功與眾不同，高人一等，兼深不可測，豈是我的未來嬌妻小雅兒可以輕易揣測呢？」

火上添油下，尹清雅加速追去，道：「死高彥！這回給我逮著你，你就死定了！」一追一逃，兩人轉瞬遠去。

劉裕和卓狂生回到淮水之北、渦水西岸的荒人營地，受到所有荒人熱烈歡迎，勝利的氣氛，充盈在廣布數里的營地每一個角落，一洗邊荒集二度失陷的屈辱。劉裕隨即以主帥的身分，與流亡議會成員在主帳內開會，好訂定下一步的行動。列席者有十多人，包括陰奇、席敬、方鴻生等人在內。丁宣代表拓跋儀出席，羌幫則因情況特別，呼雷方的神志又出了岔子，所以沒有代表。

屠奉三首先總結戰果，道：「這次的勝利，是值得我們驕傲的。我方犧牲的兄弟不到百人，卻把敵人徹底擊垮，兩湖幫只得七條船全身而退，荊州軍則被我們殺得四散逃命，潰不成軍。」

慕容戰興奮的道：「我們依劉帥指導的辦法，吹響北府兵的號角樂章，一下子將敵人衝斷為兩截，根本無還擊之力。」

姬別笑道：「看到北府軍的水師在淮水兩岸布防，荊州軍早軍心動搖，加上又發覺我們正徒步從過水東岸朝他們推進，兩湖幫的援軍更不見影蹤，換作是我也要立即逃命，還有甚麼好打的。」眾人起鬨大笑。

劉裕問屠奉三道：「弄清楚荊州軍的主將是誰嗎？」

屠奉三道：「是桓玄的堂兄桓偉，此人頗懂兵法，武功也不錯。算他有運道，值此桓玄用人之時，又與桓玄有血緣關係，換成其他人，必被桓玄親手宰掉。」

江文清欣然道：「這次兩湖幫損傷慘重，兩湖幫會有一段日子沒法威脅我們，對我們反攻邊荒集非常有利。只可惜給郝長亨逃掉，否則將斷去聶天還的臂膀。」

紅子春陰聲怪氣的道：「郝長亨這小子肯定在走倒楣運，沒有一件事辦得好好的，說不定聶天還會學桓玄般親自斬殺失敗的手下，省下我們的氣力。」

江文清忍不住問道：「我們高少英雄救美的行動順利嗎？」

廣闊的大方帳內立時鴉雀無聲，這是人人關心並樂見其成的美事，雖然沒有人相信這般的相偕逃亡眞的可以令高彥把小白雁追上手，可是此事本身已令人感興趣。劉裕感受到自己這玉成好事之舉對荒人的影響，可是心中只是一陣凄酸，他肯成人之美，全因失去了王淡眞，明白得不到所愛的痛苦。

卓狂生苦笑搖頭，道：「不要提了！」

姚猛尖叫道：「甚麼？竟讓我們的小美人兒逃了嗎？爲何不見高彥小子呢？」

卓狂生道：「不是你想的那樣子。逮是逮著小雁兒，還給那好色的小子抱個滿懷，扮英雄救走了小美人兒。問題在我失了手，點不中她的穴道，更沒法施展禁制，便讓高少抱著個燙手熱山芋溜了。他奶奶的！希望高小子吉人天相吧！」

眾人呆了半晌，接著帳內發出鬨鬧狂笑，連一向矜持的江文清都笑得花枝亂顫。劉裕被江文清動人的神態吸引，心忖她的美麗並不在王淡眞之下，為何自己沒有留意。旋又明白過來，王淡眞吸引他的地方不單只是她的美麗，更重要的是她的不諳世情、她的單純、她愛恨分明的性格，還有她對寒門來說，高不可攀的世家望族高貴身分。擁抱著她，像打破了社會的所有禁忌。想到這裏，不由肝腸欲裂，偏又不可顯露絲毫出來，那種滋味，只有自己默默去承受。

卓狂生愕然道：「竟沒有人關心高小子的安危嗎？」眾人笑得更厲害了。

龐義喘著氣笑道：「怎會沒有人呢？劉爺也沒有笑呢。」

劉裕訝道：「我何時變成劉爺了？」

慕容戰笑道：「北府兵內不是慣了爺前爺後的叫他們的頭子嗎？」

劉裕心中一陣感觸，只從以悍勇著名稱霸的慕容戰這句話，已確立了他作為荒人領袖的地位。因著這場戰爭的徹底大勝，他成了荒人反攻邊荒集的希望。沒有人再懷疑他作為主帥的能力。燕飛會不會出事了？照時間計算，他與孫恩的一戰該分出了勝負，為何仍未見他回來。不過他仍不太擔心，因為即使燕飛能擊敗孫恩，多少會負點傷，當然要覓地療治傷勢，沒這麼快回來是合乎常理的。

慕容戰道：「我有一個好消息公布，從荊州軍手上，我們奪得近三千頭戰馬和大批糧食。」

丁宣欣然道：「現在我們可以組成一支五千人的全騎兵部隊了，加上我們的水師，任何人想來惹我們，都要三思。」

姚猛道：「下一步我們該怎樣走，請劉爺賜示。」

劉裕正容道：「當務之急，是先奪取兩湖幫與姚興交易的運糧船，此事十萬火急，我們必須趕在郝長亨前截得糧船，然後才可使姚興一方中計。」轉向江文清道：「此事由大小姐負責，十二艘雙頭船立即起航，依原定的計畫行事。」

江文清瞟他一眼，歡喜的道：「領命！」

劉裕接著向慕容戰道：「慕容當家率領二千騎士，明早出發，依計在陸路配合大小姐，好讓馬兒有充足的時間休息。」慕容戰大聲應喏。

劉裕微笑道：「其他人不用趕路，沿淮河往秘湖基地推進，憑大河之險以保安全，當你們到達新基地時，我們將要馬有馬，要糧有糧。」眾人同聲應喏。

劉裕目光移往卓狂生。卓狂生忙搖手道：「不要選我，本人甚麼都行，就是不會打理家務。」眾人忍俊不住，又笑起來。

劉裕沒好氣道：「我只想問你誰是行軍總指揮的適合人選罷了！」

姚猛奇道：「不是劉爺就是屠爺你們兩位老人家，還用問嗎？」

劉裕道：「我得親自到壽陽見胡彬，以打通日後水運的關卡。」

眾人目光移往屠奉三，後者嘆道：「我必須趕往荊州辦點事，十五天後與各位在秘湖基地會合吧！」

卓狂生道：「秘湖秘湖，說書時不斷要說秘湖，多麼彆扭，現在本館主正式把秘湖命名為鳳凰湖，指的是火裏重生的鳳凰，亦預示了我們荒人未來的威風。」姚猛首先鼓掌贊成，人人稱善。

劉裕道：「行軍總指揮一職由我們的姬公子擔任，因為他既小心又細心。」眾人轟然答應。

劉裕與屠奉三交換個眼色，均看到對方心中的感觸，此情此景，實得來不易。荒人終從崩潰的邊緣振作起來，爲反攻邊荒集達至前所未有的團結。在邊荒集首次失陷前，這是多麼令人難以想像的事呢？

高彥一個翻騰，來到荒村入口的破牌匾處，嚷道：「到家了！官兵捉賊遊戲完畢。」

小白雁掠至他身旁，此姝也是奇怪，剛才口口聲聲要教訓高彥，現在卻若無其事的親暱地與他並肩站著，探頭窺視靜如鬼域的破落荒村，三十多間房舍，只有兩三間比較完整，可供棲身一夜。

高彥指著殘破的樓門道：「有樓門村落算是有規模了！這個村叫高家村。我不是憑空杜撰的，你看那剩下的一點，便是高字頭頂那一點。哈！」

尹清雅嘟起帶點孩子氣的小嘴，不屑的道：「胡謅！」

高彥道：「甚麼都好！天快要全黑了，娘子！我們今晚在這裏共度……嘿！不是共度，是借宿一宿如何？」

尹清雅「噗哧」笑道：「你是故意的。」

高彥見她只斤斤計較「共度春宵」或「借宿一宿」，而沒有反對喚她作娘子，心中大樂。笑嘻嘻道：「說甚麼都好！這裏前不見城，後不靠鎮，求個有簷遮頭便成，娘子將就點如何呢？將來我賺到錢，蓋間大屋給你，然後我們分工合作，你只須負責生孩子？」

尹清雅想板起俏臉，旋又忍不住笑得花枝亂顫，嬌喘嗔罵道：「你這死小子賊小子！再喚一句娘子我便把你的舌頭勾出來，誰給你生孩子了！」

高彥心花怒放，道：「爲夫怎敢不從呢？」

尹清雅作勢打他，嚇得高彥倒跳開去。這位小美人兒狠狠瞟他一眼，然後想起甚麼似的，往村內探視，壓低聲音道：「是否有很多人死在這裏呢？」

高彥回到她身旁，問道：「你有沒殺過人？」

尹清雅搖頭道：「你既沒有死掉，我該算沒殺過人吧！」

高彥只當她重提暗算自己的事是說笑，道：「這就成了！沒殺過人便與冤鬼沒有瓜葛，它們是不會來犯你的。」

尹清雅聽得打個寒噤，兩手不自覺的用力抓著他胳膊，面向他道：「可是你曾殺過人嘛，它們來犯你，會連累到我。」

高彥被她主動的親密動作弄得神魂顚倒，陶醉的道：「爲夫我當的是風媒而非刺客，何曾殺過一個人？」

尹清雅仍有三分清醒，皺眉道：「不准自稱爲夫，你這愛佔人家便宜的小賊敢情是做人做膩了，活得不耐煩。」

高彥湊到她小耳旁恐嚇道：「千萬不要在猛鬼聚居的地方，且是黑夜殺人，因爲……」

尹清雅雖明知他在說笑，仍忍不住嬌軀一顫，靠貼他嗔道：「不要說了！唉！我說甚麼也不會到村內睡覺，找另外一個地方吧！」

高彥喜翻了心兒，暗忖你愈怕鬼，老子愈有便宜可佔。另一手拍胸豪言道：「放心入村吧！它們都姓高的，看在我這宗親分上，不會騷擾你。不過我們必須裝作夫婦才成，你如不是我的娘子，它們會有不同的想法。」

尹清雅天眞的道：「這村眞的叫高家村嗎？」

高彥一輩子沒活得這麼精采過，忙道：「爲夫怎會騙娘子呢？難道叫尹家村嗎？尹字的頭頂有一點嗎？」

尹清雅懷疑的道：「你在佔我便宜。」一把推開他，生氣的道：「快找另一個地方，這裏我是不會進去的。」

高彥攤手道：「這區域就只得這個村，如不是處處積雪，我可以和你數足一晚星星。而且若論鬧鬼，這個高家村算平靜的了！」

尹清雅跺足嗔道：「還要說！不准你再提鬼這個字。」

高彥心忖是你自己先說的，現在卻來怪我。笑嘻嘻道：「娘子息怒，隨爲夫進去吧！保證可以給你一個驚喜。」同時猛眨眼睛，表示甚麼爲夫娘子的稱謂只是權宜之計，是針對高家眾鬼的策略。

尹清雅仍在猶豫。高彥嘆道：「只好告訴你眞相吧！太陽下山後，躲在邊荒各處村落的冤鬼會傾巢而出，在山野活動，所以躲在村內反是最安全的，何況是我的高家村。明白嗎？」接著一把抓著她溫軟的玉手，道：「來吧！萬事有爲夫擔當。」尹清雅忘記了玉手被他大佔便宜，由他扯著入村去了。

風帆從過水轉入淮水，逆水西上。掌舵的十二人全是原振荊會的高手，是屠奉三的親信，隨屠奉三潛返荊州。劉裕則坐屠奉三的便船，到壽陽見胡彬。兩人站在船頭，乘風破浪，心中都頗有感觸，尤其在劣局裏，幾經辛苦爭取到輝煌的勝利之後的現在。

屠奉三苦笑道：「我有點害怕回荊州去。」

劉裕點頭道：「我明白屠兄的心情。」

屠奉三道：「少年時我曾和桓玄同時愛上一個女孩子，不過我只把愛意藏在心底裏，因爲我明白桓玄霸道的性格，還要被逼聽他如何把這女孩子弄上手的過程，那種痛苦實不足爲外人道。」

劉裕的心狠狠的抽搐了一下。明知不該問，還是迷迷糊糊的問道：「後來如何呢？」

屠奉三露出罕有痛心的表情，慘然道：「後來？唉！我可不可以不說？」

劉裕愕然道：「桓玄不是喜歡她嗎？」

屠奉三道：「她只是被桓玄以卑鄙手段得到手，事實上她心中另有所愛，而那個人就是我。桓玄這傢伙眞不是人，是畜牲。你的臉色爲何變得如此難看？」

劉裕強壓下心中的無奈和悲憤，道：「我對屠兄當時的情況，感同身受。」

屠奉三目光投往前方茫茫的黑暗，道：「直至她斷氣的一刻，她都不肯說出我的名字。」

劉裕劇震道：「桓玄竟辣手摧花？」

屠奉三道：「他天性凶殘，有甚麼事是做不出來的。」

劉裕皺眉道：「這樣的人，誰肯爲他賣命？」

屠奉三道：「現在他手下的大將，都是以前追隨桓沖的人，他只是承繼了桓沖的家當。我這次到江陵去，除了安排族人和舊部遷往邊荒集外，還要分化桓玄的勢力，令他只能倚賴桓氏將領。否則以現時北府兵四分五裂的情況，根本不是荊州軍的對手。」

劉裕道：「桓玄是否一直知道那女孩子愛的人是你呢？只是騙你說不曉得。」

屠奉三淡淡道：「是否如此再沒有關係。」

劉裕道：「當時桓沖尚在，怎容他隨便殺人？」

屠奉三道：「如她出身望族，事情鬧大，桓玄會很麻煩。只恨她是寒門之女，桓玄根本沒有任何顧忌。」

劉裕心忖縱是望族之女又如何，不是一樣難逃桓玄的魔掌嗎？

屠奉三吁出一口氣道：「由那一天開始，我雖然有過很多女人，卻從沒有像那次般動過心。只有紀千千令我想起她，她們有很多地方非常相像，尤其是她們的笑容和眼神。」

劉裕聽得發起呆來，如非他親口說出來，誰想到屠奉三有如此多情的一面。而屠奉三肯向他傾訴心事，顯示他已視自己爲知己。這個想法稍沖淡了他內心因王淡眞而起的痛苦。每個人都有一個故事，成爲藏在心底裏的秘密，可以告訴別人的會經過過濾，是淨化了的事實。他不相信屠奉三初戀對象的美麗樣貌，能和紀千千傾國傾城之色作比較，但卻深深明白存留在屠奉三記憶中，那女孩子的美麗倩影是沒有任何人可以替代的。

爲分散屠奉三的心神，也可使自己不用去想王淡眞，劉裕問道：「你和聶天還如何發展到現今勢不兩立的田地？」

屠奉三目光回到他臉上，凝神看他好一會兒後，露出一絲令人生出寒意的冷酷笑容，道：「我是因長兄被聶天還所殺，然後發憤做人，最後披甲上陣，全力與聶天還周旋。現在你該明白我爲何在曉得桓玄與聶天還勾結後，立即對桓玄死心，再不視他爲友。」

劉裕一呆道：「桓玄是逼你造反。」

屠奉三仰望星空，平靜的道：「我是抱著最壞的打算回江陵看個究竟，我已有爲族人收屍的心理準備，因為我太了解桓玄。桓玄的缺點很多，但也有不可忽視的專長，就是他的斷玉寒和軍事上的天分。人人以為在荊州最心狠手辣的人是我，但我知道在這方面我實遠比不上桓玄，他只會做最應該做的事。在他面前，任何疏忽，都會招來殺身之禍，他是絕不會容許你有翻身的機會。」

劉裕冷哼道：「他不是想將你趕盡殺絕嗎？你現在還不是活得好好的？」

屠奉三微笑道：「江海流的下場又如何呢？我是沾了你的運氣，才能坐在這裏與你暢談心事。自成立振荊會後，我便以為自己再交不到眞正的朋友，想不到先有慕容戰，現在則多了你和燕飛，確是異數。」

劉裕欣然道：「你肯視我為知己，是我的榮幸。」

屠奉三嘆道：「眞正的朋友得來不易，但也令我害怕。」

劉裕不解道：「好朋友有甚麼好害怕呢？」

屠奉三苦笑道：「人是會變的。我和桓玄自小是玩伴，一起讀書、一起習武，玩樂更是出雙入對，我從不視他為主子，他也沒有把我當作僕人。那時大家沒有機心，更沒有利益上的衝突，大家知無不言，言無不盡。他一直憤憤不平司馬氏對他們桓家的壓抑，我是完全站在他的一方。」

劉裕斷言道：「我和你的生死交情是永遠不改變的。」

屠奉三雙目神光閃閃的打量他，沉默片晌後，露出苦澀的笑容，道：「我絕不會懷疑劉兄此時此刻說話的誠意。但人的確會變，隨著權勢地位的不同，人會相應作出改變，也難以走回頭路，以前那一套再不適用，當你為保著眼前的一切，會不擇手段，其他一切將成為次要。」

劉裕欲語無言。比之淝水之戰前的自己，他也變了很多。之前的他很單純，滿腔理想。現在的自己仍是那個劉裕嗎？道：「我認同屠兄的見解，但我永遠不會變成像桓玄那樣的人。」

屠奉三點頭道：「因為你們基本上是南轅北轍的兩個人，出身更是天壤之別。你們現在的處境亦大有分別。不過隨著你不斷往上攀升，有一天你會到達他的位置，你再不能只憑自身的喜惡作決定，必須為全局著想，到那麼的一天，你會對我今夜說的話有全新的體會。」

劉裕暗嘆一口氣，老天爺為何教謝玄看上自己，將自己擺在這樣的一個位置呢？他現在確實全無退路，只有繼續朝目標邁進。岔開道：「這次到江陵去，你準備從何著手呢？」

屠奉三淡淡道：「我會找幾個有用的人談話。」

劉裕駭然道：「不怕太冒險嗎？你憑甚麼去打動桓玄的人？如被出賣，你肯定沒法活著離開江陵。」

屠奉三道：「憑的是桓玄反覆難靠的性情作風，未來情況的發展和我們將反攻邊荒集成功的事實。我並不要求立竿見影的成果，卻必須撒下種子。」

劉裕不解道：「未來的發展指的是甚麼呢？」

屠奉三沉聲道：「只要劉牢之眞的背叛了桓玄、王恭和殷仲堪的聯盟，桓玄這次肯定無功而退，這對他的聲威會造成嚴重的挫折。兼且兩湖幫和荊州軍這回攻打我們損兵折將，更令桓玄短期內無力行動。如這樣的情況發生了，老奸巨猾的司馬道子會如何利用這難得的機會呢？」

劉裕點頭道：「屠兄很有遠見。機會難逢，司馬道子不會錯過分化荊州軍的機會。」

屠奉三補充道：「司馬道子最會玩陰謀手段，更從我身上明白到桓玄最大的弱點，就是太自我中心只顧己利的本性。這樣的一個人，在有選擇下，沒有人肯和他共事的。我也是看準此點，才到江陵去試試看。即使不能扳倒他，也可以令他暫時無力進犯建康，爲我們反攻邊荒集爭取多點時間。否則如讓桓玄一舉攻陷建康，我和你肯定死無葬身之地。」

劉裕感激地點頭，道：「有屠兄助我，是我劉裕的福氣。」

屠奉三欣然道：「還說這些話幹甚麼，說到底我是爲了自己。不過照目前的情況發展，建康早晚會落入桓玄手裏。對我們來說，這事當然發生得愈遲愈好。」

劉裕道：「原來你仍保持如此悲觀的看法，我卻比你樂觀一點。劉牢之始終掌握著北府兵，對桓玄是不會坐視不理的。」

屠奉三道：「關鍵處在於司馬道子這個人，以前有謝安、謝玄在，處處掣肘。現在大權在握，必定設法打造出一支新兵，又會盡力削弱北府兵，如此他和劉牢之之間將出現不能化解的矛盾。」

劉裕道：「如出現那樣的情況，對我們有利無害，只要我們重奪邊荒集，劉牢之便要轉而和我們妥協。」

屠奉三道：「確是如此。不過我要指出的是劉牢之的動向問題。桓玄能否封鎖大江、攻陷建康，關鍵處在乎北府兵的態度。」

劉裕道：「最壞的情況，是劉牢之坐視不理，任由桓玄收拾司馬道子。不過只要北府兵仍在廣陵虎視眈眈，桓玄仍不敢坐上帝位。」

屠奉三哂道：「你太小看桓玄了，如發生那樣的事，桓玄便有機會展其所長，以暗殺、恐嚇、賄賂、分化等種種手段，將北府兵完全癱瘓。到那時候，只有一個人有令北府兵回天之力，而那個人就是你劉裕。」劉裕一時啞口無言。

屠奉三道：「我有一個請求。」

劉裕訝道：「爲甚麼忽然變得這麼客氣，大家兄弟，說甚麼都行。」

屠奉三目光投往淮水北岸的邊荒，一字一句的緩緩道：「有一天劉兄成爲南方最有權勢的人，請別忘記邊荒集，讓荒人繼續他們自由寫意的生活。」

劉裕愕然道：「你竟認爲將來有一天我會毀掉邊荒集嗎？這是絕不會發生的事。」

屠奉三苦笑道：「我不和你爭論這個問題，總有一天你會明白我爲何有這個請求。殺了桓玄，我也沒有興趣求甚麼高官厚祿、權勢地位，只希望有個棲身之所，而世上再沒有別的地方像邊荒集般適合我，我現在是爲將來作打算。到了！」

壽陽城出現在前方。它再不是一座普通的城池，而是代表著漢族的盛衰和榮辱，也是一代名將謝玄能名傳千古的象徵。

燕飛立在鎭荒崗，遙觀邊荒集的方向，只有微僅可察的一點燈火，顯示邊荒集正處於不尋常的狀況，敵人正戰戰兢兢地等待荒人的反擊，由主動變成被動。就在這高崗上，他與孫恩首次決戰，以他的敗北作終結，卻給尼惠暉帶走他，震斷他的心脈，把他埋在地底，避過孫恩的搜索。豈知第二次決戰，尼惠暉卻被直接捲入其中，更因抵受不住仙門關閉的能量爆炸，玉殞香消。三人裏，反以自己傷得最輕。他、孫恩和尼惠暉形成微妙的關係，欠缺任何一個人，肯定不能令三珮合一，開啓仙門。燕飛隱隱感到箇中實包含著玄妙的道理，卻沒法具體描述出來。這是否尼惠暉愛掛在口邊的「仙緣」呢？

唉！千千！現在如有你在我身旁，這世界將圓滿無缺。假如你在我的身旁，我會向你說：對我燕飛來說，你才是我的仙門，只有透過你，我才可以進入洞天福地。不過假設有一天我掌握了開啓仙門的法訣，又可以與你牽手離開，你是否願意隨我一道離開這個充滿了恨，也充滿了愛的世界，往彼岸而去，進入洞天福地，做一對神仙眷屬呢？想到這裏，燕飛奔下鎮荒崗，灑然閒適的朝邊荒集腳不沾地的掠去。他終於解決了心魔，把心門與紀千千等同起來，再次進入胎息的至境。

高彥笑道：「這就是我的七號行宮。」

尹清雅的手使個手法從他的掌握中掙脫出來，嗔道：「你這小子最會乘機佔便宜，我……」

高彥伸指按在唇上，作個噤聲的姿態，低聲提醒道：「不要那麼大聲，吵得它們曉得我們偷偷到了這裏來，我們便難有一個安寧的晚上了。」

尹清雅湊到他耳邊以低無可低的聲音道：「低聲說話有用嗎？聽說它們可嗅到活人的生氣。」

高彥給她的呵氣如蘭弄得癢癢的，心中甜如蜜糖，故意裝作聽不清楚的把耳朵貼向她的香唇，弄得尹清雅觸電般忙移開少許。高彥樂不可支，張口說話，兩唇開闔，卻沒有發出聲音。

尹清雅忘了罵他，緊張的道：「你說甚麼啊？」

高彥伸手摟著她香肩，湊到她晶瑩如玉的小耳旁，嗅著她秀髮散發充盈健康和青春香氣，心神俱醉的道：「我告訴你一個秘密，說了你便不會害怕。」

尹清雅給他唇邊指擦著耳朵，嬌軀輕顫，蹙起黛眉訝道：「是甚麼秘密呢？」

高彥另一手指著眼前位於後排，比起其他破屋較完整的房舍道：「你要留心聽我說話嘛！像這樣的行宮，在邊荒我共有十八所，這座的編號是七號，裏面有間乾淨的臥房，專供我落腳之用，且貼有惡鬼勿近的符咒，只要不離開房間，保證你可以好好睡一覺。」

尹清雅擔心的道：「那善鬼又如何？它們不是可以自由出入嗎？」

高彥差點語塞，只好胡扯應道：「善良的鬼頂多在旁看兩眼，絕不會騷擾我們。你如肯多喚兩聲夫君，讓它們曉得你是我的小媳婦，肯定它們不會踏入房間半步。」

尹清雅別過頭來看他，借點星月之光，看到他一臉陶醉的神色，醒覺過來，不悅地道：「你摟夠了嗎？」

高彥隨機應變道：「不要以爲我在佔你便宜，這是一個法力高強，專門替人捉鬼的老道士私下傳授給我的秘法，叫生氣聯盟，只要有情的男女摟在一起，便死鬼勿近，我是對你好啊！」

尹清雅懷疑的道：「哪有這回事呢？你又在騙清雅了。」

高彥道：「你忘了這是高家村嗎？我怎會在歷代祖宗前欺神騙鬼呢？」

尹清雅掙脫他的手，嗔道：「你這小子甚麼背宗叛祖的事做不出來呢？少說廢話，我們進去吧！」

高彥滿足的道：「小娘子請隨爲夫來。」尹清雅一指戳在他背上，痛得他直入心脾，仍不忘一把抓著她柔軟的小手，拉得她與自己繞到屋後。

尹清雅目光戒備地掃視屋後的疏林時，高彥放開她的手，打開關著的一扇窗，道：「小娘子請進！」

尹清雅不依的道：「你先進去！」

高彥道：「你不怕一個人留在外面嗎？」尹清雅再不答話，一溜煙般投進房裏去，高彥隨之。

「嚓！」尹清雅打亮火摺子，高舉手上，照明了這間只有一張床、一几兩椅的小房間，房子一角還有一個鐵箱子。房間倒算乾淨，顯然不時有人打掃清理。

高彥欣然道：「沒有騙你吧！被舖放在箱子裏。你看為夫多麼有辦法，跟著我絕不用捱苦。這個在邊荒廣設行宮之法，只有我想得出來，賺錢是要花得舒舒服服的。對嗎？」

尹清雅仍舉著火摺子站在房間正中處，神色不善的道：「你在騙我！」

高彥打開鐵箱，取出一盞特製的風燈，來到她身前，奇道：「我騙你？」

尹清雅嘟起小嘴狠狠道：「符咒貼在哪裏呢？」

高彥若無其事的道：「符咒有兩種，一種是有形的，另一種較高級，是無形的。只要你以劍指，向每道門窗畫出符號，畫符時念出甚麼『唵嘛叭彌吽，南無阿彌陀佛，太上老君急急如律令』，便完成最高級的猛鬼勿近符。」

尹清雅見他邊說邊手舞足蹈、比手畫腳，口中念念有詞。忍俊不住，「噗哧」笑道：「見你的大頭鬼，當本姑娘是三歲孩兒嗎？」

高彥提著風燈，朝房門走去。尹清雅嚇了一跳，呼道：「你到哪裏去？」

高彥在門前止步，故作不解道：「你不是要我去見大頭鬼嗎？他們是不准踏入房內半步的，我只好出去見它。」

尹清雅打個哆嗦，跺足道：「給我滾回來！」

高彥又回到她身前，道：「小娘子請點燈，荒野最忌點火，當火變藍時，便是鬼來了。」

尹清雅嚇得把燈點著，又把火摺弄熄。高彥把風燈放在一角，只照亮一小片地面，不虞燈火洩出屋外，頓然把房間的小天地化為舒適溫馨的棲身之所。

尹清雅退到榻沿坐下，輕輕道：「這個村根本沒有鬼，你是在耍手段佔我便宜。對嗎？」

高彥移到進屋來的那扇窗子旁，探頭往外窺視，然後打個寒噤，惶恐的把頭縮回來，又把窗門匆匆關閉，轉身挨著窗子道：「好險！剛有一隻攝青鬼路經窗外，到後邊樹林去不知幹甚麼。幸好我們的新房有最高級的無形符令保護，所以我們也變作無形，它看不見我們。」

尹清雅大嗔道：「還要裝神弄鬼，信你的是傻瓜。」

高彥笑嘻嘻來到她身旁坐下，道：「不信嗎？請小娘子移駕出去看看。」

尹清雅雙掌穿花蝴蝶般拍他背部數處穴道，高彥中招全身一軟，倒臥在床上，只能乾瞪眼。尹清雅跳將起來，扠著小蠻腰得意的道：「你以為我沒辦法對付你這頭小色鬼嗎？你最大的本事是乘人之危，拖拖拉拉，又摟又抱的，現在看你還有甚麼法寶。」

高彥沙啞著聲音道：「它們見你這樣對我，會以為是謀殺親夫，進來纏你便不得了。」

高彥雙目射出焦急的神色，又似不住以眼睛示意某種危險。尹清雅嗔道：「你可以說話嘛！」

尹清雅笑吟吟的道：「又露馬腳了！你不是說惡鬼不能踏入房中半步嗎？」

高彥嘆道：「我也說過此符只能止惡鬼，善鬼卻不受約束。所謂善惡之分，全在心中想作惡還是行善，它們進來救我，當然是好心做好事。」

尹清雅眼珠一轉，忽然拔出短刃，道：「我要殺你了！」

高彥雖手腳不能動彈，仍是表情十足，露出糊塗的神色，更由於他只是上半身躺在床上，雙腳仍然觸地，令他的表情配合姿勢尤其古怪惹笑。道：「你瘋了嗎？」

尹清雅再待半晌，收起短刃道：「鬼在哪裏呢？為何不見你的列祖列宗進來救你。差點給你唬著了。噢！你看甚麼？」

高彥正瞪大眼睛，瞧著她身後的窗。尹清雅旋風般轉身，尚未看清楚，窗門外傳來淒厲的呼號。尹清雅花容失色，驚呼一聲「鬼呀」，往後飛退，來到榻上，躲在高彥後方，抓著他肩頭，硬把他推得坐起來作人盾。

燕飛站在邊荒集西南的一座小丘上，默察邊荒集的情況。整個邊荒集只有四門外掛有風燈，全集陷入黑暗裏去，在漫天星斗下，充滿神秘詭異的氣氛。燕飛自問憑身手要偷入集，該是輕而易舉的事。滎陽都難不倒他，何況是熟悉的邊荒集。敵人總不能一天十二個時辰的守得潑水不入，只可能於戰略要點布崗哨，要防止的是大批來犯的荒人，而不是像他這般孤身劍客。問題是入集後又如何呢？如何可以找到波哈瑪斯以取他狗命？

看著邊荒集，心中洶湧著奇異的感覺。眼前的一切，彷如一個夢域。他也不是首次生出人生如夢的感受，問題在感應到仙門後那另一無窮無盡的天地後，他再不能以過去習慣了的心態去看這世界，因爲他清楚知道眼前的一切，極可能只是局限在生死之內的一場春夢。他並不想欺騙自己，正如尼惠暉說的，每一個人的內心深處，都暗藏著追求這道超脫生死的仙門的渴求，只不過給人世間種種情事蒙蔽了而已。洞天福地對他有莫大的吸引力。穿過仙門後，會是怎樣的境界呢？不過更清楚的是，縱使仙門現在在他眼前開啓，他仍不會踏入仙門半步。因爲他生有可戀，爲了紀千千，其他一切再不重要。

忽然間，他醒悟到自己正和生命熱戀著，而生命的最大成果，就是與紀千千的愛。仙門賦予他和紀千千相戀的另一重意義，也使他愛得更深刻，更沒有懷疑。心中一動。燕飛朝東北的天際望去，星空下一個黑點正在高空盤旋。這不是乞伏國仁的神鷹天眼嗎？念頭才起，他已往天眼出現的方向奔去。乞伏國仁到這裏來幹甚麼呢？

尹清雅只會發抖，哪還有半分高手的儀態，誰想得到此女天不怕地不怕，只怕惡鬼。高彥本只是裝模作樣嚇唬她，怎料到村內的猛鬼這般合作，配合得天衣無縫，登時嚇得牙關打顫，想提醒她解開自己的穴道都辦不到。呼號聲忽遠忽近，反覆呼喚幾個音，有時在村頭，忽然又到了村尾，總沒聽清楚鬼在叫甚麼。

尹清雅顫聲道：「千萬不要應它，一應會給它勾了魂魄去。」

高彥勉強控制著頦骨，艱難的道：「還不解穴。」

尹清雅失魂落魄的道：「我沒法運勁。」

鬼聲消去，回復安寧，可是那種猛鬼將臨的壓逼感，比鬼聲啾啾更使人感到害怕和軟弱。高彥道：「冷靜點！先解開我的穴道，然後我們有多遠逃多遠，永遠不再回來。」

尹清雅打個抖顫，駭然道：「人怎能跑得快過猛鬼？在這裏至少施了猛鬼勿近符，出去怎麼成呢？」

高彥痛苦得幾乎哭起來，正要不顧一切告訴她沒有甚麼猛鬼勿近符，遠方不知何處傳來一聲尖嘯。尹清雅一把將他摟個結實，大駭道：「其他猛鬼回來了！你的符咒頂得住一隻以上的猛鬼嗎？」

高彥反定下神來，這尖嘯聲肯定是由活人發出來的，究竟是怎麼一回事呢？忙道：「我必須再多畫幾道符，快解開我的穴道。」

尹清雅喘息半晌，緩緩放開他，然後連續數掌拍在他背上。高彥渾身一鬆，舒展手足後，毫不猶豫跳下床去。

尹清雅大吃一驚道：「你到哪裏去？」

高彥先把風燈弄熄，然後表現風媒本色，逐窗往外窺看，最後回到她身旁，道：「我有不祥的預感，還是走爲上策。」

尹清雅忙扯著他臂膀，道：「你不是要畫符施咒嗎？我絕不會陪你去送死的。」

高彥苦笑道：「鬼有很多種，照我看外面這隻是糊塗鬼，否則已來向我們索命，我們走了它們都不知道。」

尹清雅半信半疑的道：「你只聽聲音便知對方是糊塗鬼？」

高彥死撐道：「我當然認得我祖宗的聲音，它們都是最糊塗的鬼。」

尹清雅皺眉道：「既然你認得它們是你的祖宗，我現在又沒有害你，留在這裏有甚麼問題？」高彥登時啞口無言。

尹清雅一震道：「我明白了！外面的鬼與你根本沒有親戚關係，所以你怕得這麼厲害。」

高彥忙道：「對！就是這樣子！你眞聰明。」

鬼叫再起，這次來自屋後密林深處，離他們藏身的房舍不到半里，尖亢難聽，持續數息之久，自遠而近。尹清雅一呆道：「似乎是活人來呢！」

高彥沉聲道：「我們是遇上江湖人的秘密聚會，他們是以嘯聲互相呼喚。」

知道是活人，尹清雅登時神氣起來，驚魂甫定的道：「哼！差點嚇了我個半死，他奶奶的！讓我出去把他們每人痛揍一頓。」

高彥道：「你忘記了閒事莫理的江湖戒條嗎？」

尹清雅罵道：「膽小鬼！」

高彥失聲道：「你的膽子很大嗎？」

尹清雅重重在他臂膀捏了一記，警告道：「今晚的事，不准告訴任何人，否則本姑娘殺了你滅口。」

高彥痛得眼淚都掉下來，偏又不能出聲，心兒卻甜似蜜糖，那種滋味，只有自己知道。

尹清雅湊到他耳旁道：「又有人來了！功夫相當不錯呢。」高彥心忖若沒有兩下子，怎敢到邊荒來混。

燕飛從一堆亂石後竄出來，看著逐漸遠去的黑衣夜行人的背影，心中生出似曾相識的感覺，然後心中浮現赫連勃勃的凶悍模樣。竟然是赫連勃勃！以他在邊荒集聯軍內的地位，雖在姚興之下，卻穩穩凌駕宗政良之上。這麼一個人，鬼鬼祟祟的從邊荒集溜出來，肯定是幹見不得光的事。當然了！如他要去見的是乞伏國仁，是絕不可讓人知道的。燕飛感到是挑對地方了，只有找刺激的事做才可使他再次重新投入這人間世去。而眼前正是最刺激的事。這些念頭在剎那間閃過燕飛的腦海，他已在這被白雪淨化了的世界，隔遠追在赫連勃勃之後，朝天眼盤旋處的幽谷趕去。

劉裕坐在淝水西岸，呆瞪著這條因謝玄擊敗苻堅而名著天下的河流，背後是壽陽城。上一次他到壽陽，是在邊荒集二度失陷的當兒，同行的尚有江文清。當時他有強烈對不起謝家、有負謝玄厚愛的慚愧感覺，令他羞於面對淝水。現在是在大勝之後，更重要的是他在荒人心中建立了統帥的地位，奠定了反攻邊荒集的基礎。他必須儘快潛入壽陽城，直接到太守府見胡彬商量要事，滎陽既難不倒燕飛出入，要進入在防衛上遠較滎陽鬆懈的壽陽，該是他力所能及的，同時可以向胡彬顯示自己來去自如的本領。江文清的船隊將會趁黑夜越過壽陽的河段，到潁口攔截兩湖幫的糧船。由於胡彬奉劉牢之的命令開放淮水，以供兩湖幫通過，所以這方面該不成問題。他來找胡彬，不但要請胡彬暗中出力，讓他們的糧線能保持暢通，還要說服他全力支持自己，以對抗劉牢之。

想到這裏，心中不由浮現江文清的玉容。唉！江文清無可否認是位動人的美女，既有才情更非常有才幹，對自己的態度也不只是合作夥伴般簡單，大家且曾相偕逃亡，出生入死。可是為何她總不能像王淡真般觸動自己的心？現在因王淡真的殘酷打擊，他對男女之事更是心如止水，有種哀莫大於心死的感受。王淡真現在該已抵達江陵，桓玄會如何對待她呢？想到這裏，他彈跳了起來，朝壽陽奔去。他行囊裏有攀城的工具，可讓他跨越壽陽的高牆，偷入城內去。為了轉移因王淡真而來的無奈和悲憤，他不可以讓自己閒下來。他不單要反攻邊荒集，還要接掌北府兵，直到殺死桓玄的一刻。未來的路漫長而艱苦，可是他卻甘之如飴，因為他既沒有更好的選擇，也沒有退路。

「砰！」大門被人硬以掌力震破的聲響傳入耳中，高彥和尹清雅在黑暗裏對望，同時提高戒備。有人進入了前進的房子，與他們只隔開一個天井。只要對方循例到全屋各處搜看，將會發現他們。

尹清雅湊到高彥耳邊道：「此人的掌力陰柔得使人吃驚。」

高彥心中同意，起始的聲響並不猛烈，木門卻受不住化為殘片，就像輕撫一下，木門卻禁受不起。

這批人顯然不是等閒之輩，尹清雅武功雖高，對方卻人多勢眾。不由伸手指了指窗門，問她該不該立即從窗門離開。

尹清雅尚未來得及答他，風聲自遠而近，有人掠過窗外，繞往房舍前方去。忽然間，五、六個人的聲音在前進齊聲道：「拜見小姐！」高彥和尹清雅齊吃一驚，發聲問好者有男有女，只看他們無聲無息的抵達此村，便知人人身手高明，不是一般江湖人物。這樣的高手要找一個已不容易，何況多達五至六人，而被稱為小姐的，武功地位當然在他們之上。兩人想破腦袋，也想不到他們是何方神聖。此時他們又不想走了。

一個陰柔悅耳的女子聲音道：「你們到處留下暗記想見我，究竟為了甚麼事呢？你們不是與佛娘在一起嗎？」

高彥心中一震，曉得說話者是何人。佛娘當然是尼惠暉，這批人是彌勒教的餘孽，被尊稱為小姐的便是殺死曼妙的楚無暇。不由也心中奇怪，究竟發生了甚麼事呢？

另一女子的聲音道：「小姐請容喬琳報上詳情，佛娘率領我們追捕燕飛，卻發覺持心珮者已換上宋悲風，還數次被他以狡計甩脫，最後追至邊荒集東南面，穎水東岸白雲山區內的臥佛寺，佛娘竟失去對心珮的感應。」

一個男子的聲音續道：「佛娘當時的神情很古怪，竟拋開一切默坐不語，近半炷香的時間後，站起來宣布解散彌勒教，要我們立即離開。」

另一人接著道：「佛娘神情堅決，也沒有解釋為何有此決定，我們不敢違背她的意旨，只好先離開白雲山，到附近商量，希望佛娘回心轉意，召我們回去。」

高彥湊近尹清雅耳語道：「是彌勒教的楚無暇和四大金剛，另兩人該是建康明日寺的竺雷音和妙音尼。」

尹清雅嬌軀微顫，顯示出心中的震盪。對四大金剛她或許並不清楚，但楚無暇如何厲害，她卻曾親眼目擊，還過了兩招。高彥乘機詐顫納福，伸手去摟著她不盈一握的小蠻腰，值此凶險時候，分外感受到有美在抱溫柔香艷的迷人滋味。尹清雅輕捏了他作怪的手一記，卻沒有扯開他的手。那種半推半就，似是默許的動人情態，幾乎把高彥的心融化了。

楚無暇淡淡道：「彌勒教早沒有了。」

該屬妙音的女子聲音道：「我們從早苦候至深夜，然後非常奇怪的事發生了，白雲山臥佛寺所在處傳來地動山搖的巨響，白光沖天而起，光耀數十里，當時天朗氣清，沒有雷電，如此異象，我們從沒見過。」

楚無暇沉聲道：「竟有此事。」

蒼老的男聲道：「妙音說的句句屬實，沒有一字虛言。」

楚無暇道：「狄漢由你來說。」

高彥心忖一定是楚無暇與狄漢關係較佳，又或在眾人中狄漢比較老實，所以楚無暇指定狄漢說話。如此看彌勒教的人互相間並不信任，以前還可仗著對竺法慶的信念，把眾人團結在同一信仰下，現在則各懷鬼胎，純是爲某種利益而結合在一起。尹清雅腰肢柔軟纖巧，不由使他想起爲她揉小肚的情景。美麗的小精靈似乎對他有機會便佔便宜習以爲常，還很享受的模樣。

狄漢清清喉嚨，道：「我們當時在潁水東岸，離白雲山足有五十里。離開這麼遠後我們才敢再次聚集，是怕佛娘見到心中不高興，唉！」

楚無暇不悅道：「不要說廢話，臥佛寺究竟發生了甚麼事？」

狄漢道：「我們立即趕往白雲山，抵山區時已天明，遇上姚興和宗政良等率人到白雲山去，只好待他們離開才到臥佛寺去。」

喬琳接下去道：「豈知臥佛寺已消失無蹤。」

楚無暇失聲道：「甚麼？」

狄漢道：「臥佛寺所在處只遺下一個廣闊達數十丈，深達數丈的大坑穴，臥佛寺和周圍的樹木化爲飛灰，令我們人人發呆，不敢相信。」

楚無暇道：「佛娘呢？」

妙音道：「我們只找到佛娘的斷折拂塵，佛娘卻消失無蹤，怕是凶多吉少。」

四周頓時鴉雀無聲。高彥和尹清雅亦聽得驚疑不定。好一會後，楚無暇道：「若是佛娘找到心珮，破解了洞天珮的千古奇謎，成功令三珮合一呢？」

蒼老的男聲道：「如此看三珮合一不但沒有顯示洞天福地的所在，反而是一場災難，令佛娘化作飛灰。」

楚無暇道：「除非找到佛娘，否則此事的眞相將成爲奇謎。」又道：「好了！你們找到我又如何呢？我也不知道發生了甚麼事。」

妙音道：「我們想請小姐繼續領導我們，振興彌勒教。」

楚無暇發出一陣冷笑，然後陰惻惻的道：「你們心中眞是這麼想嗎？」

喬琳嘆了一口氣，道：「多年來，我們一直對佛爺忠心耿耿，爲彌勒教盡心盡力，忽然間變得一無所有，所以希望小姐體恤我們，讓我們可以分享佛藏內的寶物。」

尹清雅在高彥耳邊道：「窮鬼！你發財的機會來了！」

高彥忙道：「是我們的機會。」

前進倏地靜至落針可聞。「錚！」竟是拔劍的響聲。

〈卷七〉

第七章◆災異呈祥

第七章 災異呈祥

不論楚無暇劍法如何厲害，如何盡得竺法慶和尼惠暉眞傳，也沒法憑一人之力，同時應付彌勒教的四大金剛，何況尚有竺雷音和妙音兩個在建康響噹噹的人物。且六人有備而來，擺明如楚無暇膽敢拒絕說出佛藏的秘密，便聯手圍攻，將她生擒，逼她透露。豈知劍甫出鞘，竺雷音等六人立即驚呼四起，陷入惶恐和混亂中，聽得躲在後進房間內的高彥和尹清雅面面相覷，不明所以。「呀！」一聲淒厲的慘叫撕破了荒村的寧靜，蓋過了所有兵刃交擊聲和呼喝。接著是連串痛哼和怒叱，四大金剛一方顯然近乎沒有還手之力，處於絕對的下風。

高彥認得發出臨死前慘呼的是那蒼老的聲音，眾人中當以他武功最高明，所以成爲楚無暇首要清除的敵人，竟是幾個照面，立即喪命，令人無法相信，湊到尹清雅耳邊道：「老傢伙完了。」

尹清雅花容失色道：「怎會是這樣子的呢？」

另一聲慘叫傳來，接著是人體拋擲撞牆後墜地可怕的骨折肉裂的聲音。

高彥續向尹清雅耳語道：「楚妖女用了卑鄙手段。」

兵刃聲倏止，只剩下四個人的喘息聲，顯然是短暫的血戰裏，他們已用盡了力氣，否則不會發出沉重至此的喘氣。

楚無暇嬌笑起來，道：「你們膽大包天，竟敢來向我討寶，是我欠了你們的嗎？」

窗門碎裂的聲音傳來，同時響起勁烈的破風聲，然後是重物落地的聲響，該是有人破窗逃走，卻被楚無暇一掌隔空命中，墜斃屋外。

妙音的聲音抖顫著厲呼道：「楚無暇你好狠，竟在燈芯弄了手腳。」

楚無暇笑道：「妙音你也不是第一天到江湖來混，竟說出這麼可笑的話？想不到吧！我點燃的是來自漢代用毒大師無心子的『萬年迷』，無色無味。唉！我本來是用來對付燕飛的，現在卻不得不用在你們身上，浪費了寶物，你說你們是否罪該萬死呢？」

尹清雅的小嘴貼著高彥的耳朵道：「我們走！」

換了平時，高彥會乘機親她一口，此時卻完全失去了心情，道：「你打不過她嗎？」尹清雅肯定的搖頭。

喬琳喘息的道：「我們知罪了，請小姐念在我們一向盡心盡力爲佛爺和佛娘辦事，放過我們，我們可以立誓永遠不提佛藏的事。」

狄漢接下去道：「小姐該知我狄漢對你一直忠心耿耿，只要小姐肯放過我，我狄漢願意永遠追隨小姐。」喬琳和妙音同時叱罵，不滿狄漢只爲自己求情，出賣她們。

完全控制了局面的楚無暇嗤之以鼻道：「你眞的對我忠心耿耿嗎？我看你只是對我的身體有興趣吧？哼！無事獻殷勤，你道我是今晚才想殺你嗎？」

狄漢怒叱一聲，兵刃聲起。楚無暇一陣嬌笑，接著是兵刃墜地的激響，狄漢往後跌退，每一步踏地，均重重敲進旁聽的高彥和尹清雅的心坎裏去。

尹清雅猛扯高彥的衣袖。高彥低聲道：「最安全是留在這裏。」

狄漢慘叫聲傳至。楚無暇若無其事的道：「眞蠢！一句話便給我試出來，如繼續求饒，說不定我會心軟放過你。」

「噹！噹！」兩把兵刃先後掉在地上，當是喬琳和妙音兩人放棄反抗，討饒求情。高彥心忖如此殘忍狠毒的女人，還是首次遇上，如被她察覺他們的存在，肯定他和尹清雅今晚要作一對同年同月同日死的同命鴛鴦。

喬琳喘息道：「我們服了，任憑小姐處置。」

妙音也哀求道：「請小姐大發慈悲，看在同爲女兒家的分上，網開一面。」

楚無暇柔聲道：「對！看在大家同爲女兒身分上，讓我來告訴兩位一個秘密，就是我楚無暇並不曉得佛藏在哪裏。」喬琳和妙音一時都說不出話來。

楚無暇續道：「佛爺根本沒有把我當作是他的女兒，只是看中我的根骨，把我培養成有用的工具。他也從沒有愛過我娘，只迷戀那個女人，也只有他和那個女人，方曉得多年來從北方各大佛寺搶掠搜刮回來的珍寶放在哪裏。你們明白嗎？」

妙音囁嚅道：「既是如此！小姐爲何不早點說清楚呢？」

楚無暇道：「你們會相信嗎？我看到你們召喚我的暗記，便知道你們居心不良，志在佛藏。不論我說甚麼，也會下手逼我說出來，我唯一的選擇是先發制人，把你們全部殺死，一了百了。」

喬琳道：「原來如此，現在既弄清楚眞相，我們再不敢煩擾小姐。」

楚無暇淡淡道：「你以爲我會留下你們兩個禍根嗎？」

破風聲起，顯是兩女知情況不妙，盡最後努力分頭逃走。慘叫聲同時響起，接著重歸沉寂。躲在內進的高彥和尹清雅連指頭也不敢動一下，心中唯一願望是楚無暇儘快離開。

劉裕輕叩窗門，仍透出燈火的書房內傳來胡彬的低呼聲道：「誰？」

劉裕早看清楚周圍形勢，附近並沒有衛士，應道：「是我！劉裕。」

窗門「咿呀」一聲打了開來，兩人四目交投，胡彬道：「快進來！」

劉裕穿窗而入。胡彬著他到一角坐下，歡喜的道：「我正為你擔心，怕你和荒人混在一起，難逃劫數。」

劉裕微笑道：「難逃劫數的另有其人，我這次來是要請你老哥暗中出力，助我們收復邊荒集。」

胡彬露出難以相信的錯愕神情，失聲道：「你們竟擊垮了荊州和兩湖的聯軍？」

劉裕再次體會到這次大勝的影響，不管其中帶有多少幸運的成分，可是自己作為謝玄繼承人的地位，已因此戰而確立。淡淡道：「郝長亨的三十艘戰船，只有七艘成功逃走。由桓偉率領的荊州騎兵，則棄戈曳甲落荒而逃，被我們搶得三千多匹戰馬和大批糧資。我方陣亡者在百人以下，經此一役，我看桓玄短期內將沒法再對我們發動大規模的攻勢。」

胡彬瞪大眼睛道：「你們是如何辦到的？」

劉裕把情況說出來，道：「我們是鬥智不鬥力。你該曉得我被逼立下軍令狀一事吧！」

胡彬顯然仍未從波動的情緒回復過來，喘了幾口氣，點頭道：「劉牢之這次實在過分，擺明是要把你逐出北府兵，不過依現在的情況發展，可能難如他所願。」稍頓續道：「你是不是想我為你封鎖潁口呢？」

劉裕從容道：「這方面劉牢之自有主張，接到他的命令後再執行也不晚。」

胡彬劇震道：「你的意思是……」

劉裕沉聲道：「如我所料無誤，何謙已命喪司馬道子之手，而劉牢之則改投向司馬道子的陣營，背叛了桓玄和王恭。」

胡彬色變道：「不會吧？」

劉裕道：「事實會證明我的猜測是對是錯，且會是發生在十天半月內的事。」

胡彬深吸一口氣，壓下激動的情緒，道：「不論你要我如何幫忙，我都會盡力而爲。」

劉裕明白他的心情，胡彬就像其他北府兵般，對劉牢之生出失望的情緒，而自己則成爲他們心中擁戴的謝玄的繼承人。胡彬更比任何人明白他與謝玄的關係，這番話等於表明他已選擇站在自己這一邊，即使要公然對抗劉牢之，也在所不惜。

劉裕道：「我們將在離潁口不遠處，一道支流的小湖集結兵力，號召荒人聚義，準備大舉反攻邊荒集。只要我們的糧線保持暢順，我有把握在短短數月內光復邊荒集。只要邊荒集重歸荒人之手，打通南北脈氣，我們將有本錢和南方任何人周旋。」

胡彬道：「誰供應你們糧資呢？」

劉裕答道：「糧資由佛門供應，孔老大負責籌措和輸送，只要你老哥睜隻眼閉隻眼，讓我們糧貨無缺，事情就成功一半了。」

胡彬一口答應道：「這樣的小事也辦不到嗎？你可以放心。攻克邊荒集後又如何呢？」

劉裕笑道：「當然是重新歸隊。」

胡彬一呆道：「劉牢之怎肯就此罷休，他要害死你只是舉手之勞。」

劉裕道：「我們和他走著瞧吧！玄帥最不想見到的是北府兵的分裂，我們須謹遵玄帥的意旨辦事。」

胡彬吁出一口氣，點頭道：「明白了！」

劉裕伸出雙手，和他緊握在一起，心中一陣激動。胡彬的支持，對他是那麼實在和有用，正因北府兵內大部分由謝玄親手提拔的將領，都是有勇氣和正義感的人，所以北府兵仍然有希望。

胡彬道：「還有個消息和一件怪事必須告訴你。」

劉裕鬆手訝道：「甚麼怪事？」

胡彬道：「怪事稍後說。消息則事關重大，王國寶十天前經這裏撤返建康，可是桓玄聲討他的奏章像追命的符咒般直追到建康去，細數王國寶勾結彌勒教妖人的諸般罪狀，矛頭直指包庇他的司馬道子，荊州軍同時在江陵集結，大戰看來無法避免。」

劉裕雙目亮起來，道：「王國寶完了。」

胡彬錯愕道：「司馬道子如殺王國寶，豈非向天下承認自己用人不當？以後還有臉見人嗎？」

劉裕道：「不如我們換一個角度去看，王國寶已失去利用的價值，讓他留在世上，只會成爲司馬道子的負累。司馬道子老謀深算，肯定有辦法將此事處理得漂漂亮亮的，且令桓玄一方師出無名。」

胡彬目不轉睛的打量他，點頭道：「你的想法的確與眾不同，而你的想法是對是錯，很快可以揭曉。」

劉裕嘆道：「桓玄此著是聰明反被聰明誤，由此可知他智謀的深淺，只要劉牢之選擇站在司馬道子的一方，他將優勢盡失。好了！究竟發生了甚麼怪事呢？」

胡彬臉上出現迷茫裏帶點驚懼的奇異神色，道：「前晚臨近天明前，邊荒傳來驚天動地的巨響，整座壽陽城也似晃動起來，很多人在睡夢中被驚醒，我也是其中之一。」

劉裕愕然道：「竟有此事！我們卻聽不到任何聲音。」

胡彬道：「你們那時該正與敵人交戰，哪有閒情理會其他事？何況距離遠了許多。」

劉裕道：「究竟是怎麼一回事呢？」

胡彬道：「翌晨在邊荒執行巡察任務的探子回報，白雲山區出現從未見過的異象，白光沖天而起，地動山搖，把整座臥佛荒寺毀掉，只剩下一個寬廣數十丈，深至兩丈多的大坑穴，威力驚人至極點。」

劉裕聽得目瞪口呆，好一會方道：「究竟是怎麼回事？」

胡彬道：「消息傳至壽陽，立即弄得人心惶惶。我們壽陽軍裏一個負責文書的長史官說這是天降的災異，主大凶。唉！南方多事了。」

劉裕道：「胡將軍有沒有把此事上報建康？」

胡彬苦笑道：「我正爲此煩惱，上報的話，司馬道子會以爲我受人指使，造謠生事。不報的話，這種事哪能瞞得住呢？又會怪我知情不報，犯了欺君之罪。我直至這刻仍未就寢，正是爲此事憂心。」

劉裕皺眉道：「古時天降災異，爲君者必須祭天謝罪，以安定人心。在一般情況下，只要如實報上，沒有人可以怪你。但現在確實情況特殊。既然如此，你爲何不把這個燙手山芋交給劉牢之，由他作決定呢？」

胡彬道：「這是沒有辦法中的辦法，事實上我早派人知會劉牢之，由他決定好了。」

劉裕道：「我要去看看。」

胡彬道：「據那長史官說，坑穴該是由天上降下的大火石猛烈撞擊地面而成，這是改朝換代的大凶兆。我睡不著覺最主要的原因正在於此。因爲不曉得崛起者是桓玄還是孫恩，又或慕容垂統一北方後趁勢席捲南方，現在終於放下心事。」

劉裕不解道：「爲何你又忽然不爲此煩惱？」

胡彬雙目發亮起來，閃閃生輝的瞧著他，沉聲道：「你不覺得災異發生的時機巧合得教人驚訝嗎？」

劉裕一頭霧水的道：「巧合在甚麼地方呢？」

胡彬道：「當然是劉裕你作統帥的首場大捷，災異剛好發生在你大勝的一刻，更發生在邊荒之內，離開戰場只百里許的距離，就像爲你助威敲響戰鼓一樣。這叫天人交感，絕不是偶然的。」

劉裕聽得倒抽一口涼氣，道：「不要嚇我！如你這番話傳了出去，我將成爲眾矢之的，肯定活不長久。」

胡彬雙眼眨也不眨的瞧他，正容道：「縱然沒有這場災異，你以爲可以安安樂樂的過日子嗎？自玄帥看中你的那一天起，你注定要逆境求生，直至沒有人能威脅你而止。局勢再不容許你苟且偷安，只能放手大幹，完成玄帥統一天下的遺願。我對你有很大的期望，朱序大將更視你爲北府兵的希望。」

劉裕感到整條脊骨寒颼颼的。他因失去王淡眞，立志要登上北府兵統領的寶座，好向桓玄報復，亦不負謝玄的厚愛。可是北府兵權在握後去向如何，他想也不敢想，因爲實在太遙遠了。不過胡彬雖然沒有明明白白的說出來，卻清楚而不含糊地暗示自己是上天揀選出來改朝換代的人物。而不管自己是否願意，別人對他的期望會變成壓力，令他不得不順應人心，作出別人期望的事。我的娘！自己的本意只是想成爲南方最有實權的人，像謝玄又或以前的桓溫，把一切決策掌握在手裏，然後完成祖逖的未竟之志，北伐成功。卻從沒有想過當皇帝。老天爺的意旨竟是這樣嗎？這是否謝安和謝玄看中自己的眞正原因呢？

胡彬道：「在目前混亂不清的形勢裏，你不單是北府兵未來的希望，更是南方最後的希望，讓我坦白告訴你吧！就在今夜此刻，我胡彬決定捨命陪君子，看錯了人算我倒楣，卻絕不會後悔。我會全力支持你的任何行動，只要你能光復邊荒集，天下間再沒有人敢懷疑你是天命所屬。趁現在有點時間，我們要好好研究該採取的策略。」

劉裕能夠說不嗎？忽然間，他清楚掌握到將來的路向，那或許不是他選擇的，不過卻只有這條路可走。

孫恩在溪水旁站起來，默立在樹林內的暗黑裏。當他到達這道流經野林的小溪，以他通天徹地的超凡本領，也感到如再硬撐下去，因遭受洞天珮合璧而來的創傷，會演化成永不能治癒的內傷，所以縱然仍在邊荒險境內，他也不得不拋開一切，就地默運玄功，療治傷勢。經過一天半夜的道修，他的內傷終穩定下來，恢復了六、七成的功力，度過難關。他現在的心神有點像是脫韁野馬，不受控制地馳騁著，近數十年來，他的情緒從沒有這一刻般波動著，這是少年時代才有的情況。他本以爲對尼惠暉已心如止水，斷去所有凡念，可是面對她的時候，才發覺自己錯得多麼厲害，嚴重到不忍對她下殺手。正因心神未處於黃天大法的虛空狀態，燕飛「執假爲眞」的一句話才能乘虛而入，令他露出不應有的破綻，身法慢卻一瞬，幾乎被燕飛以奇招要了自己的命。但也因緣巧合，令他得窺天地心三珮合一後的天地之秘，感應到仙門的存在。切身地體會到仙道的追求，並非他一廂情願的想法，而是確實存在著。當陽之至極遇上陰之至極，兩極相交，將產生能洞穿虛空的驚人力量，開啓仙門，到達生命的彼岸。練虛合道，正是指此。

他終於明白了。心中的激盪，實在沒法告訴任何人，只有燕飛是例外，因爲燕飛也同時感應到仙門。可是他卻眼睜睜瞧著仙門開啓和關閉，因爲他的黃天大法走的是太陽眞火的路線，強行進入兩極相交的仙門，會在進入前化爲飛灰。必須有太陰眞水相輔相成，方能穿門而去，成仙成道。昨夜的經歷，令他掌握到黃天大法的不足處，曉得該努力的方向。他有一種不知以何種態度對待燕飛的猶豫。當他命中燕飛的一刻，始驚覺燕飛護體眞氣的反擊，是水毒而非丹劫的先天眞氣，使他摸錯門路，未能竟功。燕飛已具備進入仙門甚至開啓仙門的初步條件，優於他現在的情況。他該如何對待燕飛呢？想到這裏，孫恩暗嘆一口氣。幸好現在他根本無力追殺燕飛，所以可以暫時不想此事，一切只好待回到南方養好內傷再作思考。孫恩心神回復平靜，離開小溪，朝南幽靈般穿林過野的去了。

天眼在夜空盤旋，正全神貫注地，用牠的銳目監視著主人所在處的雪原。乞伏國仁仍是身披紅袍，令燕飛感到他是爲天眼而作此裝扮，好讓愛鷹能在高空上容易辨認，否則何須冒此輕易暴露身分之險。燕飛藏在疏林區邊緣處，眼看著赫連勃勃不住接近乞伏國仁，卻毫無辦法再潛近一點，以竊聽兩人的對話。乞伏國仁的高明處，是現身於廣闊達數里的平坦雪原中心處，再由天眼居高監視，不但不虞有敵人能潛近，也是最佳的防範手段，即使赫連勃勃心懷不軌，亦無法可施。燕飛離兩人會面處足有兩里之遠，除非變成神仙，否則休想聽到半句話。想到這裏，心中苦笑。對「神仙」一詞，他已有全新的體會和理解。兩人終於面對面站著，說起密語來。燕飛心忖如果自己不是身負內傷，便可以刺殺赫連勃勃，爲拓跋珪解決一個勁敵。可惜自己現在的情況，實不宜與這樣的高手作生死搏鬥，皆因勝負難測。難道便如此白走一回嗎？想到這裏，心中靈光一閃，浮現出一個近乎異想天開的大膽念頭。

前進傳來楚無暇的聲音道：「你們這幾個傢伙的功夫眞不錯，著了道兒後仍這麼厲害，害得我也受了傷。」接著是跌坐地上的聲響。

尹清雅湊近高彥道：「她在療傷，我們快走。」

高彥心中奇怪，以尹清雅的膽大妄爲，聽到對方負傷，怎會全無乘機偷襲之意。由此觀之，楚無暇當夜在大江上斬殺曼妙，在小白雁心中留下深刻的印象，令她不敢興起對抗楚無暇之心。想到這裏，色變道：「有詐！」

尹清雅大吃一驚道：「不要嚇我！我們快走。」

高彥道：「剛才你叫了聲『有鬼』，已引起她的驚覺，卻因要對付那幾個傢伙，所以無暇理會我們。她已認出是你好聽的聲音來，所以故意誆我們魯莽的溜出去，她則乘機偷襲下殺手。如此看她確實受了不輕的傷，所以不得不用點手段。」

尹清雅花容失色的道：「那如何是好？」

其實高彥也害怕得要命，不過尹清雅武功雖較自己高強，論江湖道行則力學不輟也追不上他，爲了兩人的小命，必須冷靜下來，充當眞正救美的英雄。高彥兩眼上望，示意楚無暇已無聲無息的來到瓦頂上，任他們從何處竄逃，她仍能居高施襲。

尹清雅無助的道：「怎辦好呢？」

高彥耳語道：「我打開窗門時，你便把門閂拉開，記得兩件事同時進行。」

尹清雅搖頭表示不明白他說甚麼時，高彥已跳下床去，脫下外袍拿在手裏，移到與房門相對的窗子前面去。尹清雅呆看著他，直到他打手勢提醒，方醒覺過來，躍往門旁。高彥點頭示意後，就那麼拉開窗門，推開窗門。尹清雅同時行動，拉開身旁的門閂。高彥甩手便把外袍從窗門擲出去，破風聲起，彷如有人穿窗而出，投往屋外密林。上方傳來楚無暇的嬌叱，跟著是劍氣破空的異響，直追外袍而去。高彥此時已來到尹清雅身旁，扯著她推門撲出，來到天井處，再躍上牆頭，逃命去也。

燕飛從藏身處閃出，攔著赫連勃勃去路，後者猝不及防下大吃一驚，往後疾退逾丈，論反應及身手，均是一等一的迅捷。即使燕飛蓄意偷襲，怕亦難以得手，何況他內傷未癒。從頭到腳都包裹在黑布裏，只露出眼、耳、口、鼻的赫連勃勃雙目精光閃爍，顯然在提聚功力，以應付燕飛。他沒有武器隨身，不過他力能轟斃花妖的拳頭足令任何人不敢輕忽。

燕飛微笑道：「赫連兄別來無恙！」

赫連勃勃知道瞞不過他，緩緩揭開頭罩，收進懷裏去，冷然道：「燕兄不愧天下最出色的刺客，竟能於此處攔截本人。不過燕兄既然精通刺殺之道，該知不可容被刺者有喘氣的機會。我懷裏有訊號火箭，如召來援兵，恐怕燕兄難以脫身。」此處離邊荒集只有兩里多路程，是一片位於集外西北方的野林，只要喝一杯熱茶的工夫，敵方高手便可以抵達。當然，赫連勃勃必須撐至那一刻。

燕飛從容道：「赫連兄若還有放煙花的興致，燕某絕不阻撓。」

赫連勃勃泛起怒容，喝道：「燕兄究竟有何意圖，請即道來。」以赫連勃勃一貫強橫凶悍的作風，竟不敢主動出手，可知燕飛如今威名之盛，足以震懾任何人。

燕飛踏前三步，拉近與對方的距離，好整以暇的道：「我想和赫連兄打個商量，做一件對你對我均有利的事。」

赫連勃勃見他不是要對付自己，大感錯愕，皺眉道：「燕兄好像忘了於公於私，我們均沒有合作的可能。」

燕飛笑道：「眞的嗎？若是如此，赫連兄爲何偷會乞伏國仁呢？」

赫連勃勃色變道：「你在威脅我！」

燕飛雙目神光乍閃，平靜的道：「讓我們打開天窗說亮話，你既然暗中與乞伏國仁來往，顯然只是詐作投誠姚萇，事實上另有圖謀。我燕飛也不慣揭人私隱，如果你對我的提議沒有興趣，此事就此作罷。」

赫連勃勃神色緩和下來，道：「燕兄確是好漢子，本人洗耳恭聽。」

燕飛淡淡道：「我要殺那個波斯來的法師。」

赫連勃勃失聲道：「這是不可能的，你竟聽到我和乞伏國仁的對話。」

燕飛心中好笑，赫連勃勃和乞伏國仁的對話裏肯定提到波哈瑪斯，並同意必須除去此人，自己誤打誤撞的對上了，故令赫連勃勃誤以爲他竊聽到他們的談話。道：「赫連兄不要誤會，我只是隔遠看到你們，卻聽不到你們的談話。」

赫連勃勃露出古怪的神色，吁出一口氣道：「縱然燕兄是我的敵人，我也不得不承認燕兄是君子。我剛才使詐，想試你是否聽到我們的密談，請勿見怪。」

燕飛啞然笑道：「赫連兄最愛把勾心鬥角的那一套搬到邊荒來。言歸正傳，無論此事是否有合作的可能，事後我們敵對的情況仍沒有改變。」

赫連勃勃沉吟片刻，道：「爲了一個呼雷方，值得燕兄你冒這個險嗎？如你能成功殺死我，效用不是比解救呼雷方更大嗎？」

燕飛心忖我不是不想殺你，只是現在力有未逮，故不得不另作選擇。赫連勃勃這番話既顯示他對呼雷方的事知情，更借此試探自己的心意，逼自己作出不掉轉劍鋒對付他的承諾，充分表現出他的精明老到。道：「赫連兄不用多疑，我說得出要與你合作，就絕不會扯你的後腿。將來的事誰都沒法預測，但我幹掉波哈瑪斯後，會立即離開，即使失手遭擒，也絕不會供出赫連兄在背後出力。不過赫連兄也別出賣我，否則我會不擇手段的報復。」

赫連勃勃苦笑道：「由首次在邊荒集與燕兄碰頭，我便知燕兄並不好惹。放心吧！燕兄只要透露本人密會乞伏國仁的事，我便要吃不完兜著走，怎敢出賣燕兄呢？更何況如你眞能刺殺波哈瑪斯，對我有百利而無一害。」

燕飛欣然道：「如此赫連兄是決定與我合作了！」

赫連勃勃點頭道：「只有一個條件，就是燕兄必須爲我守密，絕不能把我私見乞伏國仁的事透露予任何人，包括你的荒人兄弟在內。」

燕飛心忖若告訴任何人，他燕飛竟會與赫連勃勃合作去做一件事，肯定不會有人相信。道：「一言爲定！」

高彥嘆道：「這次名副其實是洞房，只是少了花燭。」

擠著他坐在小洞裏的尹清雅嗔道：「安靜點行嗎？惹得那惡女回來，你須負責去餵她的劍。」

高彥道：「放心吧！我看她此時早追到十多里外去。看！跟著我是多麼刺激好玩！小娘子現在該進一步了解爲夫爲何不肯隨你回兩湖去。在邊荒，我是法力無邊、神通廣大的首席風媒，處處掌握玄機。像這個村後的荒山小洞，便是我爲自己預備的避難所，只要把草叢撥開，便可以神不知鬼不覺的躲進來，這回更大大派上用場，這可是當年我掘了七日七夜，才掘出來的。」

尹清雅「噗哧」笑道：「七日七夜？哼！你這誇大的說謊鬼。噢！差點忘記提醒你，現在並非在你見鬼的高家村內，你的鄉親父老不在身旁，如你仍甚麼娘子啊爲夫呀的佔我口舌便宜，我會割掉你一截舌頭。」

高彥心中一陣甜蜜，在緊擠著她嬌軀之際，她竟不怪自己揩油，只怪自己言語輕薄，那種默許的動人神態，說有多迷人就有多迷人。忙陪笑道：「我的小清雅息怒，噢！」尹清雅橫肘撞了他脅下一記，痛得他叫起來。

尹清雅嗔道：「人家只是用了小小的力道，叫那麼大聲幹嘛？唔！這裏很悶氣，我們還要躲多久呢？」

高彥只希望眼前情況可以永遠繼續下去，隨口道：「只要躲他娘的七天七夜，待婆娘去到了天邊，我們便可以走出去，從此在邊荒雙宿雙棲、永不分離，睡遍我在甚麼高家村、尹家鎮的所有行宮。」

尹清雅大嗔道：「我才沒閒情陪你在這些鬼地方胡混，明天我要返回兩湖去，有沒有你隨行，我都不在乎，你自己想清楚。」

高彥眉頭一皺，計上心頭，道：「太危險了！」

尹清雅道：「有甚麼危險的！我只是爲你著想，才陪你躲到這個臭洞來，否則我放開腳程，又佔了先機，才不相信那妖女追得上我。」

高彥道：「讓我這第一流的邊荒腦袋爲你分析形勢吧！首先你確定她能從你叫了句『有鬼』，便認出你是我高彥的心上人小白雁嗎？」

尹清雅再沒有閒暇計較他佔口舌便宜，老實的答道：「人人都說我的聲音很特別，聽過後不會忘記。當日我和她交手時，說過幾句話，應該瞞不過她。」

高彥一本正經的道：「好！現在假設她曉得你是小清雅，她是否非殺你不可呢？」

尹清雅聳肩道：「我怎曉得她的心意呢？她該沒有非殺我不可的理由吧！」

高彥道：「錯了！她定要殺我們滅口，因爲我們知道佛藏的秘密。」

尹清雅呼冤道：「但我們並不知佛藏在哪裏呢？有甚麼好滅口的。」

高彥道：「四大金剛等人也不知道佛藏在哪裏，還不是遭到她毒手嗎？」

尹清雅不服道：「怎同呢！他們是要逼她說出佛藏的所在，所以她先發制人。明白嗎？你這個專愛唬人的小混蛋。嘻！你仍未有資格當大混蛋。」

高彥哂道：「所以說你入世未深，不明人間險惡。你沒有聽過懷璧之罪嗎？若被我們把佛藏一事洩露出去，弄得天下皆知，那婆娘還用做人嗎？如此一個寶藏，人人皆想據爲己有，你師父他老人家第一個不肯放過她。」

尹清雅「噗哧」笑道：「你胡謅了這麼多廢話，說到底就是不想我回兩湖去，最好是嫁給你，永遠留在邊荒，做你的押寨夫人。你喜歡騙人，我卻沒有興趣。坦白點和你說吧！我尹清雅心目中的如意郎君，你連邊兒也沾不上，我嫁豬嫁狗也不會嫁給你，快絕了你的痴心妄想，找別的無知女子下工夫吧！」

高彥聽得湧起萬念俱灰的頹喪失意，如掉入失望的無底深淵，苦笑道：「你高興就走吧！不過我敢肯定那婆娘已知上當又折回來，還在外面某處守候，到時你便曉得我不是虛言恫嚇。咦！你想幹甚麼？」

尹清雅伸手在洞壁摸索，硬把一塊石頭掰下來，道：「要證明你的謊話易如反掌。你左一句右一句我不懂江湖道，我便使出一招最基本的投石問路給你看看。」說畢甩手把石頭朝洞口擲出去。

石頭摩擦枝葉草叢的聲音由近而遠，掠過近七、八丈的空間，忽然劍嘯聲起，還傳來楚無暇的怒叱。兩人同時色變。

燕飛和赫連勃勃並肩蹲在邊荒集北面官道旁的密林裏，等待運糧車隊的出現。這支運糧隊由鐵弗部的人負責，是赫連勃勃的手下，可以掩護他們回集。

赫連勃勃道：「溜出來反容易一點，但想神不知鬼不覺的回去，卻頗為困難。」

燕飛訝道：「為何有此情況呢？」

赫連勃勃苦笑道：「我的心情實在矛盾，因為每說一句話，都涉及我方的軍事布置，而你則是我方最大的敵人。」

燕飛道：「不方便就不用說出來好了。」

赫連勃勃嘆道：「不說又如何，給你如此深進集內，還有事情可以瞞得過你嗎？」

燕飛微笑道：「赫連兄似乎很看得起我們荒人呢？」

赫連勃勃點頭道：「姚興和慕容驎都不看好你們，認爲你們缺乏糧資，根本無力反攻邊荒集。只有我和宗政良受過教訓，不敢對你們掉以輕心。」

燕飛開始明白爲何慕容垂再次起用宗政良，來助兒子慕容驎守邊荒集，是因要借助他敗於荒人之手的珍貴經驗。

赫連勃勃道：「不過若從表面的情況判斷，你們來反攻邊荒集只是送死，縱然你們糧資無缺，兵力的比較仍然懸殊。且因有前車之鑑，你們想重演上一次光復邊荒集的伎倆，是沒有可能的。攻城者的兵力，必須在守方的一倍以上，方有威脅力，這道理於邊荒集亦然。不怕告訴你，我們把戰線縮移到夜窩子，構築了堅強的軍事防禦線，配以高台指揮和堅固的樓房，夜窩子外則廣布陷阱，明刀明槍的對陣，你們是絕沒有機會的。」

燕飛明白過來，爲何出集容易入集難，因爲以敵人擁有達數萬的兵力，要把夜窩子守個固若金湯，是輕而易舉的事。更明白赫連勃勃，有手下掩護，兼主動在手，要溜出來不難辦到。但想重回夜窩子，便不得不魚目混珠的藏身運糧隊以入集了。道：「赫連兄爲何仍這麼顧忌我們呢？」

赫連勃勃道：「邊荒始終是你們的地盤，所以我們屢次圍剿，仍是事倍功半，最終被你們逃回南方。現在給燕兄摸清楚集內布置，又清楚情況，當會改變策略，只要截斷我們北面的運糧線，邊荒集將不戰而潰。」

燕飛道：「姚興等是用兵布陣的專家，當然有方法保持糧線暢通，否則便是輕重倒置。對嗎？」

赫連勃勃似不願再談關於軍事布置方面的情況，笑道：「假設你的兄弟拓跋珪曉得我和你混在一起，會有甚麼感想呢？」

燕飛聳肩道：「很難說。因爲他現在最大的敵人，並非老兄。而赫連兄最顧忌的也不是他，而是姚萇，不知我的猜測是否正確呢？」

赫連勃勃沉吟片刻，點頭道：「燕兄看得很準。拓跋珪攻陷平城和雁門，與慕容垂的正面衝突無可避免，對我來說這是千載難逢的機會，只要能在慕容垂蕩平拓跋族前，先一步雄霸關中，我便有本錢和慕容垂爭天下。比起來，邊荒集的重要性便相形失色。」

燕飛道：「這正是你肯和我合作的主要原因吧！」

赫連勃勃對這方面的情況並沒有顧忌，坦白的道：「波哈瑪斯謀略過人，有他助姚萇，如虎添翼，邊荒集現時的布置，正是由他一手策畫，如能除去他，等於拔掉猛虎口中一顆尖牙。」接著壓低聲音道：「殺他並不容易，必須天時、地利、人和配合得天衣無縫，一擊即中，方有成功的希望。我會爲你找尋機會，以三天爲期，如不能成功，燕兄便要放棄，一切仍依合作精神辦事。」

燕飛淡淡道：「我便耐心等候三天，三天後我們再沒有關聯，我當然不會牽累赫連兄。」

赫連勃勃忙道：「燕兄該知我有合作的誠意，攻克長安是我自懂事以來的宏願，現在機會就在眼前，爲達成心願，我是會不惜一切的。」

燕飛心忖最好你沒法完成心願，赫連勃勃手段凶殘，如給他攻入長安，肯定長安的民眾大禍臨頭。

日後反攻邊荒集，他第一個要殺的人正是赫連勃勃。道：「運糧隊來了！」

就在楚無暇追著問路的投石疾掠而去的一刻，高彥當機立斷，拉著尹清雅跳將起來，竄出小洞去。洞外黑沉沉一片，破風聲在二十多丈的山野響起，迅速接近，顯是楚無暇曉得又被愚弄了。高彥哪敢延誤，喝道：「隨我來！」竟就那麼騰身而起，投往山洞上陡峭的山壁。尹清雅心忖難道高彥活得不耐煩了，這座山高聳近百丈，草樹附壁叢生，攀上去等於要和楚無暇比輕功，絕非上策，不過時間已不容她阻止高彥，只好追在他身後往上攀。

兩人手腳並用的直攀上七、八丈，楚無暇的冷哼聲在下方傳來，然後嬌笑道：「這次看你們能逃到哪裏去？」上面的高彥忽然鑽入一堆濃密的樹叢裏去，叫道：「快進來！」尹清雅左手剛抓著一枝橫探出來的樹幹，心忖難道有另一個洞穴，高彥的手已伸出來，一把抓著她襟口，將她扯進去。尹清雅沒暇和他計較，原來樹叢內另有天地，竟是一道小徑。喜出望外下，她追在高彥身後迅速逸去。

劉裕騎著胡彬送他的神駿，沿淮水北岸飛馳，在兩耳風聲呼嘯下大地往後飛退，在雪原留下彷似延展至無限的蹄印。此馬名疾風，全身毛色純黑，沒有半根雜毛，是謝玄最鍾愛的坐騎之一，當日謝玄便是坐在牠的背上，贏了名垂千古的淝水一役。勝利後謝玄不願牠再隨自己冒險，把牠留在壽陽由胡彬悉心照顧。現在則成了劉裕的坐騎。自懂事以來，劉裕首次感覺到大地盡在他腳下的滋味。擊敗荊州和兩湖的聯軍，是他軍事生涯的轉捩點，由此刻開始，他建立起沒有人能動搖的信心。蹄聲在前方響起。

孫恩立在淮水南岸，負手遙觀對岸的邊荒地帶。他從來不對任何地方產生留戀的感情，邊荒卻是唯一的例外。惠暉死了！且是因他而亡，如非被他以獨特手法禁制了她的經脈，憑她的太陰玄功，該可以在三珮釋放出的能量下保住性命。那是種奇怪的能量，有龐大無比摧毀一切的暴烈毀滅力，可是其中又充滿無限生機，能賜與生命。只要具有太陽眞火或太陰眞水類先天眞氣者，便有本領在其中取得生機，死裏逃生。所以他必須立即離開，因爲燕飛傷得比他輕很多。

對燕飛，他心中充滿複雜矛盾的感覺。截至目前爲止，燕飛是唯一在他全力出手下仍沒法殺死的人。他的武功肯定高出燕飛一級，可是在道功上卻至少遜燕飛一籌，這情況令他們變成勢均力敵的對手。他必須在黃天大法上再有突破，方可以穩勝燕飛。幸好如何突破已在掌握之內，仙門的乍現即逝，予他最大的啓發，使他把握到能破空而去最本原的力量是怎麼的一回事。那種啓示對他的道法具有無比深刻的意義。燕飛也像邊荒般令他感到愛恨難分。在普天之下芸芸眾生裏，燕飛是除他之外唯一曉得洞天福地確實存在的人，這種共同的領會，令他感覺自己並不孤獨，也大幅拉近他與燕飛的距離。可是偏偏燕飛卻是命中注定的死敵和對手，他可以不惜一切毀掉他嗎？他不知道。穿過仙門，到達彼岸，當然再不受五行的局限，也打破了無影無形卻又無處不在的命運。牽一髮而動全身，一個人命運的徹底改變，會不會產生順勢而去的骨牌效應，甚至改變了所有人的命運呢？簡單點說，當一個人成功開啓仙門，從這出口遁離身處的宿命世界，會不會令所有人的命運都產生變化呢？又或者白日飛升仍只是命運的一部分。他心中湧起無以名之的詭奇感覺。

孫恩長長吁出一口氣，掉頭朝南而去。很多事都在他的智慧之外，可是有一件事是他肯定的，就是當他重回邊荒時，他的黃天大法將有進一步的突破，從煉神還虛的境界往煉虛合道的至境邁進。這是人能達到眞正至高無上的境界，此行實不虛也，既令他看破凡塵，更無限地開闊了心胸和眼界。

劉裕遇上了由姚猛率領的二百人組成的先頭部隊，人人士氣昂揚精神抖擻，沒有絲毫疲態。

姚猛見到他，大喜道：「劉爺你剛離開不久，便有個叫劉毅的北府兵將來找你，說有十萬火急的事必須見你，卻又不肯透露是甚麼事。現在他隨軍而來，與後面的慕容當家在一起。如你沒興趣招呼他，我們可以打發他走。」

劉裕心中一沉，已知自己不幸言中，何謙果然出了事，否則劉毅絕不會在這時候來找他。道：「胡彬方面的關節已打通了，他會全力暗助我們。你們在這裏休息片刻，我見過劉毅後，再繼續行程。」

燕飛立在窗前，凝望矗立在廣場，對邊荒集有無限象徵意義的古鐘樓。廣場四周是一個一個的光環，照亮了地面，敵人把罩上蓋子的風燈放在地上，不讓燈光上溢，形成眼前的奇景，也把古鐘樓襯得更巍峨高聳。事實上整個夜窩子都是以同樣手法照明，從集外遠處看過來，便像邊荒集陷於一片漆黑裏。敵人的兵力布置全集中於夜窩子，要攻陷這麼一個地方，確實談何容易。夜窩子的樓房都是最有規模的，加上高台指揮的優勢、強大的兵力，荒人的任何反攻只是以卵擊石。赫連勃勃雖然暗示切斷糧線是唯一對付他們的有效手段，可是燕飛直覺他是不安好心，敵人肯定有方法應付這方面的問題，因爲直到此刻，敵人仍是佔盡上風，掌握主動。

戰馬的嘶叫聲不時劃破夜窩子的寧靜，也提醒人戰爭可在任何一刻發生。燕飛身處的三層樓房位於廣場邊緣，前身是著名青樓「採花居」，也只有荒人經營的妓院方會用上這般直接露骨的名字，以作招倈。採花居現在成了赫連勃勃的軍營，他身在的房間是赫連勃勃臥室，位於三樓靠古鐘場的一角，可以俯瞰整個古鐘場。赫連勃勃認爲把他藏在這裏是最安全的地方，此事他不但要瞞過姚興一方的人，還要瞞著大部分的手下，只容幾個心腹知情。此刻赫連勃勃到了外廳與手下說話，他樂得清清靜靜的一個人，細想過去幾天離奇荒誕的遭遇。

眼前邊荒集也不是全無破綻，只要能在激戰時佔領了古鐘樓，便可以破壞敵人高台指揮的戰術，使敵人陷於各自爲戰的劣勢，而己方則可以避強擊弱，發揮出全面的戰力。此法在夜戰裏尤能發揮奇效。若不是站在這裏，他絕沒有這樣的體會，生出對敵人所有布置了然於胸的動人感覺。他和赫連勃勃的關係危險而不穩定，雙方都恨不得置對方於死地，然而因著微妙的形勢，權衡利害輕重下，成爲合作的夥伴。但變化隨時發生。說到底，赫連勃勃並不眞的認爲荒人有反攻邊荒集的能力，荒人來的話是自尋死路，所以燕飛若成功刺殺波哈瑪斯，對他是有百利而無一害。行刺波哈瑪斯是愈快進行愈好的事，天才曉得當劉裕領導荒人擊垮荊州和兩湖聯軍的消息傳來，會不會令赫連勃勃生出異心。主動權仍穩操在赫連勃勃手上，他可以助燕飛完成心願，也可以出賣他。

赫連勃勃步入臥室，來到他身後，道：「邊荒集確是個奇異的地方，這是任何初到邊荒集者的感受。」

燕飛心忖既然如此，你又爲何要扮花妖姦殺女子？暗嘆一口氣，道：「我們的事如何進行？」

赫連勃勃道：「我剛才吩咐了幾個可以信賴的手下，全力監察波哈瑪斯的行止，明天該有消息回報，我也不想此事拖得太久。」又道：「燕兄過去兩天是否在附近徘徊呢？」燕飛點頭應是。

赫連勃勃道：「那你該看到白雲山區的異事，白光沖天而起，數十里內清晰可見，事後整座臥佛寺化為飛灰，留下一個廣達數十丈的深坑。對此燕兄有甚麼看法？」

燕飛心道如我坦白說出事實，保證可令你目瞪口呆，當然他不會說出來。道：「這種沒有人明白的事，可以有甚麼看法呢？」

赫連勃勃興奮的道：「天降異象，地必應劫。這個肯定是老天給世人的一個啟示，預告新世局的開始，所有已稱帝者均無一是真命天子，而能統一天下的真主正在崛起中。」

燕飛心中想到的卻是拓跋珪或劉裕，怎麼也沒法把真命天子與殘暴不仁的赫連勃勃拉上關係。他自認沒法子明白赫連勃勃這個人，奇怪他既然是人，卻可作出違背人性的惡行，沒有半點人性。如果他不是身負內傷，又以大局為重，把呼雷方放在最重要的位置，赫連勃勃絕不可能站在這裏自鳴得意。淡淡道：「赫連兄當然是有大志的人，事實上淝水之戰後，南北兩方的政權均搖搖欲墜，未來的情況誰都難以預測。」

赫連勃勃嘆道：「假設我們不是敵人而是戰友，是多令人痛快的一件事呢？」燕飛心忖我永不會視你為友。

赫連勃勃正要說下去，他一名手下慌張的撲進來，道：「太子來了！」燕飛和赫連勃勃聽得大吃一驚，相互對望。

赫連勃勃當機立斷，道：「我在外廳截著他！」說罷與手下匆匆迎出外廳去。

燕飛移到門旁，收攝心神，打算如有任何異樣情況，立即遠遁。姚興於此深夜到訪，事情絕不尋常。波哈瑪斯會不會隨他一道來呢？「砰！」房門關上。

劉毅慘然道：「大將軍遇害了。唉！如他肯聽你的勸告，此事便不會發生。」

劉裕早有心理準備，目光投往淮水，道：「此事怎可能發生的，大將軍不是有防範之心嗎？」離天亮只有個許時辰，四周白雪皚皚，寒風呼嘯，天地一片肅殺。

劉毅湧出熱淚，淒然道：「大將軍口裏是這麼說，可是他心中仍認爲司馬道子會倚賴他、籠絡他，而不會愚蠢到捨他而選反覆難靠的劉牢之。所以中了司馬賊的奸計。」

劉裕道：「冷靜點！事情是如何發生的？」

劉毅抹掉淚水，壓下失控的情緒，道：「大將軍起程前，劉牢之忽然在我們淮陰附近的洪澤湖集結船隊，兵脅淮陰。大將軍本已改變主意，暫留淮陰以對付劉牢之，豈知司馬道子一天內三次以飛鴿傳書來催大將軍趕往建康去，說桓玄大軍隨時可抵石頭城。大將軍不疑有詐，更認爲劉牢之暫時仍未夠實力突襲淮陰，所以只在兩艘戰船護航下，坐帥船匆匆前往建康，卻被王國寶以奸計騙上船，慘遭殺害，事後只有一艘船逃回來。現在淮陰的兄弟上下一心，決意爲大將軍報仇，先幹掉劉牢之，然後殺往建康去。」

劉裕嘆道：「你們的實力一向及不上劉牢之，現在大將軍遇害，你們更不是他們的對手。」

劉毅道：「我們雖然個個恨火燒心，卻沒有喪失理智，大家商量後，認爲目前北府兵內，只有你的能耐和聲望，足以服眾。所以推我作代表，來請你到淮陰主持大局。只要宗兄肯振臂高呼，宣布劉牢之的罪狀，劉牢之旗下的兵將也會動搖，軍心不穩下，劉牢之將不是我們的敵手。統一北府兵後，我們便可以趁荊州軍進攻建康的一刻，找司馬道子算賬。」

劉裕感到劉毅的提議有龐大的誘惑力，只要他點個頭，何謙的舊部將盡歸他所有，足有三、四萬之眾，且有一支實力龐大的水師戰船隊，若再加上胡彬的壽陽水師，實力比之劉牢之毫不遜色。唉！可是邊荒集又如何呢？還有是北府兵如此分裂作兩個互相攻殺的派系，只會白白便宜桓玄。恐怕到桓玄攻陷建康，他仍和劉牢之纏戰不休，屆時只要桓玄站在劉牢之的一方，他劉裕肯定只餘下待宰的命運，在策略上實是愚不可及。目前的成就得來不易，他絕不可犯錯，否則所有努力均盡付東流。再進一步深思，縱使桓玄攻不下建康，劉牢之則敗在自己手上，然北府兵已元氣大傷，且因失去建康的支持，邊荒集又仍然在慕容垂和姚萇的控制下，糧資的供應上將無以為繼，北府兵會不戰自潰。在這種形勢下，只會便宜了在南方虎視眈眈，實力不下於任何一方的天師軍。不過他如令正高燒復仇怒火的淮陰軍失望，會帶來甚麼後果呢？他正處於兩難的位置。

劉裕暗嘆一口氣。於此最不應該的時刻，他想起王淡真。假設他不趁此機會打擊劉牢之，淮陰軍在群龍無首下，終會被劉牢之收拾，那時劉牢之北府兵大權在握，再沒有任何顧忌，王淡真的爹王恭便危險了。再暗嘆一口氣，想到自己怎能只顧一己之私，白白把謝玄精心培育出來的無敵兵團毀於自己手上呢？道：「你先冷靜下來，弄清楚目前的處境，否則你和我都要面臨抄家滅族的大禍。」

劉毅憤慨的道：「還有甚麼好想的，我和你還有別的選擇嗎？」

劉裕道：「我們可以公布劉牢之甚麼罪狀呢？」

劉毅毫不猶豫的道：「當然是他勾結司馬道子，害死大將軍的大罪。」

劉裕道：「殺大將軍的是王國寶，司馬道子可把一切推到他身上去，然後立即處死他，來個死無對證，且先我們一步公布王國寶的罪狀，如此司馬道子和劉牢之都可以置身事外，而事實上他們的確沒做過甚麼。劉牢之更可以振振有詞，說在洪澤湖集結水師，是奉王恭之令討伐司馬道子。」

劉毅登時語塞，好一會方道：「劉牢之怎會對付司馬道子呢？」

劉裕平靜的道：「劉牢之當然不會眞的去討伐司馬道子，他只需要一個下台階，司馬道子則是最佳提供下台階的人。」

劉毅劇震道：「你說得對，桓玄和王恭一方打著旗號要討伐王國寶，如王國寶被司馬道子處決，桓玄等雖師出無名，但也不會就此罷休，但劉牢之卻可以得到急切需要的下台階。」

劉裕曉得他回復了理智，道：「眼前最明智的策略，就是忍下去。君子報仇，十年未晚。王國寶是劉牢之的下台階，也是你們的下台階，明白嗎？」

劉毅雙目再次紅起來，咬牙切齒的道：「我們怎能坐看劉牢之這賊子繼續風光下去，還要聽他的指揮，任他擺弄？」

劉裕道：「現在最重要的事，不是復仇而是保命。劉牢之於現今的形勢下，絕不敢逼你們叛變，只會設法安撫你們，而你們則虛與委蛇。北府兵內同情你們的將領大有人在，劉牢之在短期內是不敢過分的。現在對劉牢之最重要的事，是穩定軍心，鞏固權力，全力助司馬道子，令桓玄沒法動建康半根寒毛，他還要保存實力，以應付孫恩龐大的天師軍。」

劉毅打量了劉裕好半晌，像是首次認識劉裕是怎樣一個人的神情，道：「你的處境不比我們好多少，爲何你仍然可以這麼冷靜？唉！不如你陪我到淮陰一趟，我的口才遠及不上你，沒有信心說服其他人。」

劉裕曉得自己最少說服了他，道：「根本不用靠口才，只須說出實況，令所有人明白這不單是復仇的辦法，且是唯一生路，沒有人能違抗殘酷的現實的。」

劉毅頹然道：「只是一條忍辱偷生的路，我再看不到任何復仇的希望。」

劉裕道：「事情當然不會如你想像般的絕望，你可知我剛擊垮了想把荒人趕盡殺絕的荊州和兩湖幫聯軍嗎？」

劉毅點頭道：「當然知道了！這眞是非常了不起的成就，有你領導我們，我們至少有一半成功的機會。」

劉裕道：「糧資方面的供應又如何呢？南方最豐足的地區，就是建康及它附近一帶。北府兵一向在這方面依賴建康。只有在一個情況下，我們方可以有自主權，就是把邊荒集奪回來，那時主動權將操在我們手上。」劉毅露出思索的神情。

劉裕道：「我收復邊荒集，也就完成軍令狀的任務，假如劉牢之敢阻撓我回北府兵，那時道理便在我這一邊，我會教他死無葬身之所。」

劉毅道：「如他編派你到閒散無事的崗位，你回歸北府兵又可以有甚麼作爲？」

劉裕冷然道：「那得看他與司馬道子的關係演變至何種局面，又要衡量桓玄和孫恩的情況。不過無論在那一種形勢下，我們有邊荒集作後盾，怎麼都比現在強勝百倍。」

劉毅道：「明白了！」

劉裕伸手抓著他肩頭，道：「一切以大局爲重，只要我能收復邊荒集，終有一天會有好日子過。去吧！」劉毅斷然轉身，飛身上馬，策騎去了。

劉裕亦登上坐騎，馳回在附近等待他的荒人精銳騎隊。慕容戰大喝道：「上馬！」眾戰士轟然應喏，紛紛踏蹬上馬。

慕容戰向劉裕笑了笑，語氣輕鬆的道：「到了辦正事的時候了！」

劉裕先想起劉毅，繼而聯想起劉牢之，再想到桓玄和王恭等搖搖欲墜的聯盟，身爲盟主的王恭如何應付意料之外的變化，接著心中浮現王淡眞的花容。喝道：「我們爲邊荒集而戰！爲紀千千而戰！兄弟們！我們去！」領先策騎衝出，慕容戰追在他馬後，然後是像潮水淹過大地的荒人戰士。南方再沒有能左右他們反攻的勢力，一切障礙均被清除。

姚興的聲音道：「關中的情況令人憂慮，父王雖先後擊敗平涼的胡金熙、鮮卑的沒奕子，又征服了秦州，進佔長安。可是苻堅之子苻丕在天水姜延、河東王昭、前幽州刺史王永等地方勢力支持下，在晉陽稱帝，令我們沒法趁慕容永等出關之際，一舉蕩平關中。」

赫連勃勃低聲道：「太子何時得到消息呢？」

燕飛心忖不論你如何壓低聲音，又隔著磚石結構的牆壁和堅實的木門，可是在如此不到五丈的距離下，休想有片言隻字能逃過我的靈耳。赫連勃勃這句話是問得有道理的，因爲他要弄清楚姚興夜訪，是否只因此事。從呼吸聲，廳內現在只有姚興和赫連勃勃兩人，波哈瑪斯並沒有隨行。

姚興答道：「我今早已收到消息。」赫連勃勃沉默下去。

姚興嘆道：「苻丕雖令我們平定關中的大計橫生枝節，幸好慕容垂亦自顧不暇。我現在眞正擔心的，反是邊荒集的安危。」

赫連勃勃大訝道：「太子不是認爲荒人再不可能有作爲嗎？」

姚興沉聲道：「我剛接到前線探子送回來的消息，荒人不但成功返回邊荒，且大敗荊州和兩湖的聯軍，並從他們的手上奪得大批戰馬、糧食和武器。」

赫連勃勃失聲道：「這是不可能的！」

隔牆有耳的燕飛聽得心中大喜。荒人現在最需要的正是一場勝利，延續自己斬殺竺法慶的威風，令荒人在最艱苦的情況保持振作，直至光復邊荒集。邊荒本身是個沒有生產力的地方，一切全賴邊荒外來的供應，所以一旦失去邊荒集，買賣交易停頓下來，荒人的反擊力量，會因缺乏糧資貨物而崩潰。此正爲姚興和慕容驎所採取粉碎荒人反攻力量的策略，先固守邊荒集，再以重兵圍剿躲藏起來的荒人武裝部隊。而其策略幾乎奏效，幸好荒人在邊荒的邊緣處仍有新娘河作據點，再由此基地反攻邊荒。現在荒人大敗荊州和兩湖聯軍，令荒人士氣大振，更趨團結，兼之荒人不但對邊荒瞭如指掌，且驍勇善戰、人才濟濟，對邊荒更有宗教般的狂熱感情，這麼的一股力量，其反擊力是不可以低估的。姚興的憂慮是有道理的。

佔領邊荒集的敵人則似強實弱，且每況愈下。竺法慶在勝利的當兒被殺，引致彌勒教的崩潰和大亂，早嚴重打擊了佔領軍的實力和士氣。由於荒人的對抗，南北貿易中斷，沒有人敢到邊荒集來，使邊荒集只是邊荒另一座廢墟，要守穩這麼一個地方，在完全被動的形勢下，那感覺是可以令任何堅強的人氣餒的。糧資方面，又須完全倚賴北方的供應，一旦糧運不繼，佔領軍便要節衣縮食，值此寒冬未過之時，佔領軍的苦況可以想見。姚興說的話，正顯示他已有退兵之意。目前對姚萇父子來說，關中的戰爭肯定排在首位。他們之所以攻打邊荒集，是垂涎南方的糧貨物資。現在得到的只是一座廢集，還拖著大批人馬，當然不是划算的事。從姚興的一番話，燕飛掌握了敵人的處境、姚興的心態。

姚興的聲音傳來道：「我也希望只是探子誤報，可惜卻是事實。最令人憂心的是荒人於大勝之後，大江幫的戰船隊不停留的沿淮水西上，直趨潁口。另一支約二、三千人的輕騎兵則沿淮水北岸往潁口推進，情況令人憂慮。」

赫連勃勃不知是否在思索燕飛的問題，沉默下去。不過燕飛知道他已失去出賣自己的時機，他應該早點說出來，而非在姚興說出荒人大勝敵人之後。何況他根本沒法解釋為何會在集外遇上燕飛。好一會兒，赫連勃勃道：「我們須立即把與兩湖幫作交易的戰馬追回來。」

姚興道：「我已派人快馬去追。唉！趕馬的隊伍早上出發，到現在已趕了一天半夜的路程，恐怕離汝陰不遠。希望荒人這次連夜趕路的行動，不是針對此次交易。」

赫連勃勃喘息道：「我有很不祥的感覺，荒人極可能從俘獲的兩湖幫高級將領口中，得知這件事。」

姚興苦笑道：「這方面我們只能靜待情況的發展。我另有一個決定，你和你的手下須於明天離開邊荒集，撤返關中，助父王平定關中。」

赫連勃勃沉吟片刻，道：「太子是否決定放棄邊荒集呢？」

燕飛聽得精神大振，同時也曉得再沒法倚賴赫連勃勃提供刺殺波哈瑪斯的情報，而赫連勃勃更變得不可靠。他雖然仍弄不清楚姚興與兩湖幫的交易是怎麼一回事，但曉得對荒人有利，便已足夠。

姚興道：「我們不著急，可是慕容驎卻是別無選擇，只好死守下去。日後不論情況如何發展，對我們都是有利無害，如慕容驎全軍覆沒，可以大幅削弱慕容垂的實力。」

赫連勃勃同意道：「誰都曉得我們和慕容垂的結盟是一段時間內的權宜之計，早晚我們要和慕容垂決勝沙場。太子的選擇是正確的。」

姚興道：「撤兵之事不可以操之過急，明天你先撤走。我看清楚情況後，再決定下一步的行動。」

赫連勃勃道：「快天亮了，我立即去準備一切。」

姚興道：「你不用閃閃縮縮的撤走，最好驚動慕容驎讓他來找我談話，更正中我下懷。哼！這小子仗著父威，專橫高傲，我早看他不順眼，只是一直忍著他罷了！」

赫連勃勃道：「明白了，一切依太子的吩咐行事。」

兩人站起來。燕飛知是時候，閃到窗旁，看清楚外面的情況，倏地穿窗而出，於窗台略一借力，貼牆而上，來到高樓的瓦面上。夜風陣陣吹來，環目四顧，附近樓房頂上並沒有哨崗。這是合理的，荒人仍遠在百里之外，這幢樓房又不是處於夜窩子的邊緣，警戒不嚴是理所當然的事。燕飛移到瓦簷處，俯伏下望，一隊十多人的馬隊正在等候姚興。片刻後赫連勃勃親自送姚興出大門，說了幾句話後，姚興上馬而去。燕飛心忖這次刺殺波哈瑪斯是成是敗，便要看跟蹤姚興是不是能有所斬獲了。

〈卷七〉

第八章◆如意嬌妻

第八章　如意嬌妻

燕飛在夜窩子的樓房上飛簷走壁，逢屋過屋，只下照而不上射的照明燈光給他無比的方便，配合他靜如處子，動若脫兔的身手，迅似鬼魅，以靈覺感應敵人的獨特方法，如入無人之境。敵人沿夜窩子的邊緣設置了強大周密的防禦線，窩內的警戒因而鬆懈，得赫連勃勃助他過關，令他這頭猛虎深入敵人腹地之內。他不須用眼去看，姚興一行人的蹄聲便是引路的明燈，讓他毫無困難的追蹤他們。最後他來到洛陽樓的瓦面上，俯首看著姚興等人在大門前下馬，由把守大門的羌兵牽走馬兒，姚興則在親衛簇擁下進入樓內。洛陽樓是夜窩子最具規模的建築之一，本爲紅子春在邊荒的大本營，由五幢樓房組成，主樓高起三層，其他均是雙層的樓房。以之作爲居所，很配合姚興的身分地位。

從截著赫連勃勃一刻開始，他一直默運玄功療治內傷，到現在已回復平常八、九成的功力，對行刺波哈瑪斯應可勝任有餘。雖尚未與波哈瑪斯交手，可是像他這般級數的高手，眼力高明，在全神觀察下，早對他武功的強弱測出個大概，只要能出奇不意，攻其無備，他有把握在數招內取他之命。燕飛運功吸附牆壁，從主樓貼牆滑落地面，來到主樓旁院落園林的暗黑裏。當他移到樓下大廳的一扇窗旁，姚興說話的聲音傳出來。除主樓大廳外，其他樓房烏燈黑火，顯示大多數羌人仍在熟睡中。

姚興道：「大法師仍未回來嗎？」

有人答道：「大法師在黃昏離集，至今未返。」

躲在外面暗處的燕飛心叫完蛋。原來波哈瑪斯竟外出未返，自己這回豈非白走一趟，還好並非空手而回，至少弄清楚邊荒集敵人的布置和敵人兩方各懷鬼胎的關係。照道理波哈瑪斯不在集內一事赫連勃勃肯定知情，可是赫連勃勃卻沒有向他道出事實。由此可見赫連勃勃打一開始就對自己不安好心。對赫連勃勃來說，最理想不過的是燕飛既爲他殺死波哈瑪斯，燕飛本人亦難逃大難，那就是一舉兩得的美事。燕飛暗呼好運，深切體會到與虎謀皮的高風險。

那人續道：「大法師忽然離集，究竟所爲何事呢？」發言者當是姚興信任的心腹，所以可向姚興詢問。

姚興答道：「大法師學究天人，又精通精神異術，故行事每每超乎常人的理解，大法師回來後，自有合理的解釋。伯友不用擔心。」

姚興顯然也不曉得波哈瑪斯因何忽然離開，不過他對波哈瑪斯似有盲目的尊敬，並不計較他怪異的行爲，且對波哈瑪斯有非常人自有非常事的看法。同時燕飛已弄清楚與姚興對話者是羌族的著名大將狄伯友，在北方胡族裏，狄伯友是個響噹噹的人物。

狄伯友悶哼道：「他的精神術看來也不是時常可靠，在對付呼雷方一事上便出了岔子，假如呼雷方落到荒人手上，我們便要頭痛了。」

燕飛聽兩人提及呼雷方，精神一振，依狄伯友之言，有關呼雷方的秘密，是絕不可讓荒人知道的。

狄伯友顯然頗爲妒忌波哈瑪斯，沉聲道：「如把呼雷方交到我手上，我才不相信他捱得住酷刑。」

姚興表現出能容納不同意見的領袖胸懷，心平氣和的道：「法師的精神術並沒有出岔子，只是出了意外。法師保證如得不到他解術，呼雷方永遠不能回復正常。如有選擇，我絕不願對呼雷方嚴刑拷打，他終究爲我們盡過力，只因放不下荒人的身分。他更是個硬漢子，是寧死不屈的人。」

燕飛進一步了解姚興這個人，不論他和赫連勃勃談話，又或與同爲羌人的大將狄伯友對答，均用漢語，可見他亦像拓跋珪般，認爲漢化是統一天下的必須手段。

兩人的對話被手下打斷，原來是慕容驎來訪。燕飛心中有數，知慕容驎是來興師問罪。一隊羌兵沿牆路過，執行巡邏任務，燕飛忙閃往一叢草樹後，繼續竊聽。

慕容驎的聲音傳入耳中，出奇地並沒有絲毫動氣或不滿的情況，反像老朋友聚會閒話家常般道：「唉！大家都辛苦了！前晚被白雲山的巨響驚醒，今晚則因收到荒人戰勝的消息害得沒覺好睡。不過無論如何，總比乾等無聊有趣得多。」

狄伯友不知是否受到指示告退離開，只剩下敵方的兩個最高領導人。燕飛心中生出疑惑，爲何慕容驎不是怒沖沖的來質問有關赫連勃勃軍隊調動的事，反而胸有成竹的樣子呢？當中究竟出了甚麼問題？

姚興笑道：「對桓玄和聶天還來說，當然是壞消息；對我們來說，則是好壞參半。荒人說到底仍是烏合之眾，只擅長陰謀詭計，正面交戰，絕非我們的對手，現在他們初戰得利，信心大增，會不自量力的準備大舉反攻。看他們現在的行軍方向，當是想重新進駐在潁水支流的基地，再號召流散的荒人來歸，我們便給他們一個驚喜，以雷霆萬鈞之勢，一舉將他們連根拔起，徹底解決邊荒集的問題。」

燕飛心叫厲害，姚興的確是智勇雙全的領袖，此著確實大出荒人意料之外，說不定眞的爲他所乘，敗個一塌糊塗。現在給他探得情報，當然是另一回事。他本打算趁天明前儘早離開，此時卻不得不繼續偷聽下去。

慕容驎欣然道：「荒人能大破荊州和兩湖聯軍，關鍵處在於劉牢之倒戈相向，不是荒人有此本領。

我們只要依照計畫，定可令荒人永遠沒有翻身的機會。希望我們可以把與兩湖幫換糧的戰馬追回來，否則便要從荒人手上強搶了。」

姚興道：「這方面我卻不擔心，除非荒人曉得以馬換糧的事，否則交易仍可以照樣進行。」

慕容驎顯然亦不把此事放在心上，笑道：「假彌勒的愛徒中計啦！」

燕飛心中劇震，大感不妥。慕容驎說的，當然是赫連勃勃。東方天際，現出曙光。燕飛縱然千想萬想再多聽他們說幾句話，亦知一刻都不能停留。

姚興冷哼道：「我是不看僧面也看佛面，最好是彌勒教到南方搞得烏煙瘴氣，豈知自稱彌勒佛降世的竺法慶竟是不堪一擊……」

燕飛不敢再聽下去，騰身而起，迅速離開。同時曉得如想安然離開，甚或能殺死波哈瑪斯，他只有一個選擇。

尹清雅在山崗的一塊大石坐下，看著東方逐漸發白的天邊，嘟起小嘴道：「這是甚麼鬼地方，跟著你這小子不辨東西的走了半天夜路，累死人了！」

高彥氣鼓鼓的挨著她坐下，擠得她不得不坐開少許，以保持距離。見他默不作聲，尹清雅奇道：「你變了啞巴嗎？」

高彥繃著臉孔道：「我在心痛！怎說得出話來呢？」

尹清雅呆了半晌，忽又掩嘴笑道：「誰得罪你了？」

高彥氣道：「明知故問！我來問你，我高彥有甚麼地方惹你討厭？為何我不是你心中的如意郎君？」

尹清雅忍俊不住，笑得花枝亂顫道：「呵！原來是這件事。」接著又斂去笑容，拉長俏臉道：「不是就不是啦！有甚麼道理可以說的。你沒有甚麼地方惹我討厭嗎？只是你的自作多情便教我尹清雅受不了。」說罷還作了個叫救命的神情，迷人頑皮至極點。

高彥豁了出去的道：「好，讓我來問你，你心目中的如意郎君是怎麼樣的呢？」

尹清雅登時語塞，撐下去道：「你是我的甚麼人？竟敢來問我這種事。」

高彥又得意起來，口若懸河的道：「所謂一夜夫妻百日恩，經過昨夜後，我們雖尚無夫妻之實，卻有呼妻喚郎之名，所以……哎！」

尹清雅一肘挫在他脅下，痛得他整個人痙攣起來，怒道：「我和你甚麼關係都沒有，你敢再說半句這種話，我會宰了你的。」

高彥忍著痛楚，寧死不屈的道：「你不敢說出來，因爲你心中的如意郎君，正是老子我高彥。」

尹清雅霍地站起來，扠著小蠻腰，大怒道：「去見你的大頭鬼，我心中的如意郎君竟會是你這潑皮無賴？我以後再不理睬你了！我要立即回兩湖去。」

高彥一手按著痛處，面容扭曲道：「我是潑皮無賴，你心中的大英雄又是誰呢？你的郝大哥嗎？」

尹清雅氣得幾乎哭出來，跺足嗔道：「不要揑造事實，我和郝大哥清清白白的，不是你想像的那般。」

高彥立即回復了生氣，道：「小清雅息怒，可否容我坦白點說呢？」

尹清雅仍怒瞪著他，嘟長嘴兒道：「我和你還有甚麼好說的？」

高彥陪笑道：「我只是想和你討論如意郎君這個問題。」

尹清雅餘怒未消的嚷道：「還有甚麼好說的？總之與你沒半點關係。」

高彥低聲下氣道：「小清雅請先聽我的剖白，你有你的如意郎君，我也有我的如意嬌妻。在未遇上我的小白雁前，我心中的如意嬌妻，嘿！我心中的如意嬌妻，並不是你那個模樣。」見尹清雅直瞪著他，美目圓睜，連忙改口，不敢道出理想嬌妻的形象。

尹清雅有點不知所措的道：「你說的與我有何相干？」

高彥苦笑道：「我只是想告訴你，人是愛亂想一通的。可是當我遇上你，便曉得我的如意嬌妻，就該是你，這也沒有甚麼道理可說的，是這樣便是這樣。」

尹清雅橫他一眼，帶點不屑的道：「你以爲我也像你那般嗎？不要想歪了。總而言之，你並不是我心目中的如意郎君，不要再痴心妄想。」

高彥好整以暇的微笑道：「那你心目中的如意郎君像誰呢？例如燕飛，論人才武功，找遍天下也找不出第二個來。」

尹清雅嗤之以鼻道：「燕飛算甚麼東西？本姑娘才看不上眼。」

高彥道：「劉裕又如何？既有男子氣概，又奮發有爲，你們這次便在他手下吃了大虧。」

尹清雅怒道：「不要提他，我恨不得把他五馬分屍，宰了來吃。」

高彥大笑道：「說到底你還是喜歡我高彥。」

尹清雅出奇地沒有勃然大怒，笑嘻嘻道：「腦袋是你的，你愛胡思亂想是你的自由，恕本姑娘沒有時間奉陪，我們現在各走各路，最好不要讓我再見到你這臭小子。」

高彥道：「你知道怎麼回家嗎？」

尹清雅信心十足的道：「只要往南走，便可以回到淮水，有甚麼困難？」

高彥道：「你不怕晚上聯群結黨四處出沒的冤死鬼嗎？」

尹清雅呆了半晌，朝他瞧來道：「你這人壞透了，這麼嚇唬人家。」

高彥大樂道：「讓我好人做到底。你這樣只會朝南走，即使遇不到楚妖女也會遇上北府兵或荒人，那時吃虧的只會是你。讓老子我送你回家去吧！」

尹清雅咬著下唇低聲道：「你有那麼好心腸嗎？」

高彥道：「我從來都是個大好人，爲了你更是不惜赴湯蹈火，萬死不辭。」

尹清雅道：「我讓你陪也可以，但卻不可自作多情，以爲我喜歡你這小子。」

高彥笑道：「至少有點喜歡我吧！否則怎會任我揉你的小肚子呢？」

尹清雅大嗔道：「你這不知廉恥的大蠢蛋，我只是借你的勁氣解穴脫身，和是不是喜歡你扯不上半點關係。唉！還要我說多少次你才醒悟？你試試多說一句。」

高彥指指臉頰，卻沒有說話。尹清雅一記耳光刮過來。高彥改爲指著嘴巴，表示自己沒有說話。

尹清雅收回纖手，氣道：「我不要你送了！」

高彥舒展筋骨，得意洋洋的站起來，岔開話題以分散她的注意力，道：「假設老子所料不錯，楚妖女爲殺人滅口，早晚會追來。我們如無逃走妙策，便要看我們聯手能否鬥得過她。」

尹清雅色變道：「不要嚇人，我們該已撇掉她。」

高彥道：「楚無暇是近似竺法慶和尼惠暉那級數的高手，怎會輕易追丟人？如在大城鬧市，我們或可以撇掉她，在邊荒肯定不行，必須逃離邊荒才安全。小清雅休息夠了嗎？」

尹清雅嗔道：「你看不到人家在等你嗎？」

高彥環目四顧，道：「在邊荒逃避敵人的追殺，是一門學問，幸好我是這方面的高手，認了第二沒有人敢認第一。」

尹清雅氣鼓鼓道：「吹牛第一！」

高彥傲然道：「換了第二個，懂得像昨晚般帶你從隱秘的山道逃走嗎？」

尹清雅先嘟起嘴兒，接著忍不住的笑起來道：「當然不懂！好了！我的高公子高大爺，現在該往哪個方向溜呢？」

高彥樂不可支的道：「我的高公子，哈！叫得我骨頭都軟了。讓我想想看，先朝邊荒集走如何？即使是楚妖女也對邊荒集的守軍有顧忌吧！」

尹清雅愕然道：「遇上邊荒集的巡兵，我們也不會有好日子過吧！」

高彥欣然道：「我自有妙計。咦！那是甚麼？」

尹清雅定神朝南面瞧去，色變道：「不好！是那妖婦追來了。」在數里外平原盡處，出現楚無暇的身影，正全速追來。

高彥沒想到一說便中，大吃一驚，帶頭朝西面掠去，叫道：「快走！」

尹清雅早追在他背後，叫道：「你這小子果然門檻精。」

高彥心中叫苦，剛才他只是嚇唬尹清雅，絕沒想過楚無暇對他們如此死心不息，眞的窮追不捨。如被她追上，他和尹清雅眞的只能做一對同命鬼了。

燕飛抬眼看著赫連勃勃推門入房。他雖然沒有攜帶武器，燕飛卻感應到他渾身殺氣，顯示對方正處於高度戒備的狀態。但赫連勃勃就算有熊心豹膽，也不敢在一對一的情況下，主動挑戰力能斬殺竺法慶的高手，而赫連勃勃更是深悉竺法慶的人，不會犯上姚興或慕容驎因竺法慶被殺而蓄意貶低竺法慶的錯誤。赫連勃勃是處於被動的形勢下，既摸不通燕飛的心意，又不得不來見他。燕飛在天亮前回到赫連勃勃的臥室，驚動他的手下，逼得他不得不趕來見他。

赫連勃勃直抵床前，沉聲道：「燕兄爲何去而復返？」

燕飛仍盤膝安坐榻上，語氣平靜的道：「波哈瑪斯根本不在集內，爲何你卻不告訴我？」

赫連勃勃露出錯愕的神色，接著冷哼道：「我和你的協定是在三天內，提供閣下一個刺殺波哈瑪斯的機會，並不用告訴閣下所有關於我方的事。對嗎？」

燕飛對他的強辭奪理並不驚訝，打從第一次在邊荒集與此君碰頭，他便曉得對方是那種自以爲是，從不作反省的人。要他認錯，比要太陽從西方升起來更困難。淡淡道：「難道赫連兄不認爲在集外刺殺波哈瑪斯，比在集內殺他更理想嗎？」

赫連勃勃發狠的道：「我根本不曉得他到哪裏去了，邊荒這麼大，到哪裏去找他呢？」

燕飛恨不得立即拔劍把他斬了，再殺出夜窩子去，不過這當然是下下之策，一旦陷入重圍，十個燕飛也難以突圍逃走。赫連勃勃因看準自己不敢動手發難，故敢前來見他。微笑道：「不過因禍得福，我正因不知波哈瑪斯此刻不在集內，所以剛才跟在姚興背後，到洛陽樓走了一趟，聽到姚興和慕容驎一段精采的對話。」

赫連勃勃無法控制的劇震色變，雙目凶光大盛，沉聲道：「燕飛你不要挑撥離間。」

燕飛好整以暇的道：「我燕飛是那種人嗎？」

赫連勃勃沒有直接答他，低聲下氣的問道：「他們說甚麼呢？」

燕飛道：「在邊荒的首次戰役裏，你老哥因另有居心，早開罪了慕容垂。而慕容垂肯容忍你，是看在你仍有利用價值的分上，可以繼續擔當於河套地帶對抗拓跋族的角色，更因你與彌勒教關係密切，不願與彌勒教正面衝突。」赫連勃勃的呼吸沉重起來，顯是被燕飛這番話直說入心坎裏。

燕飛盯著他道：「不論慕容垂或姚萇，均樂意玉成竺法慶大舉南下的心願，對他們來說，南方愈亂愈好。」

赫連勃勃不耐煩的道：「姚興和慕容驎究竟說過甚麼話呢？燕兄可否直接點說。」

燕飛心中暗嘆，赫連勃勃就是如此一個人，別人的忠告根本聽不入耳。淡淡道：「姚興說他所以容忍你，全因彌勒教的利用價值。可是現在竺法慶已死，彌勒教雲散煙消，你老哥再沒有利用價值，反成禍患，所以決定放棄你，至於他會不會在途中伏擊你，又或任由你返回統萬，以對抗拓跋珪，則因我必須趁天未亮離開，沒法聽到那段談話了。」

赫連勃勃雙目凶光大盛，出拳在空中虛擊一記，以宣洩心中的怒火和憤恨。

燕飛道：「這是赫連兄最後一個機會，究竟選擇與我坦誠合作，還是繼續玩手段，希望能一舉兩得，同時害死波哈瑪斯和我？」

赫連勃勃勉強壓下怒火，雙目射出不服氣又不得不屈服的矛盾神色，道：「有一天，我會教他們後悔。」

燕飛道：「眼前便有這麼一個機會，對嗎？」

赫連勃勃移到床邊，坐了下來，低聲道：「你認爲這眞的是一個機會嗎？我現在必須立即離開，而我的確不曉得波哈瑪斯到哪裏去了，恐怕姚興同樣不知情。」

燕飛心忖他終於肯說老實話，因爲他親耳聽到姚興也不知道波哈瑪斯到了哪裏去。道：「東南西北哪個方向呢？」

赫連勃勃顯示出合作的誠意，因爲燕飛激起了他對姚興作出報復的心意。道：「我只知他撐艇到了潁水東岸，然後登岸去了。每隔一段日子，波哈瑪斯都會離群獨處一段時間，通常維持兩、三天。我們懷疑他是去練功，因爲回來後他總是精神奕奕，處於顚峰的狀態，然後他的神采武功會逐步回落，接著便又要失蹤幾天了。」

燕飛心中倒抽一口涼氣，原來自己看到的波哈瑪斯正處於低潮的時期，假如當他尋得波哈瑪斯之時，他會不會正處於厲害到自己不能應付的高峰呢？同時想到赫連勃勃的陰謀，是要自己去行刺處於顚峰狀態的波哈瑪斯，讓他們來個同歸於盡又或兩敗俱傷，他當然最爲有利。

赫連勃勃有點尷尬的道：「燕兄不能怪我，你和我始終是敵非友。」

燕飛心神正在思索波哈瑪斯，對他非正式的道歉並不以爲意，忽然心中浮現出白雲山區內那個大坑穴。

赫連勃勃道：「燕兄在想甚麼呢？」

燕飛暗嘆一口氣，他已憑靈覺曉得波哈瑪斯去了何處。那是他最不想重臨的地方，更希望開啓仙門的事只是一場夢。苦笑道：「我可以隨赫連兄一道離開嗎？」

赫連勃勃沉吟片刻，壓低聲音道：「要解開呼雷方的精神禁制，唯一方法是殺死波哈瑪斯，燕兄千萬不要放棄。在第二次進攻邊荒集前，姚興把由龜茲人精製的一批名爲『盜日瘋』的毒香秘密送交呼雷方，要他在攻打邊荒時於集內上風處燃燒。這種香毒效力驚人，只要吸入少許，可令人頭腦發昏，有如被火燒灼腦袋，可以大幅削弱荒人的頑抗力。燕兄該明白我說出此事的心意了！」

燕飛當然明白，表面看赫連勃勃恨姚興而幫他一個忙，讓他們收復邊荒集的勝算大增，不過先決條件是他必須殺死正處於顛峰狀態的波哈瑪斯，一個不好，就是與敵偕亡之局。

燕飛道：「既是如此，姚興怎會容呼雷方回到荒人那邊呢？」

赫連勃勃毫不隱瞞的道：「完全是個意外，呼雷方的意志非常堅定，不過波哈瑪斯也有他非常的手段，令呼雷方生出幻覺，自動地去起出毒香。當波哈瑪斯和十多個高手遠遠跟蹤在呼雷方身後之際，天意弄人的遇上一支逃往南方的荒人部隊，眼睜睜瞧著呼雷方被荒人帶走，沒有任何辦法。」

燕飛失笑道：「原來如此！」

赫連勃勃嘆道：「現在連我都相信荒人是氣數未盡。時間差不多了，讓我送燕兄出集吧！更希望永遠都不用再見到老兄你。」

劉裕和慕容戰把戰馬留在潁水東岸，留下二百人看守，登上江文清成功劫奪回來的糧船，逆水北上。由二十艘糧船組成的船隊，飄揚著兩湖幫的旗幟，浩浩蕩蕩地朝廢城汝陰駛去。劉裕和慕容戰來到船上的指揮台，與江文清會合，人人心情興奮，因昨夜大勝而來的美妙心情攀上另一高峰，絲毫不覺舟車之苦。他們的船在前方領航，早晨的陽光從右方溫柔的灑射，照得被大雪覆蓋的邊荒像披上一件金黃的外衣，美不勝收。江文清仍作男裝打扮，姿容婥約，逼人的英氣裏又透出女性的嫵媚，看得兩人眼前一亮。十二艘雙頭戰船留在後方，由程蒼古、費二撇和席敬等負責搭築起三道臨時渡橋的重任，不但可供戰馬過河，還可以讓落後的荒人大隊安抵彼岸。一切均依既定的計畫行事。

江文清向兩人展示一個燦爛的笑容，欣然道：「幸不辱命。」

劉裕感到自己有點控制不了的打量她，連自己也不明白為何忽然會有這種奇怪的情緒，是否因她立下大功，作為主帥的自己忍不住對她生出愛寵之心，還是因為他感覺到這有本領的美女對他若有似無的情意，又或是自己需要彌補因失去王淡眞而來的空虛失落。他弄不清楚。

江文清終發現劉裕眼光有異，俏臉微紅，顧左右言他道：「雪開始融了！」

慕容戰倒沒發覺兩人間微妙的情況，嚷道：「大小姐是怎辦得到的，二十艘糧船沒有半點打鬥過的痕跡，完整得像兩湖幫的人心甘情願地把船送給你。」

江文清謙虛的道：「這樣一件小事，如果辦不到，怎對得起你們呢？我們埋伏在潁口，待糧船全體進入潁水，方從後掩上，藉著糧船吃水深船行慢，而我們船輕速度快的優劣對比，敵人還未想清楚是怎麼回事，已給我們的人過船殺得跳水逃命，根本沒有反擊之力。」

劉裕深吸一口氣，壓下心中奇異的情緒，道：「大小姐做得很好。」

慕容戰目光投往前方，沉聲道：「在汝陰的敵人亦然，哪想得到糧船上的兩湖幫徒換上了我方的人，這次肯定會中計。」

劉裕點頭道：「依姚興與郝長亨的約定，戰馬會在汝陰城內，當兩方驗證無誤，兩湖幫的人會把糧資卸下，羌人則把戰馬送上船去，這交易的方式對我們奪馬非常方便。」

慕容戰笑道：「你們對付碼頭上的敵人，我便領一批手足直撲廢城，保證不會走失半頭戰馬。」

劉裕長長吁出一口氣，嗅著從江文清身上傳來，充盈著建康和青春活力的醉人氣息，心中湧起內疚的感覺。這是種沒法解釋的情緒，好像自失去王淡眞後，他愛人或被愛的能力也隨之失去，只留下近乎本能的慾念。剛才他看江文清時，是被她的美麗吸引，這想法令他痛恨起自己來，更感到對不起江文清。他需要異乎平常的刺激，只有極端的情況，方可以減低他心中沒法抑制的憤恨和痛苦。假如時間可以倒流，過去能重演一遍，他肯定自己會不顧一切，與王淡眞遠走高飛。只恨過去了的再不能挽回，他內心深處的創傷也成了永遠不能治癒的絕症。

小白雁嚷道：「你要到哪裏去？」從東北面的平原逃到這裏的山區，她一直領先，還催促高彥走快點。現在朝山峰攀爬縱躍，高彥反把她拋在後方，顯示其持久力遠在武功比他強勝的尹清雅之上。

高彥手腳並用的走上一道險峻的山坡，別頭回望，見楚無暇已追到山腳，離落後兩丈許的尹清雅只有二十多丈，叫道：「妖女追來了！走快點！老子不單是邊荒首席風媒，更是最出色的逃跑專家，跟著我擔保沒錯。」

尹清雅騎上虎背，只能上不能下，大嘆倒楣，心忖逃走哪有往山峰逃去的道理，怨道：「早知道便不隨你這小子胡混了！」話是這麼說，小白雁猛提一口眞氣，一溜煙般直追至高彥背後。此時已過山腰，離峰頂不到百丈的距離。

高彥得意的道：「山人自有妙計，邊荒是我的地頭，所謂強龍不壓地頭蛇，何況對方只是區區一妖女。哈！隨爲夫來吧。」忽又繞往山峰另一邊去。

尹清雅無奈下緊隨他身後，驀地另一座山出現眼前，離他們身處的山只有三十多丈的距離，可是其山峰下突出來的高崖，最接近處不到十五丈，下方則臨百丈深淵，形勢險峻驚心。

尹清雅大吃一驚道：「你不是想跳過去吧！距離這麼遠怎辦得到呢？」

高彥此時登上高於凸崖數丈的一方巨石，迅速解下背上的百寶囊，取出一個圓筒，道：「只有能人所不能，方可以在邊荒吃得開，看我的！」

「颼！」一道索勾從圓筒筆直射出，彈簧機刮聲爆響，鉤子帶著堅韌的牛皮索快如弩箭般橫過十多丈的虛空，射進對面懸空石崖上一株老松虯結的枝葉裏去。

高彥用力回拉，發覺已勾個結實，朝來到身旁的尹清雅大喜道：「這叫天無絕人之路，果然行得通，小娘子快抱著爲夫。」

尹清雅又驚又喜，無暇計較他又在口舌上輕薄自己，懷疑的道：「這皮索承受得起我們兩個人的重量嗎？」

高彥另一手以指對鉤索指畫著，念念有辭道：「唵嘛呢叭彌吽，南無阿彌陀佛，太上老君急急如律令，乖索子你顯顯神通，不准折斷。」

尹清雅又擔心又好笑，跺足嗔道：「虧你還有說笑的心情，惡婦快到了！」

其實高彥是物主，比她更害怕皮索折斷，又不得不充好漢，裝出視死如歸的豪情氣魄，大笑道：「我是要你陪我享福，不是陪死，娘子還未抱緊我呢！」尹清雅哪還有選擇餘地，雙手纏上他的脖子，摟個結實，俏臉埋入他肩頸去，閉上眼睛。

劍嘯聲起，楚無暇終於殺至。高彥一手死命抓著圓筒，另一手摟著她的小蠻腰，心叫老天爺保佑，兩足運勁，往對面下方的懸崖躍去。楚無暇的長劍險險擊中，只是一步之差。這對患難的男女耳際生風，片刻後已然力盡，於離開凸崖十丈許處往下急墜。現在他們再沒法憑自己的力量做任何事，只能祈禱高彥的「不准折斷咒」靈驗。

「呀！」兩人同時驚呼。皮索首先繃緊，下墜的力道幾乎令高彥脫手抓不著圓筒子，接著索子摩擦著崖邊，發出吱吱的聲音，兩人則在崖下丈許處搖搖晃晃，驚險萬分。尹清雅見情況不妙，略按他肩頭，借勢上升。高彥身子一輕，剛心中叫好，皮索已抵受不住崖石磨損，倏地斷折。他大叫不好時，脖子已被尹清雅雙足夾著，帶得他往上騰起。尹清雅施盡渾身解數，伸手抓著崖邊，蠻腰運勁，把高彥盪得翻到凸崖上去，她則用盡氣力，沒法自救。高彥甫著地立即滾到崖邊，雙手抓著她搭在崖邊的手，使盡吃奶之力把她硬扯上去，此時兩人再沒有絲毫高手的風範。兩人在崖邊倒作一團，均有劫後餘生的慶幸滋味。驚魂甫定下，高彥首先坐起來，接觸到的是站立在對面山上的楚無暇，既不服氣又充滿怨毒的可怕眼神。

雙方隔山對望，楚無暇仍一副不肯罷休的模樣。高彥還是第一次有機會仔細地打量她，楚無暇無可否認是一等一的美女，可是其美麗卻有種令人不寒而慄的感覺，或許是因她此刻的神情。想來她去迷惑司馬曜時，當然不會是眼前這般模樣，否則司馬曜不把她掃出建康宮才怪。她的顴骨略嫌高聳，可是配上特長而細的丹鳳眼，卻另有一種味道，反添加了近乎妖異的艷麗，使她的美麗與眾不同。

高彥喘著氣呼喝過去道：「我們往日無怨，近日無仇，捉迷藏的遊戲又玩過了，我們更對你的甚麼藏沒有絲毫興趣，提都不願提，大家不如就這麼算了吧！」

楚無暇冷冷的瞅著他，道：「小子是誰？」

高彥聽她語氣，好像這局面是由他們挑釁造成的，心中有氣，兼之又有小白雁坐在身旁，大喝道：「老子行不改姓，坐不改名，邊荒集高彥大少是也，不要忘記了。」

楚無暇一字一句緩緩道：「高彥大少，很古怪的名字，我自然不會忘記。」

高彥和尹清雅先是愕然，接著面面相覷，然後一齊忍俊不住，放聲大笑。尹清雅笑得淚水都幾乎流出來，指著她道：「他還有另一個名字，叫大少高彥，也不要忘記了！」

楚無暇終醒覺自己一時的遲鈍，雙目殺氣更盛，語氣卻仍保持平靜，冷然道：「終有一天我會要你們笑不出來。」

尹清雅回過氣來，嬌叱一聲跳起來，指著對山的楚無暇道：「你這心毒如蛇的賊婆娘有甚麼可以誇口的，你能拿我們怎樣？終有一天我會教你連想扮吊死鬼的樣子都辦不到。你奶奶的十八代祖宗，當自己是甚麼東西呢？我才不怕你，還要把佛藏的事傳得天下皆知，無人不曉。」

高彥聽得目瞪口呆，自己的心上人罵起人來竟然這麼凶，看來她對自己已非常遷就和客氣。

楚無暇並沒有動怒，若無其事的道：「你們不用下山嗎？」

尹清雅顯然被她激起小姐脾氣，移到仍坐在地上的高彥背後，兩手按在他肩膀上，嬌笑道：「由高家村到這裏，你奈何得了我們嗎？讓我告訴你，你的高彥大少是這裏的地頭蛇，你是鬥不過他的。」

高彥生出飄飄然的感覺，雖說尹清雅因要羞辱對方，故把他「抬舉」了，但她的衝口而出，亦代表她心中確有這種想法。兼之她親暱的動作，一時心神俱醉。

楚無暇柔聲道：「你長得很可愛，很討人歡喜，姊姊告訴你佛藏在哪裏好嗎？」

尹清雅不屑的道：「你能告訴別人連自己都不知道的事嗎？」

楚無暇露出一個笑容，道：「小姑娘誤會了！我只是故意說不知道，好讓他人知道自己的愚蠢，竟爲沒有意義的事送命，看他們後悔莫及的可笑模樣，很有趣呢！」

兩人聽後，心忖世上竟有這樣的人，可見其心之毒，也不由心湧寒意。高彥更聯想起把玩被擒耗子的惡貓，別人的痛苦就是她的快樂。這種人根本不可以常理推斷，這個樑子是結定了。

尹清雅喝道：「有屁便放！待我們去公告天下，叫你做個一文不名的窮光蛋。」

楚無暇忽然笑起來，令人更感到她的心理不大正常，道：「我又不想說了！」接著往後疾退，幾個縱躍，已消沒在山的下方。

尹清雅改按爲抓，搖晃著高彥道：「快想辦法，她分明要先一步趕到山腳去，好等我們下山去。」

高彥望著對山，道：「可惜索子斷了，只好看看附近有沒有樹藤一類的東西。」

尹清雅猶有餘悸的打個寒顫，失聲道：「剛才我受罪受夠了，休想再來一次，快另想辦法！你不是自誇邊荒的第一逃跑專家嗎？」

高彥站起來道：「我們的運氣如何？」

尹清雅駭然道：「你不是又想幹甚麼危險的事吧？」

高彥神氣的道：「都說跟著我保證好玩兼刺激。不過這次你不用擔心，這座山叫雙駝峰，是白雲山區的第二高峰，山脈廣闊，只要我們隨便找個方向下山，碰上妖女的機會仍要比妖女追來小，何況我對這山區的形勢瞭如指掌。」

尹清雅奇道：「你究竟是當風媒還是當地理師呢？」

高彥哈哈笑道：「娘子有所不知，雙駝峰有道名泉，第一樓的雪澗香便是取自這條泉水，所以我對這一帶特別熟悉，因爲曾陪龐義那名字有『義』卻欠了義氣的傢伙來過幾次。慢慢你會發覺我還有其他方面的本領，保證不會令娘子失望。」

尹清雅沒好氣道：「你好像有很多時間的樣子，最好別讓那妖婦趕上來，否則我只好犧牲你，自己一個人跑掉算了。」

高彥哈哈一笑，領頭下山。尹清雅呆了一呆，忽然兩邊臉蛋各飛起一朵紅雲，追在他身後嗔道：「你在笑甚麼？」

高彥躍往崖旁下方一塊大石處，洋洋得意看著落在身旁的尹清雅，眨眨左眼道：「不要唬我啦！剛才娘子不顧生死的對爲夫施以援『腳』，已顯出娘子對爲夫情深義重，至死不渝。」

尹清雅大嗔道：「你找死！」高彥早有準備，躍離山岩，險險避過她的飛拳突襲。

尹清雅怒不可遏的追下來，叱道：「這次我絕不會饒你。」邊嚷「娘子息怒」，高彥使出壓箱底的輕功，朝兩峰間的深谷逃命去也。

燕飛在白雲山區邊緣的一座山丘止步，目光投往位於山區東南方形狀奇特的雙駝峰。香澗從位於中間的主峰摩雲嶺瀉下，便是經雙駝峰間的駝峰峽流出山區，最後匯入夏淝水。雙駝峰之所以引起他的注意，是因爲當他感應到波哈瑪斯時，心中浮現的正是此山的影像。雙駝峰一高一低，起伏有致，其陡峭難行不下於主峰摩雲嶺。此峰除流經峰腳間的香澗外，另一勝景是孤懸於近峰頂處的「懸命崖」，燕飛不時到崖上沉思冥想，故此對雙駝峰有特別深刻的感情。難道波哈瑪斯也學他般，到懸命崖打坐練功？

太陽剛抵中天，樹上的積雪開始融解，寒冬已成過去。在目前的情況下，春暖花開代表的不是好時光，而是殘酷的戰爭。他躲在赫連勃勃隊內一輛騾車上，默默潛修，到隨隊離開邊荒集，他的內傷已痊癒，且更有精進。他並不關心赫連勃勃的安危，誰除去他都只是好事而非壞事，如讓他得勢稱雄，會有很多人遭殃，包括無辜的平民百姓。親身目睹和體會過三珮合一後的威力，無限地開闊了燕飛在武道上的視野，啓發了他對丹劫和水毒，兩種極端相反而又相得益彰的本原力量的深思。武道之最，莫過於此了。

就在此刻，他又感應到波哈瑪斯。那種感覺奇異至極點，他的精神處於往四面八方搜索的狀態，整個白雲山區在他的精神感應下，像一個波平如鏡的大湖，湖水裏任何異動，都了然於心。波哈瑪斯就像投進他這精神心湖內的一粒小石子，泛起一圈漣漪，也使他掌握到目標位置。波哈瑪斯是死定了，因爲他的精神已鎖定了他，就像他沒法逃避孫恩般，除非波哈瑪斯能勝過他的蝶戀花。倏地波哈瑪斯的精神波動起來，雖只是刹那的光景，對波哈瑪斯這種有精神修養的武學家，已屬非比尋常的情況。究竟是何事令他難以保持澄明的心境呢？燕飛再不猶豫，朝目標位置掠去。

垂雲瀑從主峰摩雲嶺傾瀉而來，至雙駝峰形成另一道較窄小，可是聲名卻有過之而無不及的香澗瀑，奔瀉而入雙駝谷內，形成蜿蜒而流，過野穿林的小溪澗。谷內長滿桂花樹，流經谷內的一段河澗，便是名聞邊荒的白雲香澗。香澗瀑有別於垂雲瀑，不像後者般水勢洶湧，聲威懾人，亦不是玲瓏嫵媚，婉轉流淌，而是起始丈許處尚是水，然後水瀑便沒進水煙裏去，水瀑似化爲縷縷輕煙，因風作態，自由寫意。桂林春暖，草樹復榮，香澗的美是與眾不同的，充滿宇宙神秘難宣的況味。

兩人沿澗而行，當尹清雅看到香澗瀑的奇景，澗邊的積雪被水流融解同化，開始漫長的旅程，忍不住雀躍道：「這裏眞美，想不到邊荒內有這麼一個好地方，我在這裏坐一天都不會悶。」

高彥在澗旁一方石坐下。解下背囊望著水瀑激起的陣陣水霧，在陽光灑照下，隱現五彩，有感而發的道：「邊荒是天下間最後一片淨土，正因邊荒集獨特的情況，只要南北勢力大致保持平衡，邊荒便是最有趣的地方，且刺激好玩。在淝水之戰前，邊荒的興旺是未到過的人難以想像的。淝水之戰後，動盪難免，不過一切會回復原狀，因爲荒人是永遠不會向強權屈服的。」

尹清雅在他身旁另一石塊坐下，默然片刻，柔聲道：「失去了邊荒，你可有甚麼打算呢？」

高彥茫然搖頭，道：「我不知道！我會變成無家可歸的人，失去了一切，更不曉得該往何處去，如何可以忍受邊荒外那個人吃人的世界。」

尹清雅垂首輕輕道：「你不是因我背叛了荒人嗎？縱使收復邊荒集，你還有立足之地嗎？」

高彥幾乎語塞，更想坦誠相告，可是看到她像被自己的行爲深深打動的模樣，哪敢說出口。人急智生下，笑道：「你爲我擔心，是因你不明白荒人。換了在別的地方，我肯定成爲通緝犯，可是對荒人來說，我如此愛得不顧一切，正合他們的作風，加上有邊荒第一高手燕飛爲我說情一下，我們回到邊荒集時，肯定他們會敲鑼打鼓的歡迎我們，絕不會有另一個情況。」

尹清雅以細微的聲音櫻唇輕吐的道：「清雅有甚麼好呢？」

高彥劇烈的顫震，轉頭朝她瞧來，一時說不出話來。尹清雅迎上他的目光，「噗哧」笑道：「爲何用那種眼光看人家呢？唉！你這小子眞麻煩，我由開始到現在都沒有看上你。唉！我們還是敵人來著！我又曾經……唉！還是不說了！」

高彥有如被冷水照頭淋下，旋即又像想起甚麼似的，盯著她道：「不要騙自己了，你和我在一起時，不覺得開心嗎？不覺得時間過得特別快嗎？」

尹清雅聳肩道：「那又如何呢？頂多你是個好玩伴吧！我還可以說甚麼，才可以令你收回痴心妄想，我師傅是絕不許我和你在一起的，做朋友都不成。」

高彥氣道：「你的師傅就是你的一切嗎？你還有爹娘為你作主呵！」

尹清雅無精打采的道：「我是師傅自幼收養的孤兒，所以師恩如山，你說甚麼都是沒有用的。」

高彥道：「眞相往往是令人難受的，也許你和師傅的關係並不像表面般簡單，例如他血洗一個村鎮後，發現仍在襁褓中的你，一時心軟，收留了你，又或……」

尹清雅大怒道：「閉嘴！你卑鄙！」

高彥頹然道：「你罵得對，我的確卑鄙，不過為了你，我再卑鄙的事都可以做出來。」

尹清雅可能想起他為自己背叛荒人的事，神色緩和下來，輕輕道：「我要走了！不用你送了！」她說得輕描淡寫，卻透出一股堅決的意味，大異她平常總帶點愛玩鬧兒的語調。

高彥感到一切努力盡付東流的沮喪，忽然間他再不願去思索這段情，也不想做任何事情，近乎麻木的道：「你不怕遇上那妖女了？」

尹清雅垂頭道：「我會照顧自己。」又往他瞧來，欲言又止的好半晌後，低聲道：「你的荒人兄弟眞的仍肯收留你？」

高彥心灰意冷的道：「收留好！不收留也好！甚麼都跟你沒相干的！」

尹清雅道：「你會蠢得去輕生嗎？」

高彥露出錯愕的神色，搖頭道：「我該沒有這麼大的勇氣吧！」

尹清雅倏地站起來，道：「人家走啦！」高彥呆望著香潤，沒有答她。

尹清雅嗔道：「你聽到嗎？」高彥木然點頭，仍不肯看她。

尹清雅皺眉道：「你在生我的氣，對吧？」

高彥苦笑道：「我已失去一切，包括生氣的能力，我太過一廂情願了，豈知你真的從沒有看上我。」

尹清雅忽然別轉嬌軀，朝谷口方向放腳奔去，眨眼已達至最快的速度，消沒在桂樹林間。高彥瞧著她的背影，發起呆來，旋踵驀地彈跳上半空，凌空翻了個觔斗，發出歡呼。「蓬！」回落時一頭栽進了溪澗裏。

高彥喝了兩口澗水後，從冰寒的水中抬起頭，呵呵笑道：「甚麼都可以騙人，只有這種事騙不了人。哈！如果不是愛上了我，且愛得不能自拔，怎會逃命似的走了。噢！我的娘！冷死我了。」三扒兩撥狼狽的回到岸上，又坐下來喘息著自言自語道：「她該是怕我看到她離別的苦淚，所以忙著離開。哈！這是如山鐵證，證明她是捨不得離開我。唉！他奶奶的！她現在當然是回兩湖去了，我又追不上她，如何才可以和她再續未了之緣呢？眞頭痛！」又沉吟道：「三個臭皮匠，勝過一個諸葛亮。只好再找我的兄弟出腦袋幫忙。甚麼老燕、老屠、老劉，加上個卓瘋子，所有腦袋加起來，我不相信沒有另一個機會。下次我定可以令小白雁你親口承認愛上我，喚我作彥郎，決定不顧一切爲我生個白白胖胖的兒子，噢！眞的很冷！」

高彥打個哆嗦，撲過去拿起背囊，取出乾衣替換。他的小白雁之戀，從未像此刻般實在。

劉裕站在穎水西岸的高地處，俯瞰荒人大隊從臨時搭起的三道渡橋過河的情況。由江文清指揮的雙頭船隊，封鎖了上下游，以策安全。荒人大隊比預計的時間早到近個把時辰，只從此點便知從戰士到工匠、婦孺，荒人的士氣是多麼高揚，令他們忘記了勞累。

看著數以萬計的荒人由南方安然返回邊荒，進駐反攻邊荒集的鳳凰湖基地，劉裕生出滿足和成就的感覺，大大沖淡心中鬱苦的情緒。他曉得已是勝利在握，不管邊荒集的敵方佔領軍多有本事，都翻不出他的掌心去。姚興和郝長亨交易的糧資和戰馬均落入他手上，連串的勝利，把荒人的士氣和鬥志推上顛峰的狀態，更重要的是自己確立了統帥的權威，人人對他信心十足，願效死命。唯一使他有點不安的，是慕容戰對護送戰馬來的羌兵手段狠辣，展開屠殺，只餘數十羌人逃回邊荒集去。不過此為胡族戰士一向的作風，兼之慕容戰並非他的手下，他實在很難說話。可能因為不符北府兵的作風，他心裏才會感到不舒服，至於這種行為是對是錯，他也沒法判斷。每殺敵方一個人，便可以削弱對方一分力量，且可以令敵人生出恐懼。他是否也要改變自己呢？

拓跋珪策騎出盛樂，朝長城的方向疾馳，後方是五千拓跋族最精銳的戰士，陪行的將領是叔孫普洛。他這次不是要迎擊敵人。剛好相反，他是要撤走平城和雁門的部隊和民眾，運走所有糧資，只留下兩座空城。行動關係重大，在不容有失下，他必須親自監督，以防慕容詳由燕都出擊。他明白領軍來攻打他的慕容寶是怎樣的一個人。慕容寶一向看不起他，又高傲自負，自以為是無敵天下的猛將，更認為大燕兵是世上戰力最強的部隊，而這正是對方的弱點，他要好好利用。

拓跋珪心裏承認如現在與慕容寶正面交戰，他是輸多贏少。幸好戰爭的勝負，並非純靠武力，更重要的是策略。現在他放棄長城內所有得來不易、勢足威脅燕都的堅強據點的大片土地，正是要慕容寶進一步生出輕敵之心，魯莽行事。佔領平城和雁門後，手下將領大部分均力主趁慕容垂分身不暇之際，直搗燕都。可是他卻不爲所動，保存實力，以應付將臨之戰，貫徹對燕飛的承諾。他放棄平城和雁門，慕容寶會作出怎麼樣的反應呢？換了是慕容垂，此計肯定無法令他上當。慕容寶又如何？拓跋珪正耐心等待，自拓跋代國滅亡後，他一直在等待，現在機會終於來臨。

燕飛有點不敢看原來臥佛寺所在的大坑穴，如有選擇，他是不會回到這裏來的。他利用山林的掩護，從坑穴的西北方掠過，直趨雙駝峰。他感到波哈瑪斯的精神在波動著，顯示他並非處於冥想默坐的狀態裏。究竟發生了甚麼事？是否他的修行出了岔子？

半盞熱茶的工夫，燕飛離開摩雲嶺南麓的密林區，抵達雙駝峰西南方一道支脈，翻過小山，雙駝峰矗立眼前，高低起伏的兩峰直插雲天，拔地而起。前方地勢低平，從摩雲嶺垂雲瀑而來的一道支流，流經此幅山腳處的平地，形成一個小湖。湖水晶瑩潔淨、水流緩慢，松樹環湖聳立，岸邊開始融解的積雪流入湖內，原被雪覆蓋的嶙峋怪石似從雪層裏冒出來，引人深思。在湖岸旁一塊巨石上，波哈瑪斯衣衫染血，臉色蒼白，正不眨眼的瞧著燕飛。燕飛心中奇怪，是誰有本領能重創這位來自波斯的武學宗師呢？亦大感爲難，自己怎可以對沒有抵抗力的人下殺手？

燕飛速度不改，轉眼來到波哈瑪斯身前，神態從容的蹲下道：「本人燕飛，大法師你好。」波哈瑪斯劇震一下，雙目露出驚疑神色，顯然被燕飛威名所懾，知道不妙。

燕飛皺眉道：「大法師劍傷嚴重，如不能及時治療，恐怕永難痊癒。究竟是誰幹的？」

波哈瑪斯一雙眼睛射出仇恨的焰火，咬牙切齒的道：「我從未想過世上有這麼狠毒的女人，我和她不但無仇無怨，且互不認識，她卻因看穿我行功正到緊要關頭，忽然現身突襲。無奈下我雖明知功虧一簣，仍要起而應戰。對！我是吃了大虧，但她亦被我重創。想不到我苦待三十多年的時機，就這麼被她破壞了。」

燕飛心忖難道是安玉晴，旋又推翻這想法，因爲她絕不是這種人，兼之她並不認識波哈瑪斯。這種損人不利己的作風近似任青媞，不過此女該不在邊荒內。

波哈瑪斯嘆道：「燕兄是否專誠來找我呢？」

燕飛知他才智過人，從自己稱他作大法師而曉得自己是來尋他晦氣。坦然道：「我本是一心來殺你，但卻不願乘你之危，只好先助你穩定傷勢，再請大法師隨我去見呼雷方。」

波哈瑪斯露出虎落平陽的無奈神色，徐徐吐出一口氣道：「殺了我並不是辦法，呼雷方是被我的制神大法所迷，只要燕兄在他耳邊說出一句咒語，便能解法。」

燕飛似笑非笑的道：「換作你是我，會不會憑一面之詞信而不疑呢？何況呼雷方牽涉到一批毒香，如落入我們手上，加上姚興一方並不知情，對我們光復邊荒集有很大的用途。」

波哈瑪斯正容道：「燕兄的懷疑是合情合理。我只能以眞主之名立誓，如果我有一字虛言，欺騙燕兄，教我十日之內暴屍荒野。」

燕飛不以爲然道：「法師以爲立下毒誓，我就會放你一馬？若只是關乎我一個人的事，我還可以隨心之所願作出決定，可惜此事關係到反攻邊荒集的成敗，而法師則是敵方主帥倚重之人，我放過你，等於放虎歸山。你總不能明知我們有毒香在手，仍裝作不知道吧！」

波哈瑪斯誠懇的道：「實不相瞞，我早有離開姚興之意，燕兄來此途中，該見到那被火石撞地弄出來的大坑穴。」

燕飛道：「法師決定離開，竟與此坑有關？」

波哈瑪斯道：「正是如此。此爲天大凶兆，對現今中土所有政權均不利，亦使我對效力姚萇萌生退意。何況我現在最想做的事，是追殺那妖女，以雪心頭大恨，再無意與荒人爲敵，請燕兄相信我。」

燕飛感到他話中的誠意，但仍感難下決定，如自己把他所說的咒語，在呼雷方耳邊說出來後卻毫不見效，豈非天大的笑話。

波哈瑪斯道：「燕兄是如何曉得呼雷方與毒香有關，又如何找到這裏來呢？即使姚興也不曉得我到哪裏去了。」

燕飛道：「毒香方面請恕我要賣個關子，不願透露。至於尋找你老哥，我自有一套辦法，只要你仍在中土，便沒法躲避我。」

波哈瑪斯欣然道：「如此我有個折中的辦法，燕兄當清楚我內傷嚴重，沒有十天八天靜養，休想恢復從前的功力。那我便在燕兄指定的時間內留在這裏，只要我違諾離開，燕兄可趕回來追殺我，憑燕兄能斬殺竺法慶的身手，何況邊荒更是你的地頭，我必無倖免。」

燕飛知他看破自己是憑精神感應追尋到這裏來，因爲他本身也是這方面的大行家，所以有此提議。終於同意，點頭道：「好吧！請法師三天內不要離開白雲山區，只要呼雷方痊癒，我再不理會法師的事，當然，先決條件是法師必須離開姚興，否則我會不擇手段的對付你。」

波哈瑪斯大喜道：「燕飛親口發出的警告，天下人誰敢不放在心上呢？燕兄是個好心腸的人，他日我必有回報。」接著對燕飛說出解開呼雷方被制心神的咒言。

燕飛立在坑穴邊緣，目光雖落在圓坑中心尼惠暉埋骨之處，心中想的卻是宋悲風和安玉晴，他們到了哪裏去呢？奔跑的聲音由遠而近，他不用回頭去看，已知來者是誰，卻沒有奇怪。這小子的老本行正是四處奔波，不如此方爲怪事。白雲山區發生了這麼怪異的事，他來探看情況是理所當然。幸好波哈瑪斯重傷，否則給他遇上，這小子便有難了。

高彥在後方嚷道：「我的娘！竟然是小飛你，不但沒有被孫恩幹掉，還有閒情在這裏欣賞怪穴。」接著來到燕飛身旁，倒抽一口涼氣道：「天！這是怎麼一回事？」

燕飛見他走得氣喘如牛，訝道：「你在逃命嗎？」

高彥嘆道：「給你猜個正著，幸好遇著我的私人保鏢燕大爺，難怪那妖女給嚇跑了。」

燕飛訝道：「妖女？」

高彥道：「還不是楚無暇那個心狠手辣的妖女，不過我該感激她才對，如非她窮追不捨，我便沒法試探出小白雁對我海枯石爛仍不會改變的愛。哈！這下發達了！」

燕飛聽得糊塗起來，皺眉道：「你和小精靈在一起嗎？現在她到哪裏去了？」

高彥興奮的道：「此事說來話長，不用擔心，你想不聽也不行。嘿！你是否宰掉了孫恩了？」

燕飛終於面對該不該說謊，和如何說謊的頭痛問題，否則很難對自己的兄弟交代，苦笑道：「孫恩仍然健在。」

高彥大吃一驚，左顧右盼，害怕孫恩會在某處忽然撲出來。燕飛道：「不用怕，他回南方去了。」

高彥如釋重負的鬆一口氣，定神打量燕飛，道：「你打跑了他。我的娘！你怎可能沒受半點傷的？」

燕飛道：「我也沒有打跑他，不過他眞的受了傷，此事也是說來話長。我已找到醫治呼雷方的方法，必須立即趕回去。」

高彥道：「大家邊走邊說。哈！遇上你眞好，我正要找人傾吐心事，爲我分析疑難。」燕飛的頭登時大了起來，苦笑著去了，高彥忙追在他身後。

高彥筋疲力盡的在穎水旁坐下，喘著氣道：「你終肯停下來了。」

燕飛仍是氣定神閒，彷似有用不完的力量，仰望太陽剛沒入地平線後，在西邊天際乍現的一顆又大又明亮、金光燦然的星星。道：「我既不想背著你走路，又怕你落單會被餓狼分屍，只好停下來等你恢復氣力。」

高彥忍俊不住笑起來道：「燕小子的心腸眞壞，不過我已摸清楚你的底子，每逢心情大佳時總愛揶揄老子，像千千剛到邊荒集之夜，便不住拿老子開玩笑。」

燕飛微一錯愕，心忖高彥的話該有幾分道理，自邊荒集二度失陷後，他的心情的確從未這般暢美過，因爲他曉得敵人不但缺糧、內部不穩，且掌握了敵人的部署和戰略，縱然在兵法上他遠及不上劉裕、屠奉三之輩，但也知道勝利已經在望。一切都是爲了紀千千，只有重奪邊荒集，他才可以進行與跋珪擬定的策略。

高彥道：「想起千千啦！還在那裏發甚麼呆，快來給老子過幾道管用的眞氣，打通老子甚麼娘的奇經八脈。有你小飛在，我根本不用去練功，便可以成爲一流高手。還不滾過來提供服務。」

燕飛沒好氣的來到他身後盤膝坐下，雙掌按上他背脊，先輸入一注眞氣，接著連拍十多掌，每掌均令高彥震抖一下，然後收手道：「有甚麼感覺？」

高彥好一會也作不了聲，驀地嚷起來道：「你奶奶的眞厲害，不愧邊荒第一高手。第一道眞氣至少値一錠金子，其餘每掌可値半錠。眞古怪！眞氣先進入我的丹田，然後你每一掌拍下來，眞氣便像由你指揮的部隊般應令衝往某道經脈，神妙得難以置信。你奶奶的，你是否已傳了我十年的功力。橫豎你有空，再多傳我十年功力如何？加上老子本身的功力，我便有四十年的功力啦！得來全不費工夫。」

燕飛啞然笑道：「對不起！我只傳了你十日的功力，再多十日怕你消受不起。這十日功力能否保存還須看你本身的努力，世上絕無不勞而獲的便宜，武功的修爲更沒有取巧可言。」

高彥掉轉過來與他面對面坐著，欣然道：「你的心情眞的很好，現在可以談小白雁的事吧！」

燕飛既弄清楚荒人進駐被新命名的鳳凰湖基地，離此只半天的腳程，故不急於趕路。遂道：「本人洗耳恭聽。」

高彥大喜，忙把英雄救美的情況加油添醋的說出來，最後道：「她突然離開時雖然背著我，但我清楚看到她一對美麗的眼睛是含著熱淚的，全是因爲捨不得離開我。」

燕飛訝道：「你比我還了得，雙眼竟有透視的能力。」

高彥尷尬的道：「不要岔開去。現在我的問題是如何可與她再續前緣，再有一次單獨相處的機會，我肯定可以令她投懷送抱，大家卿卿我我，快活過神仙。」

燕飛沉吟片刻，道：「想不到劉裕竟會爲你做這種事，實在不像他一向踏實的作風。」

高彥光火道：「你想到哪裏去了？老劉是夠義氣，肯為朋友兩肋插刀，不像你這小子般，對我和小白雁能流芳百世的熱戀不時冷嘲熱諷。」稍頓又道：「我可不是亂吹牛皮，經卓瘋子把我們坎坷的愛戀，寫入他那部說書人的天書去，保證比你斬殺假彌勒的壯舉更吸引人，更賣座。彌勒是假的，我們的愛卻是能在爐火裏永遠挺得住的真金。」

燕飛忍不住笑道：「卓瘋子的三寸不爛之舌真了不起，終於說服了你這個傻瓜。」

高彥氣鼓鼓道：「不是卓瘋子了得，而是我感到如讓我偉大的戀史失傳，是後世所有人的損失。明白嗎？快給我動腦筋，讓我能流傳千古的小白雁之戀有個圓滿的結局。」

燕飛道：「看來你只好到兩湖去走一趟，她人在那裏，你還有另一個選擇嗎？」

高彥登時兩眼發亮，試探道：「你陪我去嗎？」

燕飛搖頭道：「不！你自己一個人去。」

高彥像從雲端摔回地上，頹然道：「你這不是叫我去送死嗎？」

燕飛道：「我是認真的，只要你得鐘樓議會同意，便可以作邊荒集的代表，光明正大公然到兩湖找聶天還談條件，約定某段時期內互不侵犯的條約，那時你豈非可施盡渾身解數，追求小白雁嗎？」

高彥道：「這只是你一廂情願的想法，聶天還現在恨不得剝我們荒人的皮、吃我們的肉，怎肯與我們合作？」

燕飛道：「我雖然不是熟悉政治的人，卻也知道政治只講利益，現在聶天還的主要目標是與桓玄扳倒建康的政權，如果司馬王朝完蛋，便輪到他和桓玄爭天下。在這樣的形勢裏，他既無力攻打邊荒集，只好與我們講和，甚至可以繼續和邊荒集作交易，從中得益。所以你代表邊荒集去見聶天還，並不是完全行不通的。即使最後談不攏，依照江湖規矩，他也不敢動你半根寒毛。」

高彥的眼睛又亮起來，旋即嗒然若失道：「仍是行不通，大小姐與聶天還有殺父之仇、毀幫之恨；老屠則與聶天還勢不兩立，怎肯同意？快給我另想辦法。」

燕飛道：「我仍認爲値得一試，因爲光復邊荒集後，我們不單需要一段時間回復元氣，且要應付北方的敵人，故不宜在南方樹敵。且我們首要之務，是要助拓跋珪打垮慕容垂，救回千千主婢，如此邊荒集聲勢方可重上高峰。事情有緩急輕重之分，所有人必須拋開個人好惡，爲大局著想。大小姐和老屠該明白這只是權宜之計，約期一過，大家又可以互相攻伐，拚個你死我活了。」

高彥興奮起來，緊張的道：「對！對！對極了！首先須由你親自出馬去說服老劉，這小子一向不受控制，肯製造一個機會給我和小白雁，只是給鬼遮了眼。」

燕飛道：「再次的失敗，已令郝長亨失去聶天還對他的信任，兩湖幫的局勢也變得不穩定，你須摸清楚兩湖幫的情況，方可以對症下藥，在小白雁前顯示出你的威風。」

高彥拍胸道：「只要手頭有金子，我可以輕易地重整掌握兩湖幫的情報網。」

燕飛正要多提醒他兩句，神情一動道：「有大批人馬正從東南方趕來。奇怪！」

高彥大吃一驚道：「快溜！」

燕飛微笑道：「看清楚再說吧！」

〈卷七〉

第九章◆反攻大計

第九章 反攻大計

劉裕離開營地，到可鳥瞰整個鳳凰湖的山坡處，想找個地方坐至天明，深思目前的處境。他剛從一個充滿屈辱和無奈的噩夢中驚醒過來，夢裏充滿桓玄的惡行和王淡眞的苦難，他只有把注意力集中在收復邊荒集的問題上，方可將夢境儘快忘個一乾二淨。鳳凰湖岸營帳處處，湖岸停滿糧船，荒人好夢正酣，人人耐不住長途跋涉的辛勞倒頭大睡，只有當值的哨兵撐著眼皮子在各戰略要點捱更守夜。天上星辰密布，令夜空變得立體有質感，由大小光點構成的壯麗圖畫，顯示著穹蒼不可測的深邃。快抵達位於半山的一組大石群，他聽到古怪的聲音。念頭一閃，連忙增速，趕了上去。古怪聲音倏地停止。

龐義變得沙啞的聲音從兩塊石間傳出來，問道：「誰？」

劉裕暗嘆一口氣，道：「是我！劉裕！」

龐義站起來，神情木然道：「你睡不著嗎？」

劉裕肯定他剛才在哭泣，想不到外表堅強的龐義，竟有這般脆弱的一面，不過想想自己的情況，便對他只有同情而沒有絲毫嘲笑之意。移到他身邊的大石坐下，凝望湖上的船隻，道：「你在這裏多久了？」

龐義在另一塊石上坐下，道：「剛才不論你聽到甚麼聲音，都要當作沒聽到。」

劉裕嘆道：「我當然會爲你保守秘密。可是究竟爲了甚麼呢？現在光復邊荒集有望，我們可以繼續進行營救千千和小詩的大計，你該開心才對。」

龐義知道瞞不過他，因爲劉裕是曉得他鍾情小詩的人，頽然道：「我很害怕。」

劉裕訝道：「害怕甚麼？」

龐義淒然道：「我怕不論與慕容垂一戰的勝敗如何，結果仍是一樣。」

劉裕不解道：「我不明白！」

龐義雙目又淚光流轉，痛苦的道：「如果我們鬥不過慕容垂，當然一切休提，不但千千和詩詩回不來，邊荒集也要完蛋。可是即使我們能創造奇蹟，打垮從未吃過敗仗的慕容垂，他仍可毀掉千千和詩詩，讓我們永遠得不到她們。」

劉裕忽然全身打寒顫，自己的確從未想過這方面的問題，恐怕所有荒人包括燕飛在內也沒有想過這個可能性，當慕容垂發覺再保不住紀千千，便毀掉她。

龐義的聲音續傳入他耳裏道：「詩詩是那麼膽小和柔弱，我眞怕她受不住驚嚇。我很感激千千，如不是她選擇留下，詩詩的遭遇更是不堪想像。胡人的殘忍手段，我們在北方早領教過了。」

劉裕只好安慰他道：「不用擔心，燕飛曾到滎陽看過她們，她們都生活得好好的。」

龐義以袖拭淚，道：「你不明白的！我這一生最不喜歡別人養鳥雀，把會飛的可愛鳥兒關在窄小的籠子裏，剝奪了牠們任意飛翔的權利，那是最殘忍的事，是人的惡行，爲的只是要聽牠們的歌聲。現在千千和詩詩就像被慕容垂關在籠裏的鳥兒，想想都教人心痛，我也不是那麼容易哭的。」

劉裕聽得心如刀割，比起王淡眞來，紀千千和小詩的遭遇已強勝多了，至少慕容垂禮待她們。而王淡眞的情況則眞正是不堪揣測，甚至他都不敢去想，否則肯定發瘋。他到這裏來本是要淡忘剛才的夢魘，豈知反被勾起心事。還有甚麼可以安慰他呢？

風聲響起，從後而至。劉裕警覺的別頭瞧去，卓狂生正騰空而至，從山頂跳躍下來，落在兩人身前。卓狂生對龐義露出注意的神色，打量他幾眼，帶點詢問意味的眼神射向劉裕，道：「你們在談甚麼？」

劉裕向他使個眼色，要他不要尋根究柢，顧左右而言他道：「閒聊吧！你沒有休息嗎？」

卓狂生在兩人對面的平石坐下，道：「現在的生活才稍爲回復正常，荒人大多是夜遊鬼，而我更是夜遊鬼裏的夜遊鬼，白天是用來睡覺的，晚上才是我享受生命的時候。哈！既然你們只在閒聊，不如一起來聽聽我那部巨著的結局，給點意見。」

劉裕奇道：「你在說笑吧！你的驚世巨著不是才剛開始，到現在只有個多月的時間，這麼快便寫完，我還記得你說要寫書時，剛巧奉善被彌勒教的人懸屍示眾。」

卓狂生撫鬚笑道：「胸懷沒有點遠見，怎配當邊荒的史筆。我這部著作因邊荒集而來，從其人事變遷反映邊荒集的盛衰榮辱，也會跟從邊荒集的雲散煙消而結束。」

龐義咕噥道：「不要胡言亂語，邊荒集怎會完蛋？」

卓狂生道：「所以你沒有資格來寫這本天書，因爲欠缺視野，寫出來的東西當然不會動人，更不會有血有肉，只會令人悶出鳥來。」轉向劉裕道：「你現在是我們的統帥，對此有甚麼看法呢？」

劉裕被迫去想將來的事，苦笑道：「自晉室南渡後，南方從未出現過像眼前般的混亂形勢，北方則因大秦解體，亦四分五裂。在未來的十年將是變遷無常的一段時間，恐怕沒有人能預見變化，或許就是那麼一直亂下去。噢！」

卓狂生和龐義齊盯著他，前者問道：「甚麼事？」

劉裕想起的是胡彬告訴他白雲山區的天降災異，心中生出不寒而慄的感覺，難道災異直指邊荒集，預告邊荒集的滅亡？否則便不該發生在邊荒集附近。一時間，他不想說出來，也不願說出來。道：「假如南北統一，邊荒集自然完蛋，因爲邊荒再不存在。」

卓狂生舒一口氣道：「差點給你嚇死。我的想法與你不同，統一天下談何容易，以苻堅的實力仍以亡國滅族收場，其他人更不行。依我看南北的對峙會繼續下去，直至一個眞正的霸主出現，目前的所謂霸主，沒有一個有這種能力。」

龐義道：「慕容垂也沒有這個資格？」

卓狂生理所當然的道：「他開罪了我們所有荒人，怎會有好收場呢？」龐義爲之語塞。

劉裕道：「如非出現統一之局，邊荒集該可以繼續繁榮下去。」

卓狂生嘆道：「世上沒有永遠不變這回事，邊荒集的問題，在於它顯示出來的影響力和戰略性。小小的一個城集，卻主宰著南北政權的盛衰，現在當然沒有問題，因爲南北各大勢力亂作一團，自顧不暇。可是南北形勢一旦分明，政局穩定下來，當權者絕不容邊荒集的存在，那時邊荒集肯定會完蛋，或許是十年，或許是二十年內的事。我的巨著也不得不隨邊荒集的滅亡而終結。」

龐義聽得臉色發青，安慰自己道：「也可能是數十年後的事，老子那時該沒眼看了。」

卓狂生嘆道：「不可能拖那麼久的，你和我都可以親眼目睹邊荒集的滅亡。事實證明了邊荒集根本守不住，而我們只能在南北勢力的夾縫中生存，且是驕傲地生存，而不是苟且偷生。邊荒集的名聲會在我們有生之年攀上巔峰，再逐步走向滅亡。不要害怕，這正是最精采的人生，與邊荒集一起經歷它最偉大的時代。我正因見你老龐哭喪著臉，才指出你的錯誤，只要你持著和我同樣的看法，你會享受到眼前每一刻的珍貴時光。」

劉裕忍不住問道：「你自己又有甚麼打算？」

卓狂生仰望夜空，雙目神光閃閃，充滿憧憬的神色，徐徐噓一口氣，道：「當邊荒集滅亡的一刻，我會跑上古鐘樓的觀遠台上，寫下邊荒集的結局，然後殉集自盡，以我的死亡作爲巨著最後的終結。這是多麼淒美的故事。」

一時間，劉、龐兩人都說不出話來。劉裕耳際像又響起屠奉三臨別前一番充滿感觸的話。「有一天劉兄成爲南方最有權勢的人，請別忘記邊荒集，讓荒人繼續他們自由寫意的生活。」

桓玄離開臥榻，心裏明白榻上的絕色美人兒正默默淌淚，卻不揭破。他已多年沒嘗過連續多晚的激情，伏在她身上，便像把建康所有高門踩在腳底下，那種感覺是無與倫比的。他披上外袍，推門離房。

侯亮生正焦急地在內廳等待，見桓玄出房，忙迎上施禮。

桓玄不悅道：「這麼晚了！甚麼事不可以留到天明再說呢？」

侯亮生忙道：「前線傳來急報，桓偉將軍和兩湖幫的聯合行動慘敗而還，兵員折損過半。」

桓玄劇震失聲道：「這是不可能的。」

侯亮生道：「關鍵在劉牢之背叛了我們，派出水師封鎖淮水，令我方水陸兩軍無法會合，反被荒人以奇兵逐個擊破，死傷無數。」

桓玄咬牙切齒道：「劉牢之！有一天我會親手把你的肉逐片逐片的割下來，方可洩我心頭大恨。」

侯亮生道：「劉牢之的背叛，使王恭立陷險境，更是孤立無援，我們該怎麼辦好呢？請南郡公定奪。」

桓玄下意識的回頭往關閉的房門看了一眼，沉吟片刻後道：「我們到外廳去說。」

高彥沒有他那麼好眼力，聞言喜道：「這麼多騎兵，肯定是他到盛樂召援兵來了！至少有數千之眾。」

燕飛訝道：「竟然是小儀。」

燕飛道：「沒有那麼多，約二千來騎，還有近五十輛騾車，且大部分是荒人兄弟，我族的戰士只佔小部分。」

一騎排眾而出，超前奔上斜坡，見到燕飛大喜道：「我們拓跋族的英雄，邊荒的英雄，你們怎會在這裏的？」

燕飛道：「此事說來話長，你們又是怎麼一回事？」

拓跋儀道：「我返回盛樂，得到千匹戰馬和百名戰士，回來與你們並肩反攻邊荒集，沿途遇上不少流亡到北方的族人和荒人兄弟，更有人聞風歸隊，我趁勢派人手，召集躲在邊荒各地的荒人，最有效是晚上在高處打起邊荒集召集的燈號，所以你才有機會看到眼前的壯觀場面。」

燕飛道：「此處不宜久留，我們邊走邊說吧！」轉向高彥道：「你負責領路，我和小儀押隊尾。」

高彥一聲領命，高呼道：「兄弟們！隨我來。咦！」

拓跋儀躍落地面，道：「用我的馬吧！不然成何體統？」高彥毫不客氣，飛身上馬，領路去了。大隊繞過小丘，朝潁水方向推進，見到立在丘上的是斬殺竺法慶的大英雄，登時士氣大振，紛紛歡呼致敬。

在外廳坐下後，桓玄沉思良久，道：「劉牢之並沒有直接加入戰鬥，對嗎？」

侯亮生道：「不過並沒有分別。且我在較早前接到消息，何謙在到建康的途中被王國寶突襲遇害，令司馬道子和劉牢之之間再沒有障礙。」

桓玄色變道：「消息從何而來？」

侯亮生道：「來自司馬道子。」

桓玄失聲道：「甚麼？」

侯亮生道：「司馬道子透過司馬德宗向各方重鎮發出檄文，公告已將王國寶問斬，還歷數他的罪狀，其中一條就是襲殺何謙。」說罷雙手高舉過頭，奉上來自建康朝廷的檄書。

桓玄接過檄書，拉開匆匆看畢，憤然投於地上，大怒道：「我操你司馬道子的十八代祖宗。」侯亮生不敢答話。

桓玄沉聲道：「立即以飛鴿傳書知會王恭，告訴他劉牢之叛變一事，並通知他我會聯同殷仲堪明早天亮起兵，揮軍從水陸兩路直指建康。趁現在北府兵因何謙之死致四分五裂，讓我看看司馬道子憑甚麼來抵擋我荊州大軍。」

侯亮生低聲道：「可是兩湖幫新敗，戰船折損嚴重，恐怕無力助我們封鎖大江。」

桓玄冷笑道：「沒有聶天還便不行嗎？我們必須速戰速決，只要攻陷石頭城，建康遲早屈服，否則若給劉牢之足夠時間掃平北府兵內反對他的力量，我們將坐失良機。」

侯亮生點頭道：「明白了！我現在立即去辦事。」

侯亮生去後，桓玄緩緩站起來，朝內廳走去，心中充滿憤恨，而令他平靜下來的唯一方法，是把怨鬱之氣盡情發洩在房中美女的身上。皇帝的寶座本已唾手可得，現在卻是橫生枝節，終有一天他會把劉牢之生吞下肚裏去。

燕飛和拓跋儀在最後方坐著兩匹由戰士讓出來的馬兒，並騎緩行。燕飛聽罷拓跋儀有關拓跋珪的情況，道：「為何剛才你每次提及小珪時，語氣總是有異往常，且有點言而未盡似的，你們兩個之間究竟發生了甚麼事？是否有爭執？」

拓跋儀心中苦笑，連他也沒有想過，劉裕這個主帥的表現是如此出色，繼燕飛後成為邊荒的英雄，就在這荒人沉浸於勝利情緒的當兒，他卻要去想如何刺殺這託寄荒人反攻邊荒集的希望和熱情於一身的最高領袖，令他覺得要執行拓跋珪交代的秘密任務的難度倍增。而拓跋儀本身也是荒人，此事使他充滿罪惡的矛盾感覺，另一方面亦證明拓跋珪對劉裕的看法沒有錯，劉裕確實是個令敵人顧忌的人。拓跋儀是有苦自己知，雖恨不得向燕飛全盤傾訴，卻知這般做了，等於背叛拓跋珪，他該如何選擇呢？嘆道：「我只是在擔心他，慕容寶並不易對付，何況慕容寶後面還有慕容垂，一旦讓慕容垂收拾了慕容永兄弟，他便會親自對付我們。照我看，現在在北方，包括我們在內，仍沒有人是慕容垂的對手。」

燕飛心忖這是因為你不曉得我們有紀千千這著神奇的棋子，不過也感到拓跋儀有點岔開問題，顧左右而言他。他肯定有些事發生在拓跋儀和拓跋珪之間，卻知不宜在此刻追根究柢。順口問道：「乞伏國仁現在是怎樣的情況？」

拓跋儀拋開煩得令他失去所有人生樂趣的沉重心事，道：「苻堅死前，派他去平定其叔父步竇的叛亂，乞伏國仁知道大秦帝國滅亡在即，反與步竇連成一氣，召集族人，組成了一支十多萬人的部隊，建立政權，自稱大都督，設立武城、武陽、安國、武始、漢陽、天水、略陽、漒川、甘松、匡朋、白馬、苑川等十二郡，在勇士川另建勇士城作國都。還擊敗和收服了南安豪強祕宣，又在六泉平定了三個鮮卑人的部落，成為姚萇除苻丕外關內最大的勁敵。」

燕飛說出原委，道：「北方形勢的混亂複雜，在所有人意想之外，將來我們縱能打垮慕容垂，仍有一段艱辛遙遠的路要走。」

拓跋儀道：「苻堅被姚萇幹掉後，北方自立為王或割地稱霸者不勝枚舉，不過較像點樣兒的只有呂光、禿髮烏孤、沮渠蒙遜、慕容德、李暠和馮跋等人。不過比之姚萇和慕容垂，這些人都差遠了。」又欣然道：「我很高興你仍視自己是拓跋鮮卑族的一分子。」

燕飛道：「我從來沒有否認是拓跋族的人，只因我討厭戰爭和死亡，才來到邊荒集過著做一天和尚敲一天鐘的日子。不過紀千千把一切改變過來，為了她，我願去做任何事。」

拓跋儀心中難過得想仰天大叫三聲，自己究竟該把拓跋珪的命令放在最重要的位置，還是將自己好兄弟的心願置於首席？如刺殺劉裕成功，反攻邊荒集的大計不立即崩潰，也肯定會延誤。在返回邊荒的途中，他曾反覆思量，卻從沒想過光復邊荒集的軍事行動如此迫在眉睫，且如此接近成功。在如此短的時間內，他即使如實執行拓跋珪的密令，恐怕也難有機會。假如成功的話，則會對反攻邊荒集造成最沉重的打擊，這也是他不想見到的。

燕飛訝道：「你心中有甚麼疑難呢？為何臉色忽明忽暗，變化劇烈？」

拓跋儀幾乎忍不住向他吐露實情，勉強忍住道：「我在擔心族主。」

燕飛發覺他二度稱拓跋珪作族主，而不是像以前般親切地喚小珪，心中湧起不安的感覺，道：「對小珪多點信心吧！勝敗不是單講實力，否則我便割不了竺法慶的首級。不要再想北方的事，現在我們只有一個目標，就是把邊荒集奪回手上，要慕容垂兩面受敵，最後的勝利將屬於我們。」

孫恩站在岸旁，等待出現大海東方的第一道曙光，心中充滿奇異的情緒。經過連續兩天晝夜不停的趕路，他繞過建康，直抵大海之濱。三十多年來，還是首次有人令他負傷，且是不輕的內傷。幸好道家修行正是養生之道，黃天大法更是養生的極致，具有療傷神效，兩晝夜的邊趕路邊療傷，他已把傷勢穩定下來，接著便要看入關靜養的工夫了。身負的傷勢使他的心境產生變化，不單對自己有了深入的反省，更對自身和所處的人世有更透徹的明悟。

從小他便愛一個人獨處，思考眼前的天地。高山之巔、大海之濱，是他最喜歡流連的地方，只有當遠近群山俯伏腳下，茫茫汪洋在眼前澎湃漲退，方可以牽動他某種沒法說出來的偉大情懷。他熱愛遠古的歷史和神話，令他能縱橫於上下古今，視野超越時空，縱觀文明的興盛和衰落；他亦精研術數，希冀能掌握宇宙和命運的奧秘。可是再沒有一件事，能比得上感應到仙門時的震撼。他第一次體會到道佛的先賢窮畢生之力追求的甚麼立地成佛、白日飛升，是千眞萬確的存在，而仙界則無處不在，只看你能否像三珮合一般打開那入口，開啓那可以離開這被命運控制的世界的出路。事情實在發生得太突然，太令人猝不及防，他當時心中只有一個念頭就是殺死燕飛，以致白白錯失了穿越仙門千載一時的機會。他並沒有後悔，因爲他已掌握了開啓仙門的法訣，雖然他仍有一段很遠的路要走，但至少有一個明確努力的方向，生命亦因而充滿了生趣和意義。

除此之外，仙門對他最大的啓示是證實身處的人間世只是一個幻象，一個迷失於悲歡離合的生死之局。在這個清醒的夢裏，他可以放手而爲，任意縱橫。雖然燕飛不是憑自身的本領傷他，但他已視燕飛爲同類的難得對手，清楚只有借燕飛的激勵，他方可以使黃天大法向最高境界推進。對燕飛他再沒有絲毫敵意，且大生好感。可是他也曉得自己和燕飛間只有一個人能活下來，享受開啓仙門進入洞天福地這震古鑠今的成果。他直覺當他殺死燕飛的一刻，他的黃天大法始臻達眞正完美的極致，眞陽和眞陰力足破空而去。只有燕飛這樣的對手，才能激發他的鬥志和潛能，使他在對決裏掌握生死之秘。命運注定，他們第三場的決戰，是無可避免的。第一線曙光，出現在水平盡處。

鳳凰湖以磚石構築的主建築物的議堂裏，正舉行計畫反攻邊荒集的流亡鐘樓會議。主持者卓狂生和統帥劉裕對坐南北兩端，兩旁密密麻麻或坐或站擠滿了人，包括剛回來的燕飛、拓跋儀和高彥。江文清、慕容戰、姚猛、姬別、紅子春、費二撇、程蒼古等全體出席，到了江陵去的屠奉三由陰奇代表。列席者有十多人，令整個寬不到三丈，長只四丈的議堂鬧烘烘的，氣氛熱烈。呼雷方臉色蒼白的坐在卓狂生右下首，雖然一副大病初癒、有氣無力的模樣，但比之心神受制時的嚇人情況，已是天壤之別。燕飛剛才依波哈瑪斯所教，在他耳邊說出解咒的密語，果然立即奏效，呼雷方應聲劇震，醒轉過來，卻完全忘記了發生過甚麼事，至於毒香一事更是全無記憶，能記得的只是被姚興派高手圍攻的情況。燕飛心知波哈瑪斯在這方面對他用了手段，可是總不能因此掉頭回白雲山找他晦氣，只好一笑置之，呼雷方能

「重新做人」，他已心滿意足。

卓狂生乾咳兩聲，喧鬧的人忙靜下來，聽他說話。卓狂生撫鬚先大笑三聲，欣然道：「這次在鳳凰湖，是我們繼新娘河的第二次聚義。」

姚猛插口道：「人更多更齊了。」

卓狂生瞪他一眼道：「多嘴！」登時引起一陣哄笑。

卓狂生道：「我們的大英雄小飛剛回來，便忙著爲呼雷當家念咒驅心魔，我們尚未有機會聽他力戰孫恩的故事，請他先向議會作個詳盡的報告如何？」

站在燕飛身後的高彥靠到燕飛耳邊道：「這瘋子是假公濟私，接著便是逼我當眾說出與小白雁的閨房秘史了。」

卓狂生道：「高小子你在說甚麼？」

高彥忙站直身體，尷尬道：「沒甚麼？閒聊幾句不成嗎？」

燕飛暗嘆一口氣，卓狂生是在逼自己說謊，而他不但不慣說謊，更不願說謊。處於這兩難的處境，他倏地湧起眼前一切都不是眞實，而是幻象的荒謬感覺。這是曉得仙門之秘的嚴重後遺症，他仍在生死之局內，但又偏以局外人的眼光去看這世界。這種眾人皆醉我獨醒的荒謬感覺，會令人難以投入。有千千在就好了，只有她才能令他全情投入，明知這人世只是一場遊戲，或一個夢境，仍義無反顧，全心全意的投進去。深吸一口氣後，燕飛淡淡道：「我在堂邑城遇上孫恩，與他打了一場，因堂邑守軍的包圍，並以火箭攻擊我們所在的客棧，最後不了了之。然後我把他引得深入邊荒，再決勝負，中間發生了點意外，我們兩敗俱傷，孫恩現在該已返回南海去。」

劉裕訝道：「甚麼意外？」

燕飛道：「此事容後再說。」接著把潛入邊荒，偷聽到姚興和慕容驎的對話詳細道出。他既不願當眾說謊，只好避重就輕，轉移他們的注意力。

呼雷方沙啞著聲音道：「燕兄這樣爲小弟甘冒殺身之險，我呼雷方永遠不會忘記。」

慕容戰道：「何用說客氣話，我們大家本是兄弟。」眾人起鬨同意。

程蒼古老謀深算，道：「姚興和慕容驎似乎已有應付我們的方法，他們憑甚麼有這個把握呢？」

姚猛興奮的道：「照我猜他們會化被動爲主動，只要摸清楚我們在此聚議，趁我們陣腳未穩之際，揮軍來擊，力圖一舉打垮我們，怎麼說都比待在邊荒集等死好一點。」

紅子春動容道：「姚小哥兒這番話很有見地，我們如失去鳳凰湖基地，根本沒法在邊荒捱下去，辛辛苦苦建立起來的少許優勢，又要拱手讓出來。」

慕容戰道：「我怕他們的娘！呸！邊荒是我們的地頭，敵人休想能以奇兵突襲我們，只要他們在邊荒集動一動尾巴，我們也能知他們想幹甚麼。他們肯來送死我們無限歡迎，勞師遠征，對我們是有百利而無一害。」

姬別同意道：「在我們進據這裏前，早把遠及邊荒集的情報網張開，任何風吹草動，都瞞不過我們探子的耳目。」

費二撇皺眉道：「然則姚興和慕容驎有甚麼必勝之計呢？可能因那時尚未曉得戰馬和糧船均已落入我們手上，現在知道了，嚇個屁滾尿流也說不定。」他的話引得滿堂笑聲。

江文清柔聲道：「姚興是羌族現在最驍勇善戰的統帥，呼雷當家該清楚他是怎樣的一個人。」

眾人目光落在呼雷方身上。呼雷方點頭道：「大小姐所言甚是，姚興是個胸懷大志和有遠見的人，且很講情義，甚得部下愛戴。我一向尊敬他，直至他欺騙我，詐作答應退兵，事實上卻是出賣我，陷我於不義。」

江文清道：「所以姚興這個人不簡單。各位有沒思考過，為何姚興和慕容驎明知我們反攻在即，仍遣走赫連勃勃和他的手下呢？這樣一來不是削弱了邊荒集的防禦力嗎？」眾人沉默下來，顯然沒有人可解開她的疑惑。

燕飛一直在留意劉裕，他有點不同了，變得更有信心、更沉穩，且有點狠的味道，從他聆聽時雙目不時閃動的凌厲神光，令他有這種感覺。只有他曉得劉裕的改變是環境逼的，正如自己因紀千千，而不得不全情參與所有反攻邊荒集的行動。

卓狂生道：「聽我們的劉爺說幾句話如何？」

議堂立即從議論紛紛變作鴉雀無聲，既顯示出劉裕在所有人心中的分量，更展示眾人目前最需要的是一個英明的領袖，否則將失去方向。劉裕先和燕飛交換個眼神，接著目光緩緩掃視眾人，道：「知己知彼，百戰不殆。此為決定戰爭成敗的定律。首先我們要明白敵人的心態，對慕容垂或姚萇來說，這場仗他們是輸不起的。尤其是慕容垂，被我們奪回邊荒集，回復邊荒集的光輝，不單對他構成直接的威脅，更令他在千千跟前顏面無存，以他的心高氣傲，是不會讓此事發生的。」這番話乍聽似乎是廢話，事實上極為關鍵。劉裕清楚道出目前的形勢，一場惡戰勢不能免，只在乎打法。

劉裕見沒有人答話，續道：「姚萇和慕容垂不得不在邊荒集攜手合作，因為他們都有北方的戰事糾葛，所以其軍事目標，是希望與我們有決戰的機會，希望借優勢兵力一舉擊垮我們，一勞永逸，以後再不用爲邊荒集而煩惱，不用長期在邊荒集駐重兵，徒耗人力物力。」

燕飛自劉裕開始說話，便感到自己的神志從局外移回局內去，可見劉裕的話有強大的感染力。那種感受既古怪又新鮮。

劉裕道：「各位對我的話有甚麼意見？」

龐義道：「請劉爺繼續發表。」

劉裕輕鬆的道：「我最愛設身處地以敵人的處境著想，假設我是姚興或慕容驎，會怎麼辦呢？」人人屛息靜氣的聽著，不但因劉裕是反攻邊荒集的主帥，又剛領導荒人大破兩湖和荊州的聯軍，更因他的話引人入勝，愈聽他的分析，愈明白現在的境況。

卓狂生笑道：「有劉爺爲我們定計，肯定錯不到哪裏去，否則你射的『破龍箭』便該射到別處去，而不是『隱龍』的主桅，小白雁之戀的故事更沒法發展下去。」眾人紛紛附和。

燕飛心忖如劉裕是烈火，卓狂生便是助燃的柴枝，在他獨特的方法激勵下，人人對劉裕信心倍添，更緊密的團結在一起。

陰奇興致盎然的問道：「我耳朵癢了！劉爺會怎麼做呢？」

劉裕若無其事的道：「我會放棄邊荒集。」包括燕飛在內，眾皆愕然。

屠奉三的船避入大江支流，看著三艘戰船耀武揚威的順流而下，接著是另七艘戰船，朝下游的建康駛去。看旗幟便知是楊佺期指揮的先頭部隊，荊揚之戰，將由這支水師開啓戰幔。他不用親眼去看，已猜到建康水師在下游某處枕戈以待，楊佺期能否直下建康，還要看雙方在大江較量的結果如何。他的行程亦不得不因應形勢而改變，須在此棄舟登陸，徒步趕往江陵，因為以桓玄的作風，會同時截斷荊揚兩州間的水路交通，大江更是被封鎖的重點。自桓玄代替了桓沖，此一戰是無可避免了。勝負誰屬，仍是難言之數。關鍵處在乎北府兵的動向。

劉裕充滿自信的微微一笑，像一切已了然於胸，大大沖淡了議堂內緊凝的氣氛。燕飛忽又感到生的樂趣，作為「局內人」因榮辱得失而來的苦與樂，尤其是他明白劉裕的心事，明白他心內的痛苦。看著曾與自己共患難共生死的好友，在苦難的磨礪下逐漸成長，他的感覺是異常複雜的，因為他明白劉裕為此付出了代價。劉裕已一無所有，所以他無懼，他能爭取的，就是朝最終極的目標邁進。因此他此刻施盡渾身解數，像謝玄於淝水之戰般，帶領荒人邁向勝利。當劉裕攻陷邊荒集的一刻，他作為謝玄繼承人的身分將告確立，不論南方北方，沒有人敢懷疑他的能力。

拓跋儀則是心中更矛盾，他身為荒人的一分子，特別感受到劉裕現在對荒人非凡的領袖魅力。所以拓跋珪對他的看法是絕對正確的，問題是自己怎可以做這個破壞反攻邊荒集大計的罪人呢？目前情況清楚分明，劉裕已成了無可置疑的最高統帥，只有憑他高瞻遠矚、洞察無遺的軍事天分，方能與比他們更強大的敵人周旋到底。像放棄邊荒集如此高明的招數，他自問絕想不出來。若說擊敗兩湖和荊州聯軍是靠了點運道，眼前此戰便是在完全對等的條件下，雙方實力、戰略、計謀的正面交鋒，其中沒有僥倖。荒人在這一刻，比之以前任何一刻更需要劉裕這位臨危授命的統帥。人人露出思索的神色，顯示都在深思咀嚼劉裕石破天驚的判斷。

高彥深吸一口氣道：「敵人是作個幌子誘我們上當吧！該不是真的放棄邊荒集。」

卓狂生苦笑道：「我看劉爺眞的是要放棄邊荒集。邊荒集之所以興盛，是因南北有來有往的貿易，假如敵人退至泗水，夾河建立軍寨，等於中斷了我們北面的水陸交通，我們只能在邊荒集捱窮受餓，最後沒有一個人會留下來，因爲留下來再沒有任何意義。他奶奶的，一座死集有甚麼値得留戀的呢？」

姬別道：「若是如此，等於慕容垂和姚萇承認守不住邊荒集，如此他們威信何在？」

燕飛留神注意劉裕，後者正用心聽著眾人你一言我一句的討論，冷靜中帶著旁觀者清的神態。燕飛心中湧起微妙難言的感覺。劉裕雖成了荒人這場反攻戰役的主帥，但他終究是外人，收復邊荒集後也不會留在邊荒長作荒人，而是返回廣陵掙扎求存，淮水之南才是他安身立命所在。正是這種既投入又超然的心態，令他有別於在座任何人，包括自己在內，至少沒有人想過有此棄集的高招。不過劉裕像所有荒人般，是不容有失的，失敗代表一筆抹殺，把賺回來的全輸出去，永沒有翻身的機會。所以眼前的劉裕顯得如此異於往常，他正絞盡腦汁，務要奪回邊荒集。眞眞假假，假假眞眞，燕飛有點弄不清楚甚麼是眞，甚麼是假的了。

江文清加入道：「假如敵人眞的撤退，我們該如何是好？」

議堂靜下來。所有目光盡投往劉裕，唯他馬首是瞻。劉裕微笑道：「邊荒集是守不住的，只要我們重重包圍它，在集外設寨立壘，一旦截斷它的對外交通，在集內的敵人空有數萬大軍，也沒有用武之地。更重要的是敵人在水上的力量遠遜我們，一旦穎水被我們封鎖，它最後的命脈也會斷掉。所以以姚興的才智，絕不會讓自己陷入如此絕境。而他可採用的應付之策，一是主動出擊，一是撤離邊荒集，我們首先要判斷敵人究竟會採取那一種策略？請大家給點意見。」

慕容戰嘆道：「他們若主動來攻，我們歡迎還來不及，由此推想，他們若如此做，是下下之策。」

陰奇道：「這個很難說，人會因自視過高，又或輕敵而犯錯。」

呼雷方軟弱的聲音道：「姚興不是這種人。」眾人大感欣慰，呼雷方於此關鍵發言，表示他的智力回復正常，體力和武功，當然不是一蹴可幾，需要點時間。

卓狂生道：「如此便非常簡單，姚興既懂得用他的腦袋瓜子，該知我們戰馬齊備、兵精糧足，而因我們對邊荒的熟悉，他的奇兵之計只是笑話。所以他只有一個選擇，就是撤離邊荒集，化被動為主動，那時將輪到我們不知該不該重返我們偉大的邊荒集。」

費二撇道：「姚興也可以有另一個選擇，就是趁我們向邊荒集大舉進軍之際，迎頭和我們對撼。即使初戰失利，仍可退守夜窩子，再決定是否應撤退。」議堂內大半人點頭同意。

劉裕向燕飛道：「你怎麼看？」

燕飛道：「情況形勢的變化，是出乎慕容垂和姚萇的想像之外，也令他們在支援人手各方面出了大問題。首先是被我們先一步揭破彌勒教滲透邊荒集的陰謀，有所準備，又知情逃亡，讓敵人大失預算，未能將我們趕盡殺絕。」他不但總結了整個形勢的來龍去脈，與劉裕的分析互為呼應，使人有種他的看法不但獨到，且絕不會錯到哪裏去的感覺。

燕飛續道：「彌勒教的崩潰和騷亂，嚴重打擊敵人軍心士氣，也造成糧資各方面實質上的損失，更嚴重的是建康軍因南方形勢的惡化，被逼退出，令姚興和慕容驎失去南方的支援，只剩下北方的糧線。要養活多達三萬人的大軍，從百里之外源源不絕送來糧資，即使在和平時期，也是非常吃力之事，何況現在慕容垂和姚萇均在多個戰場展開軍事行動。所以只要我們在這裏擺出長期對峙的姿態，又採遊擊的戰術，突襲對方運糧的隊伍，換了姚萇或慕容垂親自鎮守邊荒集，也要不戰自潰。」

江文清點頭道：「這是敵我兩方都清楚明白的情況，姚興等人該知沒法守得住邊荒集。」

卓狂生道：「此正爲邊荒的作用，在淝水之戰前，每次苻堅派人南下攻打晉室，謝玄都是採取同一策略，就是憑強大的水師，避重就輕，一方面令敵人沒法正面交鋒，另一方面利用邊荒資源無從補給的獨特形勢，斷其糧道，結果每戰必勝，苻堅的軍隊損兵折將而退。反之亦然，過往每回南人北伐，均因糧資不繼無功而還，總之，邊荒特有的形勢令南北勢力，誰也奈何不了對方。」

燕飛道：「依照我當時聽姚興和慕容驎對話的語氣，顯示他們不但不會放棄邊荒集，且還是成竹在胸，似有十足的把握應付我們。現在經我們的劉爺提點，終於醒悟到他們的對策，是先放棄邊荒集，始有機會保著邊荒集。」

姚猛倒抽一口涼氣道：「對！如果我們趁他們撤退進佔邊荒集，形勢將會倒轉過來。」

紅子春皺眉道：「敵人雖然退往泗水，大大縮短了糧線，但總不能長期待在那裏。而我們則可以邊荒集固壘穩守，糧食在一年半載的時間當不會有問題，我們該比對方更能撐下去。」

燕飛道：「赫連勃勃曾向我提議攻打邊荒集的最佳策略，莫如截斷對方北面的運糧線，當時我感覺他是不安好心，可見姚興方面是有方法應付這種情況的。」

慕容戰道：「邊荒是我們的地盤，除了撤退這一招，絕沒有方法應付我們遊擊突襲的戰術。所以我認同劉爺的看法。」

卓狂生呵呵笑道：「在我進來開會前，從沒想過可以對敵人的策略得出定論，現在則有非常美好的感覺，好像變成敵人肚裏的蛔蟲，知己又知彼。各位！我們請劉爺說出他反攻邊荒集的大計如何？」

高彥首先鼓掌喝采，接著姚猛附和，然後是滿堂的鼓掌聲和喝采聲。燕飛朝劉裕瞧去，剛好劉裕向他望來，兩人眼神接觸，同時露出心領神會的笑意。劉裕身子一起，眾人立即靜下來，屏息靜氣聽他說話。

劉裕走到堂中，道：「兩軍交戰，雙方的策略會因應形勢而變化，假若我們現在大舉反攻，肯定敵人無限歡迎，等待我們長途跋涉的去送死。可是若我們改採截斷對方糧線的策略，敵人當立即撤退。所以赫連勃勃教燕兄攻擊對方糧線，表面說得好聽，實是包藏禍心，希望姚興一方以焦土策略對付我們。赫連勃勃正是這麼一個人，自己得不到的，也希望沒有人能得到。我指的是邊荒集。」

卓狂生第一個作出反應，劇震色變失聲道：「焦土戰略？」

劉裕本背著卓狂生，聞言旋風般轉過來，沉聲道：「這是最高明的策略，上上之計。既守不住邊荒集，又被我們截斷南方的聯繫，佔領一個死集再沒有任何意義，何不來個玉石俱焚，把邊荒集夷爲平地，搗毀所有樓房、燒掉所有東西，趁雪融的當下焚毀周圍的山林野原，將殘渣倒進潁水，使河水氾濫，遇上春雨更可淹沒全集。最後拆掉鐘樓，帶走象徵我們邊荒集的古鐘作戰利品，撤往北方，那慕容垂便可以在千千面前耀武揚威了。那時邊荒將眞的變成邊荒，沒有數年時間，我們休想恢復邊荒集的光輝。而我們可以不事生產支持這麼久嗎？何況屆時北方形勢已見分明，慕容垂愛甚麼時候來接收邊荒集，我們就只有拱手讓出成果。這是敵人必勝的策略，所以姚興和慕容驎胸有成竹，故而姚興先一步遣走赫連勃勃，因爲他們根本不怕我們荒人，不怕我們的遊擊戰術。」

繼卓狂生後，人人聽得面如死灰，就像被一盆接一盆的冷水當頭潑下，冷卻熱情。燕飛感到自己完全投入到這種情緒去，如逼得敵人用上焦土策略，甚麼也都完了，不但沒法進行營救紀千千的大計，拓跋珪將會被慕容垂殲滅，劉裕失去作爲本錢的邊荒集，荒人則變成無家可歸。沒有人說話，只有沉重的呼吸聲此起彼落。

司馬道子坐在大廳一角沉思，聽到腳步聲方抬起頭來，朝走過來的司馬元顯瞧去。

司馬元顯神采飛揚的向司馬道子請安，報告道：「孩兒幸不辱命，劉牢之已決定站在我們一方，王恭命不久矣。」

司馬道子道：「坐下！」司馬元顯在他另一邊隔几坐下，待他的指示。

司馬道子沉吟片刻，道：「我剛接到消息，由殷仲堪指揮的先頭部隊，天明前將乘戰船順流而來。」

司馬元顯興奮的道：「孩兒願領軍作戰。」

司馬道子並沒有受他的情緒感染，道：「爹當然會盡量給你歷練的機會，我已派出王愉領水師固守上游，另以尙之把守石頭城，只要劉牢之來助，當可以化解此次危機。」又問道：「北府兵對何謙之死有何反應？」

司馬元顯道：「爹把所有罪狀推到王國寶身上之策已經奏效，何謙的手下在劉牢之的安撫下平復下來，更重要的是劉牢之向何謙派系的人表示會繼承何謙遺志，誓保我大晉，令北府兵再沒有分裂之虞。」

司馬道子仍是神色凝重，點頭道：「你幹得很好，不愧是我的兒子。」

司馬元顯很少得到父親的讚賞，欣然道：「孩兒知道自己的不足處，會虛心學習的。」

司馬道子終露出笑容，啞然笑道：「教兒子是不是必須外人幫忙呢？以前我苦口婆心，好話說盡，罵也罵了不知多少遍，你仍只顧惹是生非，花天酒地。可是只和燕飛等邊荒強徒混了一晚，就像脫胎換骨般變了另一個人，我該不該感謝他們？」

司馬元顯尷尬的道：「爹的教誨怎會沒有用呢？燕飛他們最大的作用是啓發了我，使我感到敵人是這般厲害，如果我仍不知長進，早晚會再成爲敵人的階下之囚。」又道：「這次有北府兵站在我們一方，我們何不趁勢直攻荊州，把桓家連根拔起？」

司馬道子道：「你的確比以前會用腦筋，從我的語氣聽出我並無此意。如形勢許可，爹肯放過桓玄嗎？只可惜此爲下下之策，上計則是兵不血刃的瓦解荊州的勢力，利用桓玄與殷仲堪、楊佺期等人之間的矛盾，分化他們。這是最高明的善後策略，一切待桓玄無功而退，爹自有主張，你不用爲此費神。現在你最重要的任務，是訓練出一支能代替北府兵的精銳部隊。」

司馬元顯道：「爹是否怕孫恩乘機作亂呢？」

司馬道子道：「孫恩當然是我考慮的一個因素，更重要是不讓北府兵因桓家破滅而坐大，且桓家在荊州根深柢固，佔有上游之利，兩湖幫更不得不與桓玄聯手。妄圖進軍荊州，只會令建康陷於險境。所以我說是下下之策。」

司馬元顯俊臉一紅，羞慚道：「孩兒受教了！」

司馬道子又回復心事重重的神色，嘆了一口氣。司馬元顯再忍不住，訝道：「一切盡在爹的算計裏，爲何爹仍滿懷心事呢？」

司馬道子往他瞧來，道：「我剛接到消息，一塊火石從天而降，落在邊荒的白雲山區，把臥佛破寺化爲飛灰，炸開一個寬廣達半里的大坑洞。」

司馬元顯色變道：「竟有此等異事？」

司馬道子嘆道：「天降災異，是不祥之兆。以往的君主，每逢遇上此等凶兆，必須下詔罪己，以安定人心。我們本也可以這般做，可是値此桓玄造反之時，這樣做只會削弱晉室的威望，你說我現在的心情會好到哪裏去呢？」

司馬元顯露出原來如此的神色。旋又神情一動，道：「可否以此作爲寬恕桓玄的藉口呢？」

司馬道子沉吟片刻，忽然拍几而起，臉上陰霾一掃而空，大笑道：「給你一言驚醒，此計妙絕，且令我分化之計更可以名正言順的推行。桓玄進退不得之際，便是我大晉下詔罪己之時，危機自解，人心也會安定下來。」司馬元顯雙目亮了起來，知道在他爹心中，自己再非犬子。

燕飛打破議堂內沉重至壓得人似沒法呼吸的氣氛，道：「我當時聽姚興和慕容驎的對話，雖沒有聽到詳情，可是從他們說話的語氣調子，卻感覺不到他們有退兵之意，且是非常樂觀積極，表示等得不耐煩，望能一舉擊垮我們。」眾人再見生機，露出像見到曙光充滿希望的神色。

劉裕道：「姚興和慕容驎只是負責執行命令的人，姚萇和慕容垂才是最後的策略決定者。尤其是慕容垂，這次是不容有失，更不會輕敵，以他的經驗和智慧，當想到每一種可能性，而不會重蹈覆轍。」

燕飛呆了一呆，佩服的道：「明白了！我沒有你想得那麼深入。慕容垂肯定會擬定不同情況下的策略，讓兒子去執行遵守，當慕容驎發覺沒法與我們的主力硬撼，見勢不妙，便會用上焦土策略，不用作戰，便可以令我們一敗塗地，永無翻身的機會。」

劉裕微笑道：「現在大家該了解情況。我敢說假如現今坐鎮邊荒集的是慕容垂，我們勢將完蛋。幸好面對的是姚興和慕容驎兩個小角色，如此我們便可採取種種惑敵誘敵的手段，把完好的邊荒集贏回來。」

人人臉上掛著熱切的期待，等候他的指示。劉裕一番透徹的分析，進一步奠定他作爲臨時最高統帥的地位，使所有人生出若沒有他領導荒人，便像個空有發達的四肢、孔武有力的人，缺乏了個能指揮行動的腦袋，有氣力而沒法好好運用。拓跋儀更加感到矛盾，在此邊荒集存亡懸於一線的緊張時刻，自己怎可以執行拓跋珪的暗殺密令呢？劉裕卻讓燕飛想到拓跋珪相似的處境，因慕容垂沒法分身，所以分別派出大兒子慕容寶和次子慕容驎，分別對付拓跋珪和荒人，而慕容垂雖不能親身參與任何一線的戰事，但當然爲兩兒制定了最佳策略。現在劉裕看破了慕容垂的手段，但拓跋珪又如何呢？說不擔心就是騙人的了。此刻他再沒有絲毫局外人的感覺，由此亦可見生死之間的吸引力是如何強大，令人心嚮往之，像被威力無窮的漩渦扯了進去般，再沒法想像眼前人間世外的任何可能性。

劉裕充滿強大信心，擲地有聲的語音在議堂內響起道：「只要我們能營造出大舉進攻邊荒集的氣勢，敵人會以爲我們挾勝利的餘威，魯莽行動，特別是以慕容驎的心態，如他能在邊荒集一事上立大功，而慕容寶則在盛樂吃大虧，說不定可取慕容寶而代之，成爲慕容垂新的繼承人。所以他肯定喜出望外，盡出主力來迎擊我們，希冀以獅子搏兔的姿態，一舉打垮我們。」

卓狂生有點唇焦舌燥沙啞著聲音，興奮的道：「這個二度反攻邊荒集的故事愈來愈精采，他奶奶的！可是敵人縱然士氣低落，又缺糧食，然而兵員達三萬之眾；我們人數雖多，但到戰場作戰的卻不到一萬人，如正面交鋒，吃虧的會是我們。」

慕容戰道：「你沒聽清楚劉爺的意思嗎？我們只是虛張聲勢，裝出大舉進攻的模樣，不是來眞的。」

姬別道：「即使使詐，也要有足夠的人手，難道對方直搗鳳凰湖而來，我們又再次四散逃亡嗎？婦孺老弱們怎麼辦呢？」

程蒼古倚老賣老，喝道：「大家不要吵吵鬧鬧，聽聽劉爺說話。」堂內立刻一片肅靜。

拓跋儀舉手道：「我有話想說。」

燕飛心中一陣異樣，他最清楚拓跋儀的才智，而他自會議開始後，似是滿懷心事的樣子，沉默得異乎尋常。他有甚麼心事呢？慕容戰露出注意的神色，在紀千千到邊荒集前，拓跋儀一向是他的頭號勁敵。

劉裕朝拓跋儀瞧去，接觸到他的眼神，心中湧起古怪的感覺，但那是甚麼感覺，偏沒法說出來。總言之是不同以往，對方似是想向他傳遞某一無法宣之於口的訊息。道：「我們是荒人，荒人有荒人的規矩，不論出席者或列席者都可以自由表達意見，最後再由議會成員舉手決定，我這所謂統帥只是負責執行議會的決定。」

姚猛鼓掌道：「說得好！」

拓跋儀點頭道：「我明白！不過我是故意要引起大家的注意力，因爲我從小飛偷聽到慕容鱗和姚興的對話中，想到一個可能性，並生出懼意，所以突然插嘴陳說，希望不會被各位忽略。」

眾人都給他引起興趣，更沒有人有絲毫不耐煩，因爲每一個決定，都會影響到全體荒人的命運。勝敗只是一線之隔，誰敢掉以輕心。亦可見燕飛這位超級探子帶回來的情報，對整個反攻邊荒集的策略，起著決定性的作用。

卓狂生道：「拓跋當家請說話，我們每一個人都豎起耳朵靜聆高見。」

拓跋儀目光投往坐於劉裕右上首的燕飛道：「我想要小飛你一字不漏地，重述敵人要主動出擊的那句話。」

燕飛至少已把姚興和慕容驎的對話轉述了三遍，聞言靜默片刻，回憶當時的情境，然後徐徐道：「話題是這樣開始的，慕容驎先表示收到我們大破兩湖、荊州聯軍的消息，雖害得他睡不著覺，但也覺興奮，因爲不用乾等下去。」

拓跋儀道：「這顯示他們等得不耐煩，因爲糧食補給非常緊張，更影響了士氣。」

紅子春附和道：「有道理！等待會蠶食人的熱情和決心。」

燕飛道：「接著姚興指出我們的勝利，對他們是好壞參半。又認爲我們雖擅長玩弄陰謀手段，但始終是烏合之眾，會被勝利沖昏頭腦，妄然大舉反攻邊荒集。而他則會給我們一個驚奇，一下子將我們連根拔起。」

拓跋儀道：「此正爲關鍵所在，他說的驚奇是甚麼呢？」眾人開始聽得出神。

高彥抓頭道：「他所謂甚麼娘的驚奇，不是來突襲我們在此的基地嗎？」

劉裕表現出當主帥的豁達大度，淡淡道：「高小子說對了一半，我想續聽拓跋當家的深入分析。」

拓跋儀向燕飛道：「繼續下一段話。」他和燕飛關係密切，說話不用兜圈子，也不用客氣。

燕飛思索片刻，道：「慕容驎同意姚興的看法，認爲我們能破兩湖和荊州聯軍，在於劉牢之的倒戈，不是我們有本領。所以只要按照既定的計畫，我們將永沒有翻身的機會。最後一句話更奇怪，說若戰馬落在我們手上，他們可以奪回去。」

拓跋儀道：「這正是關鍵所在，首先是姚興和慕容驎都看不起我們。其次是我們擊潰湖荊聯軍和進佔鳳凰湖，是慕容垂和姚萇不可能預見的情況。將在外，軍令有所不受，故此姚興現在必須憑他們的才智，變通既定的策略，來與我們周旋。」

卓狂生拍掌道：「說得好！經劉爺和拓跋當家的分析，我們對局勢已有全盤的了解，我們必須以誘敵之策去對付敵人，否則縱然大勝，也只能得回個廢墟。」

慕容戰向劉裕道：「劉爺為何說高少只說對了一半？」各人此時深切地體會到知己知彼的戰略至理，拓跋儀的分析，更令他們明白敵人兩個最高主帥的心態。

劉裕欣然道：「敵人既猜想我們會立即揮兵反攻，假如我們佯裝如此，老姚等當然會以為一切盡在他的預料中，遂依計推行他們認為能把我們連根拔起的行動，而不會用上焦土策略。我們的目標，就是要讓他們發覺形勢不妙時，只能在保命和摧毀邊荒集兩者間選擇其一。」

陰奇道：「敵人究竟想出了甚麼大計來呢？」

江文清嘆道：「我想到了，啓示來自劉爺，由他指高少的話說對一半推理出來。」

高彥喜道：「我也不賴，至少說對了一半。哈！」

卓狂生拍腿道：「我也想到了。對！如果敵人傾巢來攻，實是下策裏的下策，由邊荒集到這裏，遠達百里，我們可輕易截斷他們的補給線，活活餓死他們，如此豈是智者所為。」

紅子春和姬別同聲道：「我也明白了！」

方鴻生一臉迷茫的道：「我仍不明白！」

劉裕笑道：「我再用同一招，就是站在姚興和慕容驎的立場，設身處地著想。假如我是他們，我擁有著優勢兵力，又有邊荒集作強大的堡壘，且曉得敵人只有鳳凰湖一個基地。現在敵人由基地勞師動眾來進攻，我會怎麼辦呢？」

燕飛心中欣慰，劉裕已從王淡眞的打擊恢復過來，全心全意地爲自己和荒人的未來奮戰。最高明是他深明荒人的行事作風，處處迎合荒人的要求，而不是擺出我是最高統帥，我的話就是命令的姿態，清楚解說所有軍事行動背後的謀略過程和動機，使人人清楚，也令荒人上下一心，將士效命。劉裕確非平凡之輩。

卓狂生勉強把興奮的情緒壓下去，問道：「劉爺會如何對付我們呢？」眾人心情緊張，他的話雖然說得有趣，卻沒人有笑的心情。

劉裕道：「非常簡單，我會以主力迎戰，增加兵員固守和奇兵突襲雙管齊下，一舉把你們連根拔起。這幾乎是必勝無敗的戰略，不可能有失。當然！這只是指你們草率反攻時，方可能發生的情況。」

轉向拓跋儀道：「拓跋當家還有別的看法嗎？」

拓跋儀道：「完全同意。」

費二撇顯然仍未掌握到劉裕的意思，道：「劉帥可否說得清楚點呢？」

劉裕解釋道：「首先說主力迎戰。敵人最怕我們推進至邊荒集外，立寨固守，然後採小隊突擊的策略，斷其糧線，日夜騷擾，令其在缺糧下迅速崩潰。所以如我們朝邊荒集推進，他們會以主力部隊，三分二的兵力二萬人，在集外迎擊我們，逼我們決戰。此爲主力迎戰，更逼我們不得不把所有兵員投入這場決戰去。」

呼雷方道：「以姚興過往的戰績來看，的確會這樣應付我們，他最擅長打硬仗。」

劉裕道：「其次是據集固守，即可立於不敗之地。戰爭失利時，他們便撤返邊荒集，然後實施焦土政策，如果我們強行去阻攔，與送死無異，我們根本沒有足夠實力去攻打以夜窩子爲陣地的敵人，只能坐看敵人肆意破壞，然後揚長而去。」

龐義心悸地道：「確是絕招。」

席敬道：「我們根本沒有資格和對方硬撼，只是對方的主力迎戰一關我們已過不了。」

劉裕道：「所以這場仗是鬥智而非鬥力。最後的奇兵突襲，是對方趁我們傾巢而出之際，以奇兵繞到我們後方，突擊鳳凰湖，消滅我們唯一的後援基地，斷去我們的補給線，屠殺所有留下的老弱婦孺，這不是連根拔起，還有甚麼才算呢？」

高彥道：「我可以保證這支兵成不了奇兵，絕瞞不過我們的耳目。」

劉裕道：「我們既猜到敵人有此手段，奇兵當然成不了奇兵。不過別忘了對方也有人熟悉邊荒，可以找到最隱秘的行軍路線，於我們大舉北上的當兒，說不定可以瞞過我們。這支部隊貴精不貴多，有二千人已足夠有餘，我幾可肯定是由宗政良率領，因爲他是敵人的大將裏，最熟悉邊荒的人，且精通刺客隱蔽行藏之道，我們不可掉以輕心，更不可讓對方發現已洩露行藏。」

卓狂生道：「現在一切清清楚楚，我們該以何法對付敵人？」

姬別笑道：「當然是『你有千條妙計，我有一定之規』。哈哈！」

劉裕道：「說得好！我們的目標只有一個，就是趁敵人主力離集的當兒，以迅雷不及掩耳的方法，攻陷邊荒集，斷去對方主力軍的後路，如此死馬也可以當活馬來治。」

慕容戰喝道：「高明！更是唯一辦法。」

程蒼古眉頭大皺的道：「可是只要敵人留下數千人死守夜窩子，我們雖全力攻集，恐怕仍在激戰的當兒，敵人的主力部隊已給我們來個回馬槍。」

劉裕胸有成竹的道：「若真的以後備軍對主力，吃虧的當然是我們。可是若我們以主力對主力，一旦拉開戰局，敵人可說走便走嗎？」這次連拓跋儀也露出不明所以的神色。

燕飛心中一動，拍腿道：「絕！」

劉裕欣然道：「知我者莫若燕飛。」

燕飛嘆道：「厲害的是你。我是前晚在夜窩子看著古鐘樓才想出此計，你卻不用去看便能聯想及此。小弟服了！」

卓狂生雙目亮起來，道：「古鐘樓！」

高彥嚷起來道：「對！只要佔據古鐘樓，在上面升起我們千千的飛鳥旗，不但可以製造出控制邊荒集的假象，還可以破壞敵人的指揮中心，敵人不亂作一團才怪。」

紅子春興奮的道：「要攻陷鐘樓，然後又穩守著它，根本不用人多，只須個個都是高手。而比武功，誰及得上我們的小飛呢？」

姬別興奮得臉都紅起來，振臂道：「由我們邊荒第一高手率領的高手軍團，還可以先一步潛入邊荒集夜窩子的外圍秘處，時機到時突然發動，殺他奶奶的一個措手不及。」

姚猛高呼道：「我們贏了！」

卓狂生嘖嘖連聲道：「看！我們荒人的主帥，瘋起來比任何人更瘋，精明起來連我們都要害怕。」

高彥不解道：「瘋的是你，劉爺在哪件事上發瘋呢？」

江文清含笑道：「他肯爲你追求小白雁用盡方法，不是陪你發瘋是甚麼呢？」滿堂鬨笑。高彥則耳朵都紅了。

卓狂生大喝道：「現在一切清楚分明，剩下的就是人手調配、出動的時間和精微的部署，大家齊心合力，聽劉爺的指示好嗎？」眾人轟然答應，情緒沸騰至頂點。

劉裕心中一陣感慨，邊荒集對他來說，雖只是艱難路途上的一個起點，卻是只許成功，不准失敗。他從未如此用心地去計畫一件事，現在則是肩負大任，沒有另一個選擇，因爲他再沒有別的路可走。他全心全意爲荒人作戰，爲的不單是自己，更爲了燕飛。收復不了邊荒集，燕飛將永遠失去紀千千，自己已深受失去王淡眞的折磨，怎可容最好的朋友遭遇同樣的厄運。

「小姐在看甚麼？看得那麼出神。」紀千千瞥小詩一眼，目光回到雪地上的小花朵處，喜孜孜的道：「你看到這朵小花嗎？造化是多麼奇妙？種子深藏在冰雪下的泥土裏度過整個嚴冬，可雪剛開始融，它立即破土而出，盛放出美麗的花瓣，似要向這世界證明她掌握時機享受生命的超凡本領，她多麼了不起！多麼堅強！」

小詩心中一痛，小姐熱愛自由自在不受管束的生活，可是造化弄人，偏陷進失去自由且被嚴密管束的處境裏，這是多麼令人心痛的事。一時間，小詩不知如何答她。

紀千千似沒察覺小詩的悲傷，目不轉睛地瞧著營帳門外地上的小黃花，道：「我可以感同身受的體驗到小花的喜悅，當從黑暗的泥底冒出地面，看到了這新奇的世界，那種煥然一新的動人感覺。詩詩！相信我吧！我絕不會騙你的，我們便是埋在冰雪下的種子，不論表面看來如何不可能，可是終有一天我們會從冰雪裏茁長而出，回到美麗廣闊的天地去。」

小詩嗚咽道：「小姐！」

紀千千愛憐地嗔怪道：「又哭了！你不信我的話嗎？」

她們居住的營帳以布幔和其他軍營分隔開來，自成一個天地。除她們的營帳外，另外尚有三個營帳，住的是風娘和四位伺候她們的慕容鮮卑族年輕女戰士，人人身手不凡，有足夠的力量保護她們，更有實力看管她們，加上風娘，她們若想逃走，只這一關已沒法闖過，何況還有團團圍在她們四周，數以千計的慕容垂精銳親兵。慕容垂的皇帳就在隔壁。

風娘來到兩人身後，輕輕道：「今晚還要趕路，小姐和小詩姑娘何不入帳多休息一會？」

紀千千拍拍小詩香肩，要她去休息，待她入帳後，問風娘道：「我們要到哪裏去呢？」

風娘正要答她，聽見留守入口戰士的致敬聲，忙道：「皇上來了！小姐有甚麼問題，可以直接問他。」

劉裕朝燕飛休息的帳幕走去，忙了近兩個時辰，到太陽下山，方分配好工作。他整個軍事計畫最完美的地方，是不怕荒人裏雜有敵人的奸細。荒人胡漢混雜，良莠不齊，最易被敵人奸細混入隊伍，是防不勝防亦無從防範的。尤其這次敵人是姚興，更難料其中是否有羌族的戰士仍然效忠於他，把消息暗傳到敵方。但這次他的確是盡起全軍，去反攻邊荒集，婦孺和工匠則留在後方，只要內奸如實把情況報上姚興，姚興肯定中計。

劉裕揭帳而入，燕飛已坐了起來，神采奕奕。劉裕在他身旁坐下，道：「我們十天後出發，希望老屠能如期趕回來，參與這場盛事。」燕飛點頭表示知道。

劉裕道：「睡得好嗎？」

燕飛道：「我睡了多久？」

劉裕道：「如果進帳後你立即熟睡，已睡了足有兩個時辰。」又笑道：「你多少天沒闔過眼？」

燕飛伸個懶腰，道：「忘記了！」

劉裕道：「到現在我才有機會問你，與孫恩的一戰究竟是怎麼一番光景，又如何與赫連勃勃搭上的呢？」

燕飛道：「赫連勃勃有把柄落在我的手上，所以被逼與我合作，可是我曾答應他不可以張揚他的事。至於與孫恩一戰，更是曲折離奇，難以盡述，可以告訴你的是我遇上尼惠暉，原來她和孫恩嫌隙甚深，動起手時，不但毀掉了三珮，我們還全部受傷，孫恩負傷離開，尼惠暉傷重而亡。」

劉裕色變道：「怎會和三珮有關，難道宋悲風手上的心珮落入尼惠暉之手？」

燕飛心中暗嘆，自己究竟該不該說實話？只恨告訴他實情於劉裕不但絕無好處，且是害了他。只好道：「不用擔心，宋老哥沒有事，他是得安玉晴之助，以銀罐盛心珮，隔斷了三珮的聯繫，而我則是感應到心珮，撇開孫恩去支援宋老哥時遇上尼惠暉。」

劉裕一頭霧水的道：「尼惠暉的手下呢？她沒有和你算賬嗎？啊！明白了！你們定是因三佩混戰起來，對嗎？」

燕飛不願再說下去，含糊應道：「大概是這樣子。唉！宋老哥和安玉晴究竟到了哪裏去呢？」

劉裕倒沒有起疑，道：「宋悲風是老江湖，即使遇上孫恩或尼惠暉那等人物，仍有一拚之力，該不會出事。」

燕飛忽然想起拓跋儀滿懷心事的神態，心忖應不應去找他談話時，高彥興奮的進來，坐下道：「和我們的劉爺說了吧？」說話時向燕飛猛使眼色。

燕飛心不在焉的道：「說甚麼？」

高彥失聲嚷道：「說甚麼？虧你說得出口，還道大家是甚麼娘的兄弟，他奶奶的朋友，你提議的事就這麼不了了之嗎？剛才你沒有在議會提出來，我已不和你計較，現在竟敢裝蒜，你對得住我高彥嗎？」

劉裕糊塗起來，皺眉道：「高小子你發甚麼瘋？」

燕飛回到帳內的現實，苦笑道：「你這小子知不知道我剛睡醒不到一刻鐘，哪來時間去想你的愛情絕症。」

劉裕沒好氣道：「又是小白雁。不是給了你機會嗎？你讓小白雁溜走，只能怪你自己沒有本事，怎能怪燕飛呢？」

高彥理直氣壯的道：「做好人要做到底，送佛更要送到西天。我的小白雁之戀已打好堅實無比的良好基礎，缺的只是開花結果的另一機會。無論如何老劉你一定要再幫我這個忙。」

燕飛道：「一切待光復邊荒集再說吧。」

高彥氣鼓鼓的道：「我何曾說過不待收復邊荒集就行事呢？我很清楚，那時我們才有本錢和聶天還討價還價。可是你至少要先和我們劉爺說好，我才可以繼續快快樂樂的做人，耐心地等候良機。」

劉裕訝道：「竟與聶天還有關，你是想用邊荒集作聘禮向聶天還提親？」

高彥此時怎敢開罪劉裕，陪笑道：「當然不是這樣子。小飛有個好提議，讓我代表邊荒集出使到兩湖去和老聶談生意，訂立互不侵犯的協議。當然！醉翁之意不在酒，你該明白我到那裏去是幹甚麼。」

劉裕啞然笑道：「當然明白，你是不懷好意，暗懷鬼胎，謀的是老聶的小精靈徒弟。唉！真拿你這小子沒轍，就算我肯答應你，大小姐和老屠肯讓你去向老聶獻殷勤嗎？」

高彥急起來，大力推燕飛一把，道：「是你想出來的好主意，快幫我說服他。」

燕飛無奈道：「我快給這小子纏得不想做人了，你老哥有甚麼更好的辦法？」

劉裕苦笑以對，好一會後，點頭對高彥道：「好吧！收復邊荒集後，我會給你一個交代。」高彥歡呼一聲，跳起來一個觔斗翻出帳外去。

邊荒傳說〈卷七〉終

新人間叢書150

邊荒傳說〈卷七〉

作　者—黃　易
副總編輯—葉美瑤
編　輯—邱淑鈴
美術設計—翁翁・不倒翁視覺創意
執行企畫—黃千芳
校　對—余淑宜、陳錦生、黃易
董事長—孫思照
發行人
總經理—趙政岷
出版者—時報文化出版企業股份有限公司
10803台北市和平西路三段二四〇號三樓
發行專線—(〇二)二三〇六—六八四二
讀者服務專線—〇八〇〇—二三一—七〇五・(〇二)二三〇四—七一〇三
讀者服務傳眞—(〇二)二三〇四—六八五八
郵撥—一九三四四七二四時報文化出版公司
信箱—台北郵政七九～九九信箱
時報悅讀網—http://www.readingtimes.com.tw
電子郵件信箱—liter@readingtimes.com.tw
法律顧問—理律法律事務所陳長文律師、李念祖律師
印　刷—凌晨印刷有限公司
初版一刷—二〇〇七年三月五日
初版四刷—二〇一三年七月一日
定　價—新台幣三〇〇元
⊙行政院新聞局局版北市業字第八〇號

ISBN 978-957-13-4605-2
Printed in Taiwan

國家圖書館出版品預行編目資料

邊荒傳說〈卷七〉／黃易著. --初版. --臺北市：時報文化, 2007〔民96〕
冊；公分. --（新人間叢書；150）

ISBN 978-957-13-4605-2（卷7；平裝）

857.9　　95025861

入會訂購證

我決定加入時報悅讀俱樂部				以下是我選擇的卡別，選書書目於下列選書單中
勾選	入會卡別	定價	入會費	額度
	悅讀樂活卡	$1,000	$300	任選5本時報出版好書(定價600元以下本版書籍)
	悅讀輕鬆卡	$2,000	$300	任選10本時報出版好書(定價600元以下本版書籍)
	悅讀尊榮卡	$6,000	$300	任選30本時報出版好書(定價600元以下本版書籍)

特別說明：

1、 外版書不列入選書範圍。2、單筆訂單須選書兩本額度以上。3、一次會員資格內，相同書籍限選兩冊。

以下是我的選書單

書碼	書名	額度	數量

◎ 我的資料

姓名：__________ E-mail ：__________(必填)

身分證字號：__________(必填) 生日：西元_____年___月___日 (必填)

寄書地址：□□□__________

連絡電話：(O)__________ (H)__________

手機：__________ 統一編號：__________

付款方式：

□劃撥付款　劃撥帳號19344724 戶名：時報文化出版公司

(請親至郵局劃撥，無須傳真或寄回，劃撥單註明卡別、身分證字號、生日、e-mail、書名、數量)

□信用卡付款　信用卡別 □VISA □MASTER □JCB □聯合信用卡

信用卡卡號：__________ 有效期限西元_____年_____月

持卡人簽名：__________（須與信用卡簽名同字樣）

◎ 歡迎網路下單 Readingtimes Club 時報悅讀俱樂部 http://www.readingtimes.com.tw/club/

24小時傳真專線：02-2304-6858 為確保您的權益，傳真後請來電確認

時報客服專線：02-2304-7103 週一至週五(AM9：00~12：00，PM1：30~5：00)

時報出版 台北市和平西路三段240號2樓

編號：AK0150	書名：邊荒傳說 卷七
姓名：	性別：________ 1.男 2.女
出生日期： 年 月 日	e-mail：

________ 學歷：1.小學 2.國中 3.高中 4.大專 5.研究所（含以上）

________ 職業：1.學生 2.公務（含軍警） 3.家管 4.服務 5.金融
6.製造 7.資訊 8.大眾傳播 9.自由業 10.農漁牧
11.退休 12.其他

地址：__________ 縣(市) __________ 鄉鎮區 __________ 村__________ 里

______ 鄰 __________ 路(街) ______ 段 ______ 巷 ______ 弄 ______ 號 ______ 樓

郵遞區號 ______________

（下列資料請以數字填在每題前之空格處）

________ **您從哪裡得知本書／**
1.書店 2.報紙廣告 3.報紙專欄 4.雜誌廣告 5.親友介紹
6.DM廣告傳單 7.其他 ________

________ **您希望我們爲您出版哪一類的作品／**
1.長篇小說 2.中、短篇小說 3.詩 4.戲劇 5.其他 ______

您對本書的意見／
________ 內 容／1.滿意 2.尚可 3.應改進
________ 編 輯／1.滿意 2.尚可 3.應改進
________ 封面設計／1.滿意 2.尚可 3.應改進
________ 校 對／1.滿意 2.尚可 3.應改進
________ 翻 譯／1.滿意 2.尚可 3.應改進
________ 定 價／1.偏低 2.適中 3.偏高

您的建議／

____

____

____

請沿虛線撕下，對折裝訂寄回，謝謝！

請沿虛線摺下裝訂，謝謝！

廣告回信
台北郵局登記證
台北廣字第2218號

地址：10803台北市和平西路三段240號3樓
讀者服務專線：0800-231-705・(02)2304-7103
讀者服務傳真：(02)2304-6858
郵撥：19344724 時報文化出版公司

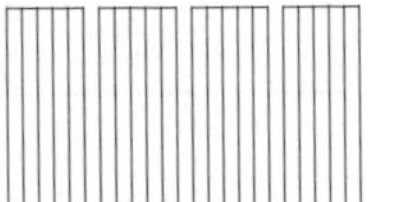

請寄回這張服務卡（免貼郵票），您可以——
●隨時收到最新消息。
●參加專為您設計的各項回饋優惠活動。

新人間

新感覺・新人間・文學的新版圖

寄回本卡，掌握新人間系列的最新訊息